발리에서 생긴 일

삶이 이끄는 대로, 열대 섬에서 보낸 8년

발리에서 생긴 일

1판 1쇄 인쇄 2025. 3. 13.
1판 1쇄 발행 2025. 3. 24.

지은이 이숙명

발행인 박강휘
편집 김은하 마케팅 고은미, 김새로미 홍보 반재서
발행처 김영사
등록 1979년 5월 17일 (제406-2003-036호)
주소 경기도 파주시 문발로 197(문발동) 우편번호 10881
전화 마케팅부 031)955-3100, 편집부 031)955-3200 팩스 031)955-3111

값은 뒤표지에 있습니다.
ISBN 979-11-7332-148-1 03810

홈페이지 www.gimmyoung.com 블로그 blog.naver.com/gybook
인스타그램 instagram.com/gimmyoung 이메일 bestbook@gimmyoung.com

좋은 독자가 좋은 책을 만듭니다.
김영사는 독자 여러분의 의견에 항상 귀 기울이고 있습니다.

발리에서 생긴 일

이숙명 에세이

삶이 이끄는 대로, 열대 섬에서 보낸 8년

김영사

열대 섬에서 보낸 8년

2016년 여름이었다. 술을 진탕 마시고 아침에 눈을 떴는데 파란 하늘에 하얀 뭉게구름이 흘러가는 게 보였다. 예쁜 풍경을 감상하다가 문득 이런 생각이 들었다.

'가만있자, 왜 천장이 아니라 하늘이 보이지?'

그해 여름 그렇게 허구한 날 인사불성 술을 마셨다. 그나마 길바닥이 아니라 내 집 옥상에서 눈을 뜬 게 다행이었다. 구름을 보며 결심했다.

'흘러가야겠다.'

말하자면 그랬다. 우리는 타인의 행동에 선명한 이유가 있으리라 생각하고 인과관계를 꿰맞추려 애쓴다. 하지만 자신을 돌아보라. 열 사람이 물으면 열 가지 다른 이유를 댈 수 있을 만큼 복잡한 동기로 저지르는 큰일이 얼마나 많은가. 내가 한국을 떠난 데도 따져보면 백 가지 이유가 있다. '왜 발리에 갔냐'는 질문을 빈번하게 받으면서 이유를 요약할 방법을 오래 고민했다. 그 답이 이거다.

나는 흘러가고 싶었다. 그것은 인생의 한 단계에서 다음 단계로, 물이나 바람처럼 자연스럽게 이동하고 싶다는 바람이었다. 그렇게 흘러간 곳이 발리였다.

당시 살던 서울 서촌의 한옥이 너무 추워서 따뜻한 데서 겨울을 나고 싶기도 했다. 나는 자취를 오래 한 터라 영화에 나오는 외국 작가들이 호텔로 집필 여행을 가는 게 부러웠다. 그래서 따뜻하고 물가 싼 나라, 오래 내 집처럼 묵을 수 있는 호텔, 호텔 방에는 반드시 책상이 있을 것, 이 세 가지 조건을 걸고 전 세계를 뒤졌다. 서울 월세 정도만 내면 무료 조식을 먹으면서 호텔 생활을 할 수 있는 도시가 생각보다 많았다. 청소를 할 필요도 없고 공과금을 처리할 필요도 없다. 인생을 바꾸는 깨달음이었다.

나는 겨울만 되면 "다음 생에는 동남아에서 태어나 매일 러닝셔츠만 입고 평상에 누워 있고 싶다"고 말했다. 다음 생엔 에바그린이나 맨해튼의 건물주로 태어난다는 꿈도 있는데 물론 그런 건 다시 태어나도 안 될 가능성이 크다. 하지만 동남아에서 러닝셔츠 입고 와식 생활 하는 건 이번 생에도 가능하지 않은가. 이번 생에 할 수 있는 걸 왜 다음 생으로 미루는가.

처음 한 달은 발리 멩위의 월 50만 원짜리 요가 아시람(힌두교 도들이 수행하는 암자)에서, 다음 넉 달은 멩위 인근 우붓의 월 20만 원짜리 현지 가옥에서 보냈다. 이 정도면 좀 편하게 살아도 되는 물가라는 생각이 들었다. 그 여행 동안 책을 한 권 썼다. 책이 그럭저럭 팔린 덕에 유목민 같은 생활에 자신감을 가질 수 있었다.

발리에서 5개월을 보내고 서울에 돌아갔을 때 나는 내가 너무 멀리 흘러와 버렸음을 깨달았다. 누구를 만나든 어디를 가든 위화감이 들었다. 사람들은 자기 푸념에 질리지 않은 신선한 귀를 찾아 내게로 허겁지겁 달려와서 5개월 전에 하던 회사 욕, 나라 욕, 경제 걱정, 미래 걱정을 고스란히 반복했다.

내 친구들은 대개 대학을 졸업한 서민에서 중산층의 화이트칼라 회사원이다. 그들 중 대단히 잇속에 밝은 사람은 없다. 이건 나의 인간 취향 때문이기도 하다.

친구들은 대부분 우직하고 이타적이다. 사내 정치나 출세에는 관심이 없다. 돈 걱정 없이 살고 싶다고는 하지만 소처럼 일하느라 투자에는 눈 돌릴 새가 없다. 부동산과 금융업은 자본주의의 독소라며 아예 재테크를 거부하는 친구도 있다.

그들은 일을 그만두는 순간 삶의 질이 급격히 하락할 게 뻔한 계층이다. 이미 임신, 출산, 육아로 경력이 단절된 사람도, 조직에서 더 이상 올라갈 곳이 보이지 않아 마지못해 자그마한 사업을 시작한 친구도 있다.

나는 그들의 불안을 이해한다. 하지만 동남아에 몇 달 다녀오니 그곳 최하층 노동자들이 백 년 일해도 모을까 말까 한 돈을 서울 전셋집에 깔고 앉아 앓는 소리 하는 게 마냥 애처롭지는 않았다.

친구들은 자신이 그 삶을 선택했다는 걸 자각하지 못하고 있었다. 세상에는 수많은 삶의 방식이 있다. 그들은 날 때부터 올라타 있던 트랙에서 크게 벗어나지 않음으로써, 즉 선택하지 않음으로써 지금의 삶을 선택했다. 그게 그렇게 나쁜 선택도 아니었다. 마지막 선택도 아닐 것이다.

한편으로, 누군가를 만나러 외출할 때마다 나는 서울 물가에 충격을 받았다. 식빵 몇 조각 곁들인 개성도 맛도 철학도 없는 샐러드에 몇만 원을 지불하는 게 내키지 않았고, 마흔 가까운 나이에 음식 가격을 따지며 밥을 먹는 게 수치스러웠다. 20년째 원고료는 그대로인데 물가만 미친 듯이 올라버렸다는 게 화가 났다.

그런 나에게 나보다 돈 많고 직업 있고 간혹 배우자와 자녀까지 있는 사람들이 오뉴월 김장김치처럼 곤죽이 된 표정으로 "떠나고 싶을 때 떠날 수 있는 네가 부럽다"고 한탄했다. 듣다 지쳐서 "너도 떠나렴" 하면 세상 물정 모른다는 비난이 돌아왔다. 그들은 나의 자유만을 부러워할 뿐 거기 딸려 오는 불안정한 미래, 소박한 생활은 눈곱만큼도 부러워하지 않는다. 나는 대꾸할 수 없는 말을 자꾸 듣는 게 지겨웠다.

발리 여행 막판에 만난 친구는 내 말이 무슨 뜻인지를 알았다. 어쩐지 오랜 친구들보다 그와 대화가 더 잘 통하는 느낌이었다. 우리는 삶의 비슷한 단계에 있는 사람들이었다. 그는 파리에서 은행에 다니다가 더 이상 도시 생활을 견딜 수 없어서 동남아로 왔다고 했다. 그 후 태국과 인도네시아 여러 섬에서 스쿠버다이버로 일하다가 자기 숍을 차리기 위해 누사페니다에 들어간 참이었다. 발리에서 돌아오고 몇 달 지나지 않아 나는 그를 만나러 누사페니다에 갔다.

누사페니다는 발리의 부속 섬이다. 'Nusa Penida'의 올바른 외래어표기법은 '누사프니다'다. 하지만 현지 발음이 '누사페니다'에 가깝고, 한국 여행자들 사이에서도 이 표현이 굳어져서 '누사프니다'라고 쓰면 같은 섬인 줄 모르는 사람이 많다. 때문에 이 책에서는 부득이 '누사페니다'라고 쓸 작정이다. 누사페니다는 발리에서 여객선으로 45분 걸린다. 발리처럼 힌두교를 믿는 섬이라 주민들 기질이 느긋하고 온화한 편이다.

그때만 해도 누사페니다는 거의 개발되지 않은 상태였다. 현지인들은 모두가 내 친구를 알았다. 이방인이 몇 명 없으니 당연했다. 나는 주로 숙소 테라스에 앉아 아무것도 하지 않고 몇 시간을 보냈다. 수도, 전기, 인터넷이 하루에 한 번씩 끊기는 집이었다. 한국에서는 가을에나 가끔 보이는, 아득하게 높고 짙고 티 없이 맑은 하늘이 거기서는 매일 반복되었다.

마당에는 키 큰 망고나무가 여러 그루 있었다. 경남 산청에 가면 집마다 커다란 감나무가 있듯 여기는 집마다 망고나무가 있다. 나는 벽에 등을 기대고 앉아 하늘의 솜털 구름이 한쪽 망고나무에서 다른 쪽 망고나무까지 흘러가는 걸 지켜보곤 했다. 흠모하는 도시 아가씨를 자기 헛간에 초대한 시골 총각답게, 그는 부끄러움과 걱정이 밴 목소리로 물었다. "여긴 아무것도 할 게 없지?" 내가 대답했다. "나 아무것도 안 하는 거 좋아해."

그 시골 총각을 이쯤에서 정식으로 소개해 두는 게 좋겠다. 그의 이름은 '해리'고, 프랑스인 아버지와 영국인 어머니 사이에서 태어났다. 그나 나나 제도로서의 결혼에 큰 의미를 두지 않고, 아이를 낳을 생각도 없다. 하지만 이곳 사람들은 나이가 차면 결혼하고 애 낳는 걸 당연하게 여기기 때문에 여기서는 편의상 서로를 남편, 아내라고 부른다.

해리의 헛간을 방문한 그해 연말, 나는 서울 생활을 정리하고 누사페니다에 왔다. 트렁크 한 개, 배낭 한 개를 들고 여행하듯 왔다. 삶을 바꾸겠다는 거창한 계획 따위는 없었다. '아니면 말고'라는 식이니까 실행이 가능했다. 지내다 보니 밥은 해 먹어야겠기에 전기밥솥과 냉장고를 샀다. 지내다 보니 교통수단도 필요해서 현지 면허를 만들고 스쿠터도 샀다. 여행비자로 오가다 보니 불편해서 정식 체류비자도 만들었다. 친구들이 리조트를 짓다가 잔금이 부족하다기에 투자를 했다. 정신을 차려보니 나는 이곳에 집을 짓고 살고 있었다.

쓰는 게 직업이라 발리와 누사페니다에 대해서도 그동안 많은 글을 썼다. 초기에 쓴 글을 다시 보면 부끄럽다. 이 사회를 제대로 모르고 쓴 게 많았다. 여행자로서 한 도시를 경험하는 건 발신인을 알 수 없는 선물 상자를 받아 드는 일과 비슷하다. 궁금하고 설레고 두렵기도 하다. 취직, 사업, 이민은 그 선물 상자 안에 든 게 은인이 보낸 금송아지인지 적이 보낸 잘린 말 대가리인지를 확인하는 단계다.

내가 열어본 상자에는 그리 황홀하지도 끔찍하지도 않은 것들이 들어 있었다. 얼핏 보면 포장을 뜯기 전에 상상한 것과 비슷하지만 자세히 들여다보면 조금씩 뒤틀리거나 어긋나거나 극대화된 부분이 있었다. 그 소소한 반전이 이방인을 매혹하거나 진절머리 치게 만든다. 이런 애증의 롤러코스터에서 정신을 잃지 않으려면 공부가 필요하다.

이 사회가 왜 이렇게 생겨먹었는지를 이해해야 일방적 숭배나 연민의 탈을 쓴 무례를 저지르지 않을 수 있고 분노, 짜증, 환멸의 순간에도 평정을 유지할 수 있다. 이 책은 그러니까 약간의 해설을 곁들인 '언박싱'이라고 해두자. 여행자의 낭만과 이주민의 냉소 사이에서 스스로 균형을 잡기 위한 노력이기도 하다. 그 결과가 한 인간의 삶을 어떻게 변화시켰는지도 알려드리고자 했다.

그동안 내 책을 모두 읽었다고 말씀해 주신 몇몇 독자님께 감사드린다. '나 따위가 뭐라고 책을 쓰냐. 나무에게 미안하다' 싶다가도 그분들을 생각하면 '나 따위가 뭐라고 그분들의 취향을 무시하냐'라고 마음을 고쳐먹게 된다. 그래서 또 한 권 책을 낸다. 기억력이 형편없어서 〈경향신문〉 〈보그〉 〈바자〉 〈에비뉴엘〉 〈어라운드〉 〈분〉 〈덴〉 등 매체에 기고한 과거 글을 가져와 현재 관점으로 고쳐 쓴 부분이 많다.

정보, 경험, 개인사가 뒤섞여서 뭘 기대하고 이 책을 집었건 약간씩은 배신감을 느끼리라 생각한다. 모두의 발리가 아니라 '나의 발리'를 말하기에 이보다 나은 방법을 찾지 못했다. 나의 발리여야 책을 내는 의미가 있을 거라 생각했다.

재미있게 읽어주시기를 바란다.

2025년 발리에서

이숙명

차례

PART 3

열대 시골 살이의 낭만과 현실

PART 4

발리에 대해 미디어가 말하지 않는 것들

일러두기

인도네시아는 영어와 같은 알파벳을 공용 문자로 사용한다. 하지만 발음은 다르다. 'C'는 'ㅉ', 'K'는 'ㄲ', 'T'는 'ㄸ' 등 된소리로 발음되는 경우가 많다. 때문에 한국의 외래어표기법이 현지의 발음을 제대로 전달하지 못한다. 독자의 이해를 돕기 위해 지명 및 고유명사 일부는 현지 발음을 최대한 따랐다.

떠나면 행복할까?

PART 1

그저 받아들이기로 작정하면 모든 게 쉬워진다.

그 덕에 나는 여기서, 오늘도 별일 없이 산다.

별일 없이 산다

서울 생활을 정리하고 인도네시아에 막 도착했을 때, 사람들은 종종 내게 언제까지 여기 있을 거냐 물었다. 내 피부가 진갈색으로 익어서 현지인이라고 농을 치면 다들 곧잘 믿어버리게 되기 전까지다. 나는 "모른다. 편도 티켓으로 왔고, 아무 계획이 없다"고 답했다. 그러면 질문자는 이런 응원을 보냈다.

"무계획이 최고의 계획이지!"

사실 도시의 회사원들도 계획 없이 살기는 마찬가지다. 그들도 대체로 자기가 뭘 원하는지, 지금 행복한지, 어떻게 살아야 잘 사는 건지, 지금의 삶이 얼마나 지속 가능한지, 어떤 노인이 될 건지는 고민하지 않고 닷새짜리 여름휴가 계획과 주택 담보 대출 계획과 자녀 학자금 대책이나 간신히 세우면서 살아간다. 그것도 제대로 된 인생 계획은 아니다.

내가 정말 원하는 게 뭔지 나도 잘 모른다. 잘 모르니까 열심히 살고 보자는 사람이 있는가 하면, 잘 모르니까 일단 편하게 살자는 사람이 있다. 예전에 나는 전자였는데, 그 덕에 프리랜서로 꾸준히 생활비는 벌 수 있게 되면서 후자에 가까워졌다. 그래서 이 섬의 느린 생활이 나와 잘 맞는다.

내가 사는 누사페니다는 발리의 부속 섬 중 가장 크다. 총면적이 202.84제곱킬로미터로, 서울(605.2)보다는 작지만 파리(105)보다는 크다.

나는 이 섬에 사는 유일한 한국인이다. 가끔 한국인이 놀러 와서 "뭐라고 불러드려야 할지…?" 머뭇거리면 '누사페니다 한인회 회장'이란 의미에서 '회장'이라 부르라고 한다. 한국 드라마를 많이 본 외국인은 한국어 원어민의 입에서 '회장님' 소리가 나오면 무척 즐거워한다. 그들에게 회장님은 K-누아르의 최종 보스를 뜻한다. 나는 보스가 아니라 광대가 되기 위해 잠시 회장님을 자처한다. 내가 단체 활동을 싫어하기 때문에 회원이 한 명만 늘어도 누사페니다 한인회는 해체될 것이다.

발리 전설에 따르면 누사페니다는 '데몬(악마)'이 사는 곳이다. 오래전 발리에 데몬이 날뛰어서 역병과 재앙이 잇따르자 사람들은 그와 대적할 가짜 데몬을 만들었다. 진짜 데몬은 누사페니다로 쫓겨났다. 그래서 발리 힌두교도에게 누사페니다는 살면서 꼭 한 번은 가서 기도를 드려야 하는 성지다. 발리 힌두 명절이면 전통 복식을 입고 제물을 든 사람들이 부두에 가득하다. 데몬이 갇혀 지내는 섬이라니, 로큰롤 스피릿이 물씬 풍긴다.

여기 살러 온 여러 이유 중에는 서울 생활을 정리하고 싶다는 충동이 한몫했다. 자취를 20년쯤 하고 나니 잡다한 살림살이, 읽지 않은 책, 커다란 가전제품, 옷과 신발, 서류, 싸구려 가구 따위가 집 안 가득 쌓여서 숨이 막혔다. 그것들을 보관하기 위해서는 집이 필요했고, 집은 나를 한곳에 묶어두는 닻이었다. 가벼워지고 싶었다. 하지만 집을 두고는 짐이 정리되지 않았다. 퍼내도 퍼내도 줄지 않는 바다처럼, 지난 삶의 흔적은 언제나 거기 고여 있었다. 그래서 한번은 서울 생활을 정리해야겠다고 마음먹은 것이다. 언젠가 돌아가 모든 것을 다시 사들이고 새로 시작할지언정.

섬이 17,000개가 넘는 나라에 기간시설을 보급하는 일은 난도가 극악일 수밖에 없다. 그래서 인도네시아 시골 섬에 살면 정전과 단수에 익숙해진다. 누사페니다도 상황이 개선되고는 있지만 우기에는 여전히 사흘이 멀다 하고 전기가 끊긴다.

나는 1980년대 한국 시골에서 유년기를 보냈기 때문에 물자와 체계가 부족한 상황을 잘 견딘다. 하지만 전기와 수도가 멎는 건 내게도 당황스러운 일이었다.

처음에는 전기가 끊기면 하던 일을 중단하고 드러누웠다. 도시 사람처럼 그것을 예외적인 상황으로 보고 생활의 일시 정지 버튼을 눌러버렸다. 이제는 그러지 않는다. 정전은 짧으면 몇 분이지만 길게는 하루 종일도 계속된다. 언제 실현될지 알 수 없는 사건을 기다리며 현재를 포기할 수는 없다. 그래서 언젠가부터 정전이 길어지면 냉장고 청소를 한다. 성에가 녹은 김에 냉동실을 닦고, 냉장실의 개미 시체를 걷어낸다.

잡지사에 보낼 원고를 다 써놓고도 인터넷이 안 돼서 전송을 못 하는 바람에 마감을 어기는 일도 있었다. 처음에는 와이파이가 끊기면 안절부절못했다. 공유기를 몇 번씩 껐다가 켜고, 스마트폰을 끊임없이 재부팅 하며 오두방정을 떨었다. 나는 그 생활에도 차츰 익숙해졌다. 2025년에는 해리가 화상회의를 할 일이 많아지는 바람에 집에 스타링크를 설치했는데, 그전까지 몇 년간은 해리나 나나 '인터넷이란 되면 좋고 안 되면 어쩔 수 없는 것'이라 생각하며 지냈다.

물탱크가 없는 전통 가옥에 살 때는 물도 자주 끊겼다. 욕실에 늘 커다란 양동이를 두고 물을 받아뒀다가 샤워를 했다. 언젠가 옆방 남자가 사귀느냐 마느냐 하는 단계의 자카르타 여자를 집에 데려온 적이 있는데, 여자는 욕실 꼴을 보고는 그날로 도망을 가버렸다. 같은 인도네시아라도 대도시 자카르타와 시골은 시설도, 경제 수준도, 사람들 마인드도 다르다.

발리와 누사페니다의 관계는 제주도와 우도쯤으로 상상하면 된다. 나는 한 달에 두세 번씩 발리에 나간다. 비자와 체류 허가 등의 행정 처리, 해리의 다이빙 센터 물자 조달 및 유관 업체 미팅 따위가 모두 발리에서 이뤄지기 때문이다. 여행 온 지인을 만나러 가기도 한다. 한국에서 원하면 언제든 볼 수 있다고 미루다가 연락하기 애매해진 친구를 여기서 재회할 때도 많다. 인기 관광지에 사는 즐거움이다.

나는 발리에 나갈 때 읍내 오일장 가는 기분으로 꼬깃꼬깃한 메모지에 살 것을 적어서 배를 탄다. 발리라고 공산품이 넘쳐나지는 않는다. 이곳 생활 초반에는 발리 쇼핑 정보도 부족했다. 스쿠터, 헬멧, 전기밥통, 모기장, 커튼레일, 모카포트, 돗자리, 양념통, 컵, 조리도구 등을 이곳저곳 수소문하고 헤매며 몇 주에 걸쳐 하나씩 장만했다. 그러니 만들 수 있는 건 만들어 쓰는 게 나았다.

해리는 매일 글을 써야 하는 나를 위해 공사장에서 각목과 합판을 주워다가 책상을 만들어주었다. 전동공구가 없어서 톱, 망치, 대못만으로 만들었더니 온통 거칠고 비뚤었다. 그 허름한 책상에서 책 두 권을 썼다. 유행 스타일 따라 인테리어를 갈아엎는 삶은 딴 세상 이야기가 되었다.

직접 만들어야 하는 것에는 물론 음식이 포함된다. 〈카모메 식당〉과 〈리틀 포레스트〉 등 '슬로 라이프'를 그리는 일본 영화에 왜 음식 얘기가 빠지지 않는지 여기 와서 깨달았다. 아무것도 안 하고 살아도 밥은 먹어야 한다. 한 끼의 식사가, 더 이상 나눌 수 없는 인생의 가장 작은 단위인 것이다.

인도네시아에서 난생처음 김치를 만들어보려다 실패했을 때, 어머니에게 전화를 걸어 도움을 요청했다.

"엄청 짜. 완전히 소태라고. 과일이나 설탕 같은 걸 더 넣으면 수습이 될까?"

어머니는 한참을 답 없이 깔깔 웃기만 하셨다. 서울에 살 때는 어머니가 매년 김장김치를 사과 상자 하나 분량씩 보내주었다. 나는 바빠서 밥 차려 먹을 시간도 없는 해가 많았다. 어머니의 김치는 냉장고에서 몇 달간 자리만 차지하다가 버려지곤 했다. 그런 사정을 설명해도 어머니를 말릴 수는 없었다. 처치 곤란이라고 강하게 말하면 "김치냉장고를 사렴"이라는 답이 돌아왔다. 그런 배은망덕한 딸이 갑자기 김치를 담근다고 수선을 떨고 있으니, 어머니는 대견함과 고소함을 동시에 느끼는 듯했다. 어머니는 끝내 달라는 답은 안 주고 "다음에 잘 만들면 돼"라고 웃기만 하다가 전화를 끊었다.

이런 자잘한 불편을 '어쩔 수 없지'라고 받아들이기까지는 시간이 꽤 걸렸다. 내가 통제할 수 없는 상황에 조급함, 짜증, 불안 같은 나쁜 감정을 품지 않는 법을, 나는 여기서 착실히 배우고 있다. 그저 받아들이기로 작정하면 모든 게 쉬워진다. 그 덕에 나는 여기서, 오늘도 별일 없이 산다.

선택에서 해방되다

도시에 살 때 나는 그다지 중요하지 않은 것들을 선택하느라 너무 많은 시간을 낭비했다. 사고 싶은 품목을 인터넷에 검색하면 수천 가지 정보가 쏟아졌다. 기능, 디자인, 브랜드, 제조국을 따져가며 간신히 물건을 골라도 쇼핑몰마다 가격이 다르고, 같은 쇼핑몰이라도 쿠폰, 옵션, 신용카드 종류에 따라 결과는 또 달라졌다. 프리미엄 품질이니 해외 직구니 하는 말은 또 얼마나 달콤한가. 최저가와 가성비와 '스마트 컨슈밍'의 늪에 빠져 허우적대다가 정신을 차려보면 불과 백 원, 2백 원 아끼자고 몇십 분을 낭비했다는 사실을 깨닫기도 했다. 그러다 만사 귀찮아지면 이런 생각을 했다.

'나도 꼭 부자가 되어야지. 이 옷이 실제로 사진처럼 생겼을까 고민할 필요 없이 백화점 명품관에서 눈에 걸리는 옷을 사야지. 저가 항공 대신 여행사가 예매해 준 국적기 일등석을 탈 거야. 약속 장소 주변 리뷰 좋은 레스토랑을 찾느라 힘 빼는 대신 제일 비싼 호텔 카페에서 미팅을 해야지. 적당한 가구와 가전을 찾아 전 세계 온라인 쇼핑몰을 뒤지는 대신 인테리어 디자이너를 고용하는 삶을 살 거야.'

물건뿐 아니라 시간도 돈으로 사는 것인데, 나의 소비력으로는 오히려 내 시간을 함께 지불해야 어중간한 물건이나마 가질 수 있었다. 더 나쁜 건 그렇게 시간과 돈과 체력을 들여 산 물건 태반이 쓰레기가 됐다는 점이다.

발리에서 지낸 첫 2년 동안 나는 쇼핑에서 해방되었다. 인도네시아 인터넷 쇼핑몰은 외국 신용카드를 받지 않는다. 거기다 그때는 인터넷도 느리고 자주 끊겼다. 이메일로 사진 파일 하나 보내는 데 몇 시간씩 걸리기도 했다. 누사페니다에는 택배회사도 없었다. 외국인들은 필요한 물건이 있으면 고향의 지인에게 부탁했다. 배송은 발리의 친구 집으로 받았다가 한꺼번에 찾아왔다. 가구와 가전 같은 덩치 큰 물건은 아예 포기를 했다. 해리가 동네 매장에 가서 나를 위해 주문한 매트리스는 배송에 두 달이 걸렸다.

식당이 별로 없으니 메뉴도 고민할 필요가 없었다. 집에서 파스타를 먹느냐, 식당에 가서 볶음밥을 먹느냐 선택은 둘뿐이었다. 새 옷을 사려고 시장에 가보면 못생긴 티셔츠뿐이라 물욕이 생기지 않았다. 그래서 구멍 난 옷을 계속 입었다. 어차피 안 된다고 생각하니 뭘 사고 싶지도 않고, 필요한 것이 있어도 쉽게 포기가 되었다. 선택을 하지 않아도 된다니, 그건 꽤 홀가분하고 편리한 일이었다.

쇼핑을 할 수 없게 되었지만 나는 결핍이 아니라 자유를 느꼈다. 덕분에 한동안 내가 해탈을 한 줄 알았다. 잘 있거라 속세여, 나는 불혹의 몸이 되었노라. 하지만 그동안 이곳에도 많은 변화가 있었다. 가장 중요한 변화는 인터넷이 빨라졌다는 거다. 이제는 날씨만 화창하면 넷플릭스나 유튜브도 끊김 없이 볼 수 있다.

코비드 19 팬데믹을 거치면서 인도네시아의 인터넷 쇼핑 시장은 급성장했다. 누사페니다에도 2019년에서 2022년 사이 택배 회사가 네 군데나 생겼다. 나의 소비욕이 재발한 것도 팬데믹 때였다. 섬에 몇 달 갇혀 있으니 답답한 것도 답답한 건데 물자가 바닥이 났다.

빚까지 내서 지은 다이빙 센터가 개점휴업 상태니 해리는 속이 타들어 갔다. 맛있는 거라도 먹으면 덜 우울할 텐데 그가 좋아하는 서양 식재료를 구할 길이 없었다. 그때 누가 인도네시아 오픈마켓 이용법을 알려주었다. 나는 시험 삼아 3리터짜리 올리브유를 주문해 보았다. 기름은 자카르타에서 산 넘고 물 건너 내가 사는 삭티 마을까지 무사히 도착했다. 그게 시작이었다.

그즈음 나는 인도네시아 은행 계좌까지 갖고 있었다. 무궁무진한 품목을 갖춘 오픈마켓, 현지 은행 카드, 늘어난 택배회사. 다시 내 생활을 망가뜨릴 모든 조건이 갖춰졌다. 올리브유는 방아쇠에 불과했다.

집을 짓기 시작하자 살 것은 더 많아졌다. 내 집 공사와 이 동네 배송 품목 증가는 동시에 진행되었다. 초반에는 조금만 부피가 커도 배송이 안 됐지만 공사 막판에는 온갖 것이 가능해졌다. 물류량이 늘면서 배송 트럭이 갖춰지기 시작한 것이다. 인터넷으로 천 리터짜리 물탱크, 오븐, 세탁기, 매트리스, 수전, 전등, 수납함, 재봉틀, 건축 자재를 주문했다. 섬이 17,000개인 나라에서 어떻게 이런 일이 가능한지 모르겠다. 누사페니다는 길이 좁고 험해서 트럭이 다니기도 어렵다. 그런데도 용케들 배송을 해준다.

아마존 통관 대행 서비스 덕분에 해외 물품 구하기도 쉬워졌다. 몇 년 전까지만 해도 인도네시아 세관은 제멋대로 관세를 매기고 통관이 보류되면 우편 통보를 하는 걸로 악명이 높았다. 관세는 공무원과 흥정을 하면 깎아주기도 했다. 그만큼 규칙이라는 게 없었다. 외국에서 뭘 들여오기가 겁났다. 하지만 아마존 통관 서비스가 정착된 2020년대부터는 미국 아마존 창고에서 인도네시아 촌구석 누사페니다의 내 집까지 투명, 신속, 깔끔하게 물건이 전달된다.

그 결과 나는 몇 년 동안 올라타고 있던 구름에서 굴러떨어져 속세로 돌아왔다. 나는 물건 하나 살 때마다 관련 기술 공부, 전 세계 가격 비교, 모든 리뷰 3회 정독 후 엑셀 파일 만들어서 최종 후보군 대조하기가 기본인 인간이다. 인터넷 번역기가 발달한 후로는 리뷰도 전 세계에서 수집한다. 내 시간은 다시 소비에 좀먹히기 시작했다.

그나마 내가 인터넷 쇼핑 중독에 빠지지 않는 건 지역 택배 사무소들의 얼렁뚱땅 일 처리와 인도네시아 쇼핑몰의 복잡한 환불 절차 때문이다. 분실, 파손, 배송 지연은 걸핏하면 발생한다. 사무소에 물건을 찾으러 가보면 택배 상자 수천 개가 뒤죽박죽 바닥에 널브러져 있다. 내가 당장 공구와 선반을 사다가 정리를 해주고 싶어질 지경이다. 그 때문에 뭘 사건 한국에서보다 서너 배 고심한다. 내가 한심한 걸 살 때마다 '그게 그렇게나 갖고 싶었니?'라는 듯 쳐다보는 해리도 절제심 유지에 한몫한다. 동정 따위 받고 싶지 않다.

가끔 누사페니다 초창기의 삶이 그립다. 그때 나는 "여긴 선택을 고민할 필요가 없어서 좋다"는 방문객의 말에 흔쾌히 동의했다. 지금은 다르다. 할 것도 늘고 선택지도 많아졌다. 섬의 원주민들은 이런 변화를 환영할 것이다. 하지만 도시가 지겨워 떠나온 사람에게는 두려운 변화다. 나는 책을 읽거나 사색을 하는 대신 물건을 들여다보는 데 시간을 허비하고 싶지 않다. 없어도 인생을 사는 데 아무런 지장이 없는 것들을 구하느라 돈과 에너지를 낭비하고 지구의 자원을 축내고 환경을 오염시키고 인류 멸망을 앞당기고 싶지 않다.

단출하게 살고 싶다는 바람은 내가 서울을 떠나 이곳으로 온 수백 가지 이유 중 하나다. 하지만 인터넷과 글로벌 배송 서비스가 촘촘하게 지구를 엮어놓은 상황에서 스스로 욕구를 통제하기란 쉽지 않다. 물건이 삶의 질을 담보하지 않는다는 사실도 여기서 배운다.

나는 더 좋은 물건을 더 쉽게 구할 수 있게 되었지만 시간과 집중력을 잃었다. 나 자신의 욕망과 싸우는 데도 많은 에너지를 쏟는다. 이보다 훨씬 많은 선택지와 물품이 넘쳐나는 도시의 삶을 어떻게 견뎌냈는지 이제 기억도 나지 않는다.

일 안 하고 살면 좋을까?

한때 나는 일을 너무 많이 했다. 사무실에서 숙식하다시피 하니 집을 가꾸거나 가족을 돌보거나 공과금을 처리하거나 제때 의복을 갖추는 데는 소홀했다. 내게는 일이 자기 계발이고, 동료가 가족이고, 거래처 사람이 친구고, 외근이 휴식이었다. 그렇게 몇 년을 살고 나니 번아웃이 왔다. 돈, 성공, 안정된 미래 따위가 부질없었다. 나는 그냥 놀고 싶었다.

인생의 한철에 나는 열심히 놀았다. 회를 먹고 싶으면 제주에 가고, 비빔밥이 먹고 싶으면 전주에 가고, 계절마다 핑계를 만들어 해외로 탈주했다. 시간 많고 놀기 좋아하는 사람으로 보이니 찾는 이도 많아졌다. '야구장 갈래? 전시회 갈래? 쇼핑할래? 이거 배울래? 저거 해볼래?' 누가 무슨 제안을 하건 거절하지 않았다. 새벽 다섯 시까지 파티를 하다가 아침 일곱 시에 등산을 갔다. 오는 연락이 많은 날에는 '에라 모르겠다. 다 같이 모여 술이나 마시자' 해버렸다. 걸핏하면 큰 술판이 벌어졌다. 그렇게 몇 년을 노니까 몸이 둔해지고 눈에서는 총기가 가셨다. 불필요한 인간관계는 소음이 되었다. 쾌락주의는 내 길이 아니었다.

최근 몇 년간 나는 그저 쉬었다. 열대 섬에 터를 잡고 요양하듯 지냈다. 내키면 밥을 먹고, 심심하면 수영을 하고, 아무 때나 잠을 잤다. 그렇게 3~4년을 보내니 생산성이 떨어져서 하루 두 끼 밥 차려 먹고 집 청소하는 일조차 버겁게 느껴지기 시작했다. 어쩌다 요가를 간다거나 친구를 만나는 정도의 일정만 생겨도 며칠 전부터 온 신경이 거기 집중되어 잠을 설쳤다. 사소한 갈등이나 실패에도 내성이 떨어져서 사람이 옹졸해지고 수시로 역정이 났다.

주변에 내세울 직업은 필요하기에 간간이 신문과 잡지에 글을 기고했다. 꾸준히 쓰지 않으니 마감 때마다 몸을 다시 예열해야 했다. 예전 같으면 서너 시간 만에 쓸 칼럼을 3박4일 밤을 패며 쓰기가 일쑤였다. 모든 것이 불만족스럽고 쉬어도 쉬어도 피곤했다. 아이러니하게도 정기 마감을 늘리자 오히려 몸이 덜 피곤하고, 성격도 밝아졌다.

한국에서 노동으로 먹고사는 건 이만저만 고통스러운 일이 아니다. 안다. 그럴 때는 팽팽 놀면 세상 부러울 게 없을 것 같다. 일로 자아실현을 한다는 건 '암세포도 생명'이라는 드라마 대사만큼이나 미심쩍게 들린다. 그런데 막상 놀아보면 일이 그립다. 재능이라곤 약에 쓸래도 없는 외국 연예인 2세들이 굳이 모델 일을 한다고 뛰쳐나와서 양심 없는 '네포 베이비Nepo Baby(금수저)'라고 세상 욕을 다 들어먹는 데는 이유가 있는 것이다.

어느 날은 바닷가 파티에 갔다가 장기 여행을 온 젊은이들과 마주쳤다. 환경단체 인턴십 참가자들이었다. 발리에서 열리는 환경단체 인턴십이라는 게 말은 그럴듯한데, 정말 해양 환경에 관심이 있어서 오는 참가자는 열에 한두 명이다. 나머지는 돈 많은 서양 부모들이 노느니 장독대라도 깨라고 목돈 쥐어 갭이어를 보내준 경우다.

"나는 왜 하고 싶은 일이 없을까."

"나도 그래. 뭘 해야 할지 모르겠어."

제 몸보다 여러 치수 작아 보이는 옷을 걸치고 울적해하던 그들은 다음 순간 기분이 급변해서 복어 먹은 돌고래처럼 소리를 지르며 춤을 추러 갔다.

그 환경단체의 인턴십 기수가 바뀔 때마다 새로운 젊은이들이 섬에 들어와서 솜털이 보송보송한 얼굴로 똑같은 고민을 내뱉고, 똑같은 옷을 입고, 똑같은 춤을 추다가 떠나간다. 내가 싸구려 장판이 깔린 반지하 자취방에서 하던 고민을 인도양이 보이는 해변 바에서 한다는 점을 제외하면, 그들의 갈증이 예전 내 것과 다르지 않아서 공감도 가고, 지루하기도 하다.

일과 휴식의 균형에 있어서라면, 나는 하나의 사이클을 완결했다고 생각한다. 그 결과 내가 찾은 답은 일은 휴식이 있어야, 휴식은 일이 있어야 완전해진다는 것이다. 건강한 인생은 그 선순환에서 시작된다. 그래서 내 삶은 발리에 산다고 했을 때 사람들이 상상하는 것과는 매우 다르다.

예컨대 나는 OTT 서비스를 다섯 개 구독 중이다. 매주 한국 미디어에 보내는 정기 칼럼을 두 개씩 마감하려니 어쩔 수 없다. 공식 수출된 한국 드라마는 모두 본다.

이 책을 쓰는 동안에는 실내 자전거를 구입했다. 발리에 살고 집에 수영장이 있는데 실내 자전거라니, 자존심이 허락하지 않아서 오래 망설였다. 처음 여기 왔을 때는 마을마다 피트니스 센터가 있는 것도 황당했다. 그러던 내가 서울에서도 사본 적 없는 실내 운동기구를 산 것이다.

발리와 누사페니다에는 생각보다 비만 인구가 많다. 주민들은

20~30미터를 이동할 때도 스쿠터를 탄다. 야외에서 돌아다니기에는 너무 덥고 길도 험하기 때문이다. 조깅을 하면 자동차와 스쿠터를 피해 1분에 한 번씩 멈춰 서야 한다. 그러니 육체노동자가 아니면 쉽게 살이 찐다. 나도 마찬가지 상황이었다. 게다가 불규칙하게 마감이 있으니 피트니스 센터에 다니기도 어려웠다. 집 수영장은 운동이 될 만큼 크지 않다. 결국 자존심을 내려놓을 수밖에 없었다.

내 삶은 이곳에 있어도 내 일은 한국에 있다. 그래서 나는 '한국을 떠나서 행복해졌어요'라는 판타지의 선전 요원으로는 결격이다.

내 일들은 아무리 돈벌이라고 둘러대도 스스로 유흥이나 빈둥거림 같다는 인상을 떨칠 수 없다. 그래서 자주, 시간을 낭비하고 있다는 죄책감이나 불안감이 든다. 어쩌다 통장 잔고를 확인하면 더 그렇다. 서울에 번듯한 집을 장만하거나 50살에 은퇴하고 뜨개질과 독서만 하면서 살기에는 턱없이 부족한 총액이다. 그럴 땐 아예 더 먼 미래로 생각을 보낸다. '부동산이 끌어올린 위태로운 한국 경제와 출생률 폭망을 고려하면 한국 집값이 내 생애 한 번은 무너지지 않겠나. 지방을 다 죽이고 인구 몰이를 해서 강남 집값은 어찌어찌 버틴다 해도, 내 나이 70쯤 되면 시골 빈집은 거저 얻을 수 있을 거다.' 비겁하지만 확실하게 마음을 진정시켜 주는 상상이다.

사실 생존보다 불안한 문제는 아직 인생에서 아무것도 성취하지 못했다는 감각이다. 처음 보는 사람에게 즉각 관심을 불러일으킬 만한 번듯한 명함이 없다는 자격지심, 남의 성취를 질투하는 마음 따위에 잡아먹히지 않으려면 인격 수양에 공을 들여야 한다. 어쩌다 옛 친구를 만나면 '이 인간이 외국에서 한가하게 살더니 감 떨어지고 지루해졌군' 생각할까 봐서 걱정이다.

내 인생이 여기서 더 발전하려면 어떻게 해야 하나, 내가 더 해낼 수 있는 일이 뭘까. 이런 질문이 해결하지 못한 숙제처럼 마음 한구석에 고정되어 있다. 그래서 자주 초조해진다.

그러니까 발리에 산다는 건, 내게는, 회색 빌딩 대신 정글을 보면서 초조해하는 것이다. 만원 버스 타고 출퇴근하는 대신 수영장과 바다가 보이는 곳에서 '내가 뭔가 잘못 살아왔는지 모른다'라고 반성하는 일이다. 사계절용 가전과 이부자리와 옷더미를 이고 지고 사는 대신 여름이 영원히 계속되는 나라에서 미래를 걱정하는 것이다.

물론 힘들면 일단 떠나보라는 말도 맞다. 말이 안 통하는 나라에서 나 홀로 한국인으로 사니까 미디어의 자극이나 공포 장사에 확실히 덜 휘둘린다. 이곳에 온 후로 은퇴하려면 10억을 모아야 한다느니, 20억을 모아야 한다느니 하는 조언이 덜 무서워졌다. 인생에는 더 많은 선택지가 있다는 걸 알게 되어서다. 일을 대하는 마음도 여기에 영향을 받는다. 한 발 헛디디면 삶이 무너질까 두려워서, 남보다 잘나가고 싶어서, 막연히 그래야만 할 것 같아서 꾸역꾸역 해치우는 대신 내게 필요한 일의 종류와 양을 고민하고 조율한다.

나는 아직도 일과 휴식의 황금 비율을 찾아 실험을 계속하고 있다. 행운이다. 모두가 많이 일하고, 많이 쉬고, 많이 놀아보고, 그러면서 각자의 균형을 찾으면 좋겠지만 세상이 그렇게 공평할 리가. 누군가는 일을 하고 싶어도 일이 없고, 누군가는 쉬고 싶어도 쉴 수가 없다. 돈이 있으면 시간이 없고, 시간이 있으면 돈이 없다. 때로는 돈과 시간이 모두 없기도 하다. 적어도 이 글을 읽는 분들께는, 간혹 삶의 저울을 돌아보고 눈금을 조절할 수 있는 행운이 따르기를 빈다.

우리는 다 도망자다

자국 정치, 문화를 격렬하게 비판하는 유럽 출신 이주민들을 보다가 물었다.

"너희 나라 사람은 다 이러냐, 아니면 여기 있는 사람들이 유독 냉소적인 거냐."

환경단체를 운영하는 프랑스인이 답했다.

"우리 모두 태어난 곳에서 지구 반대편까지 흘러온 사람이잖아. 우린 다 도망자야. 뭔가 문제가 있지."

그런 대화를 하며 우리는 웃었다. 그건 낯선 환경이 주는 설렘과 실망, 권태의 사이클을 모두 겪어본 사람끼리 통하는 농담이다. 가족, 문화, 직업, 체제, 기후, 마음의 병… 뭐가 됐든 그들이 도망쳐 온 것들로부터 아득히 멀어져 이곳의 어두운 이면과 뒤틀린 이웃이 현실로 다가오는 순간, 그리하여 다시 도망칠 것인가 그럼에도 뿌리를 내릴 것인가 고민하는 순간, 그런 순간을 무수히 겪어내야 하는 게 이방인의 삶이다.

내가 처음 누사페니다에 도착했을 때는 매일 파티가 열렸다. 해리는 길리 에어와 누사렘봉안에서 스쿠버다이버로 일하다가 이곳의 잠재력을 보고 자기 가게를 차리러 들어왔다. 그러자 그의 친구들이 따라 들어왔다.

해리는 다른 숍들을 경쟁자가 아니라 협력자로 보았다. 보통 다이빙 센터라면 배를 내기 쉬운 해변에 짓는 게 상식이지만 이곳 섬들의 개발 패턴을 지켜봐 온 해리는 미래의 번잡함을 피해 정글 한복판에 땅을 구했다. 그러니 경쟁할 필요도 없었다. 다른 숍에 사고가 생기면 사람을 보내 도와주기도 하고, 먼저 알게 된 정보가 있으면 아낌없이 나누었다. 그러다 보니 섬의 초기 이주민들과 두루 친하게 지냈다.

그 시절 누사페니다 이주민 사회는 대학교 동아리 같은 느낌이 강했다. 그들은 오랜 떠돌이 생활 끝에 가능성으로 가득한 섬을 발견한 것에 흥분했고, 새로 사귄 친구들에게 푹 빠져 있었다. 누사페니다가 '발리의 마지막 천국'이라고 미디어에 소개되고 모두 정신없이 바빠진 후에도 한동안 그랬다. 서로의 사업장과 도

마뱀 배설물로 가득한 허름한 셋집, 해변을 오가며 미친놈들처럼 술을 마셔댔다. 그러다가 코비드 19 팬데믹이 터졌다.

발리 경제는 관광업에 80퍼센트를 의존한다. 관광이 중단된 발리는 유령도시나 다름없었다. 시간은 멈추었고 사람들은 무력했다. 어느 유럽 남성 사업가는 전 재산을 들여 인도네시아 전통 목선 여러 대를 샀는데 운항을 못 하는 바람에 한 달 만에 모두 물에 가라앉았다며 처음 만난 내 앞에서 흐느껴 울었다. 관광호텔을 운영하는 한국인 여성은 손님이 끊기자 고육지책으로 현지인 대상 포장마차를 열었는데 취객끼리 칼부림하며 싸우는 바람에 그마저 문을 닫았다고 했다.

누사페니다도 비슷했다. 뜨내기는 썰물처럼 빠졌다. 현지인을 제외하고는 여기에 가진 돈을 몽땅 투자해서 오갈 데 없어진 사람만 남았다. 산책을 나가면 평소 정글에 숨어 지내던 근육질 원숭이 무리가 길까지 튀어나와 위협을 했다. '인간들 다 사라진 거 아니었어? 이제 여긴 우리 땅이라고!' 주장하는 듯했다.

고립된 섬이다 보니 락다운이 2주를 넘기면서부터 생활은 오히려 자유로웠다. 남은 사람들은 밤마다 삼삼오오 모여서 전보다 훨씬 과격하게 음주를 해댔다. 하지만 술자리는 전혀 즐겁지 않았다. 관광과 파티와 희망찬 사업 계획이 중단된 틈을 타 '난 누군가, 또 여긴 어딘가'라는 질문이 이주민들을 파고들었다.

채 1년이 지나기 전에 여러 친구가 알코올의존증에 빠져 치료를 받으러 다니기 시작했다. 부부 상담을 시작한 친구들도 있었다. 평온하게 시작된 술자리가 심각한 가족 문제를 고백하는 집단치료실 분위기로 변질되는 일도 잦았다. 폭력, 학대, 방임, 억압, 슬럼가나 히피 공동체에서 탈출한 경험 등 사연은 다양했다.

지금 사는 곳만 떠나면, 발리처럼 아름답고 평화로운 곳에 살면, 돈 걱정만 없으면, 모든 게 거짓말처럼 좋아질 거란 환상을 가진 도시인에게는 놀라운 얘기일지 모른다. 하지만 당연히 이곳 삶에도 어두운 면이 있다. 아니, 말마따나 애초에 어둠이 있는 사람이라야 지구 반대편까지 도망쳐 올 생각을 하는 건지도 모른다.

예컨대 해리는 어릴 때 모종의 학대를 겪어서 아직 트라우마에 시달린다. 자다가도 몸에 뭔가 닿으면 소스라치게 놀란다. 악몽도 자주 꾼다. 10대에 집을 탈출해 노숙부터 하면서 자신을 일으켜 세운 경험은 그에게 뚜렷한 계급의식과 반체제 성향을 심어주었다. 그는 유럽을 생각만 해도 화가 치밀고 우울해한다. 스쿠버다이빙은 그에게 일종의 치료법이었다.

해리의 손님 중에도 심각한 트라우마에 시달리는 사람이 많다. 개중에는 소통이 거의 불가능한 전역 군인들도 있다. 그들은 지상과 완전히 단절된 수중 세계에서 간신히, 잠깐씩이나마 안정을 찾는다. 그렇게 무언가로부터 탈주해 발리까지 왔지만 안정을 찾는 데 실패하는 사람도 많다.

몇 해 전 〈윤식당〉이라는 예능 프로그램이 인기를 끌었다. 발리 인근, 정확히는 롬복에 더 가까운 길리에서 촬영되었다. 아름다운 풍경, 여유로운 관광객, 익명의 자유를 누리며 단순한 삶을 시험하는 스타들… 그 모든 게 발리에 대한 한국인의 환상에 지대한 영향을 미쳤다. 하지만 길리의 실상은 전 세계 파티광이 모이는 환락의 공간이다. 해변 카페에서 버젓이 환각 버섯을 팔고, 하루 종일 숙취에 시달리다가 밤에만 깨어나는 좀비들이 우글댄다.

길리에서 파티와 약물에 젖어 지내다가 폐인이 되어서 애초 그 방황의 원인이던 사이 나쁜 가족에게 손 벌리러 돌아가는 사람을 본 적 있다. 발리를 떠나기 전 마지막으로 목격한 그의 모습은 처참했다. 이는 다 썩고 말은 어눌하고 망상에 빠져서 주변 사람들을 의심하고 걸핏하면 화를 냈다. 길리에서 마약을 팔다가 체포된 후 간수에게 뇌물을 주고 도주한 유럽인도 있었다. 〈윤식당〉에 나온 그 석양이 아름다운 동네 얘기 맞다.

요가와 명상의 천국이라는 우붓은 또 어떤가. 사람들은 항상 그곳에 뭔가 '정신적이고' '영적인' 기운이 있다고 말한다. 그런 기운이 실재한다고 가정하면, 거기 강하게 끌리는 사람은 이미 영적 성숙에 도달한 자가 아니라 정신이 망가지거나 미숙해서 돌파구를 찾는 사람일 수밖에 없다. 여기서는 최면술, 명상, 레이키 같은 것들이 온갖 언어로 서비스된다. 우스꽝스러워 보이지만 그런 것에라도 기대야 하는 사람이 여기엔 많다.

사연의 크기는 다르겠지만 자기 나라를 떠나 언어와 문화가 다른 어딘가를 선택하는 사람들에게는 저마다의 피치 못할 이유가 있다. 나도 파트너가 여기 살아서 죽치고 있다고는 하지만 한국 사람들과 섞일 때면 내가 '검은 양'이라는 느낌이 든다.

'저 사람은 뭘 가졌나' 끝없이 서로 힐끔대고 비교하고 우열을 가르고 뒤처진다 싶으면 불안해하는 한국 사회가 나는 숨 막힌다. 그 불안을 달래려 미친 듯이 먹고, 소비하고, 종교인이든 정치인이든 아이돌이든 닥치는 대로 우상을 골라잡아 집착하는 모습도 공포스럽다. 좁디좁은 정상성의 범주에서 벗어나면 눈치 주고 참견하는 사람들도, 그깟 눈치와 참견을 무시 못 해서 전전긍긍하는 사람들도 갑갑하다. 하지만 내가 다른 사람들과 다르다고 느끼는 결정적인 대목은 편도 비행기표를 끊고 여기에 왔다는 사실이다.

누군가는 도망칠 수밖에 없어서 떠나왔겠지만 나는 도망칠 수 있어서 떠나왔다. 내가 도망칠 수 있었던 건 삶의 물질적 성장이 불확실한 상황을 견딜 수 있는 사람이기 때문이다. 그 점에서 내가 정상은 아니라고 느낀다. 이게 이곳에 살러 오는 사람이 가진 최소한의 비정상성이다.

우리는 모두 도망자다.

도시는 불안을 먹고 자란다

지금은 해변을 따라 술집과 카페가 즐비하지만, 몇 년 전까지만 해도 누사페니다에는 상업시설이 거의 없었다. 이주민들은 서로의 집이나 사업장에서 술을 마셨다. 그러다 누가 분위기 좋은 칵테일 바를 찾아냈다. 술집에는 6인용 테이블 한 개, 기역 자 바 한 개가 전부였다. 큰길에선 보이지도 않는 외진 곳이다. 그런 곳에 술집을 낸 주인도 신기하고, 기어이 그걸 찾아낸 술꾼 이웃들도 신기했다.

처음 거길 다녀온 이웃들은 내게 호들갑스럽게 전했다.

"소주가 있더라니까!"

여느 백인들과 달리 이 술꾼들에게 한국은 김정은의 이웃사촌도 아니고, 케이팝의 나라도 아니고, 성공에 목매는 극성스러운 이민자들의 고향도 아니고, 중국과 일본 사이에 낀 몰개성한 산업국가도 아니고, 단순 명료하게, '소주의 나라'다. 그들은 특히 증류주가 아니라 저렴한 희석식 소주를 신기해한다.

술집 주인의 이름은 '밥'이었다. 둥근 얼굴에 약간 수줍음을 타는 인도네시아 남자다. 가게 이름이 따로 있지만 모두 그곳을 '밥네Bob's'라고 불렀다. 밥의 진짜 이름은 와얀이나 마데나 꼬망일 게다. 농담이 아니다.

발리 힌두교인들은 출생 순서에 따라 정해진 이름을 돌려가며 쓴다. 첫째는 와얀, 푸투, 게데, 니루 중에 하나, 둘째는 마데, 카덱, 넹아, 셋째는 뇨만, 꼬망, 넷째는 케툿이다. 다섯째부터는 와얀, 푸투…로 돌아간다. 한 학급에 마데 세 명, 와얀 네 명이 앉아 있으면 혼란이 생길 수밖에 없다. 그래서 이곳 사람들은 별명을 이름처럼 쓰는 경우가 많다.

밥도 나를 보면 소주 얘기를 했다. 처음 그곳을 발견한 이웃들이 시험 삼아 갖다 둔 소주를 모두 마셔버리는 바람에 다시 물건이 들어오기까지 한참이 걸렸는데, 소주가 재입고된 날부터 만나는 사람마다 내게 "밥네 가게에 소주 들어왔다고 너 오래"라는 말을 전했다.

마침내 내가 바에 나타나자 밥이 의기양양한 얼굴로 소주를 내

밀었다. 맥주병을 재활용한 것 같은 둥글둥글한 초록 병에 빨간 라벨이 붙어 있고, 라벨에는 한국어로 '소주'라 쓰여 있었다. 척 봐도 위험한 물건이었다. 뚜껑이 맥주처럼 크라운 캡이었다. 모름지기 소주라면, 특히 이 정체불명의 제품이 모방한 희석식 소주라면, 뱃사람이 월세 여인숙에서 머리맡에 던져놓고 막 굴려도 되도록 트위스트 캡이 달려 있어야 한다. 그것이 한국 서민의 술, 소주의 정신이다. 이건 너무 어설픈 모사품이다.

짝퉁 소주는 텁텁했다. 내 취향이 아니었다. 몇 번 '소맥'을 가르친 적이 있어서 이웃 술꾼들은 무턱대고 맥주를 섞기 시작했다. 얘들아, 그거 아니야, 이 술은 그런 술이 아니야, 말려봤지만 소용이 없었다. 모두 입만 대고 관두는 바람에 열어둔 소주 한 병이 고스란히 내 차지가 되었다.

"너를 위해 힘들게 구했어"라며 칭찬을 기대하고 눈을 반짝이는 밥을 보니 차마 "이건 치우고 위스키나 주쇼"라고 말할 수 없었다. 피자 안주에 텁텁한 소주 한 병을 비운 나는 다음 날 숙취로 종일 누워 있었다.

밥은 조카를 주방 보조로 썼다. 호리호리한 열세 살짜리 남자아이였다. 아이는 벌써 프로 바텐더 분위기를 풍겼다. 어떤 손님이 와도 당당하게 턱을 치켜들고 친구처럼 인사했다. 원래도 몸이 날랜 아이 같은데 주인의식이 더해져 항상 분주하게 움직였다. 처음 그 아이를 보고 우리는 농담을 했다.

"얘는 5년만 지나면 세계 최고의 바텐더가 될 거야."

아이는 볼 때마다 키가 쑥쑥 자랐다. 그러더니 언젠가부터 가족인 밥의 가게를 떠나 섬에서 가장 바쁜 식당에 정식으로 취직을 했다. 밥의 가게에서 만난 초창기 이주민들이 들르면 항상 친구처럼 반갑게 맞는다.

그 아이를 볼 때마다 한국 친구들이 생각났다.

"부럽다. 나도 발리에서 몇 달만 살아보고 싶다."

"오면 되잖아요?"

"애 학교는 어떡해?"

"그린 스쿨에 던져놔요. 거기선 애들이 하루 종일 나무 타고 논대. 외국 애들 많으니까 영어 캠프 보내는 셈 치면 되잖아요."

"내년이면 중학생인데 그러면 수업 못 따라가."

"그린 스쿨은 제인 구달과 반기문이 다녀간 곳으로…"

"엇, 그래?"

발리 생활 초기에는 지인들과 이런 대화를 자주 나눴다. 도시는 불안을 먹고 산다. 학벌, 명성, 브랜드는 불안의 바다에서 부표 역할을 한다. 모두 그곳을 향해 열심히 헤엄친다. 그 후 발리의 국제 학교들은 한국 중산층의 방학 캠프로 인기를 끌게 되었다. 참가비가 가장 비싼 그린 스쿨의 단기 캠프에는 중국 부자가 많지만 한국인도 간간이 보인다. 그제야 자녀가 있는 내 친구들도 발리를 찾기 시작했다.

회사에 다닐 때 "나도 치킨집이나 차려야지"라는 자괴감 섞인 농담을 숱하게 들었다. 자영업자들에게 대단히 모욕적인 말이고, 이제는 자영업의 어려움이 많이 알려져서 그런 농담을 하는 사람도 줄었다. 하지만 그땐 그랬다. 문과생의 끝은 어차피 치킨집이라거나, 중소기업이든 대기업이든 어차피 직장인의 종착지는 치킨집이라는 농담이 흔했다. 그 후 카페로, 유튜브로, 농담에 거론되는 도피처는 바뀌었어도 그 안에 담긴 학벌 경쟁, 취업 경쟁, 생존 경쟁에 대한 피로감은 그대로였다.

밥의 조카를 보면서, 내 평생 이렇게 많은 시간을 술집에서 보낼 줄 알았으면 나도 어릴 때 국영수 대신 칵테일과 요리를 배웠으면 좋았겠다는 생각을 했다. 어차피 종착지가 같다면 우리는 왜 그렇게 먼 길을 돌아가려고 하는 걸까.

누사페니다에 살면서 한국을 떠나길 잘했다는 생각이 강하게

든 적이 몇 번 있다. 한 번은 지인의 아이가 겪은 난처한 일을 전해 들었을 때다.

아이의 반에는 그린 듯한 '갑질 학부모'의 자녀가 있었다. 그 학부모는 매년 학교 정책에 사사건건 시비를 걸며 격렬하게 항의를 했고, 자기 아이가 무리에서 대장 노릇을 못 하거나 성적이 떨어지면 친구들에게 누명을 씌워서 학교폭력위원회에 신고하고는 했다. 학교와 학생들을 상대로 별의별 형사 고소도 많이 했다. 결과는 번번이 '처리 없음', '무혐의'였지만 사건 조사가 진행되는 동안 영문 모르고 봉변을 당한 사람들은 억울하고 두려워서 미칠 지경이었다. 그 학부모의 자녀가 있는 반에서는 매년 교사가 병가를 냈다. 하지만 돈 많고 시간 많고 화 많은 민원왕을 멈출 방법은 어디에도 없었다.

그 이야기를 듣고 처음에는 화가 났다가, 이런 상황을 막지 못하는 시스템에 답답했다가, 이내 서글퍼졌다. 내 아이의 정서와 앞날에 단 하나의 작은 흠집도 허용하지 않겠다는 누군가의 실현 불가능한 바람 때문에 당사자의 자녀를 비롯해 많은 아이가 고통받고 있었다. 한때 지나치게 강했던 교권을 통제하고 학교폭력 해결에 공정을 기하고자 마련한 제도는 멀쩡한 교육자들의 손발마저 묶어서 교실을 또 다른 폭력의 무대로 만드는 데 악용

되고 있었다. 소수의 사람들이 시스템을 해킹함으로써 진짜 폭력 피해자에게 가야 할 사회적 재원을 가로채는 것도 문제다.

내가 이런 이야기를 하자 학생 자녀를 둔 친구들은 대개 "요즘 그런 사람 많아. 우리 애 학교에도…"라며 한숨을 쉬었다. 이런 지뢰밭에서 어떻게 마음 편히 아이를 집 밖에 내놓을 수 있단 말인가.

내 아이가 허위 학폭 신고 같은 걸 당했다면 '10년만 지나도 기억도 안 날 일이니까 신경 쓰지 마라. 억울하게 사과 조치 같은 걸 받더라도 연예인과 교사 빼고는 다 할 수 있으니까 좋은 사람에게 친절하고 남을 괴롭히는 사람에게는 할 말 하면서 살아라' 할 것이다. 하지만 서울 사람들이 듣기에 이건 너무 순진하고 태연한 소리일 수밖에 없다.

자식 인생에 최대치의 안전망을 구축해 주어야 한다는 중압감, 개개인의 통제를 벗어난 복잡한 시스템과 촘촘한 규율이 그들을 압도하고 노이로제 상태로 몰고 간다. 인구는 너무 많다. 그 모든 타인이 건강하고 건전한 사회인을 길러내는 작업에 변수로 작용한다. 도시는 불안을 먹고 자라며, 불안은 거기 사는 양육자들을 먹어치운다.

내가 발리에서 '여기는 다른 세계구나'라고 처음 느낀 건 기후나 풍경이 아니라 골목에서 뛰어노는 아이들 때문이었다. 나는 자동으로 '애들이 왜 이 시간에 학교나 학원이 아니라 길에 있지? 보호자는 어디에 있지?' 생각했다. 그러고는 곧 그것이 몹시 '한국적인' 사고방식임을 깨달았다.

누사페니다의 아이들도 주로 방목된다. 자기들끼리도 잘 놀고, 부모가 일하는 데 따라다니면서 놀기도 한다. '내 자녀 지상주의'가 발붙이기 어려운 게, 여기는 마을 단위 공동육아가 흔하다. 아이들이 워낙 '내 집, 네 집' 개념이 없다 보니 지나가는 동네 아이에게 별생각 없이 친절하게 굴었다가는 집이 놀이터가 되어버릴 지경이다. 나도 그렇게 해서 이름도 모르는 아이가 사흘 동안 내 집을 들락거린 적이 있다. 부모가 찾으러 온 적은 한 번도 없었다.

발리에는 그나마 구몬 간판이 곳곳에 걸려 있지만 누사페니다에는 학원도 없다. 공부는 잘하면 좋지만 못해도 크게 상관없다는 분위기다. 모든 인간이 엘리트가 될 수 있다는 허망한 착각도, 그로 인한 억압과 경쟁도 보이지 않는다. 밥의 조카는 이곳에서 지극히 평범한 아이다.

이 동네 아이들의 심신이 도시 아이들에 비해 얼마나 건강할지는 알 수 없다. 빠르게 성장하지만 뿌리가 얕아서 바람에 픽픽 쓰러지는 코코넛나무처럼, 열대의 아이들도 속은 약할지 모른다. 하지만 그들의 잎이 아주 푸른 건 알겠다.

인도네시아에서는 스물두 살부터 술을 마실 수 있다. 밥의 조카는 곧 스물두 살이 된다. 그가 세계 최고의 바텐더가 될 날이 머지않았다. 그는 언젠가, 열심히 공부하고 좋은 대학 나와봤자 인생무상이더라며 한국 탈출을 꿈꾸는 제 또래 여행자들을 만나게 될 것이다. KS 인증을 받은 규격 상품 같은 인간들에게 소주를 권하고 그들이 흐트러지는 모습을 지켜볼 것이다. 자신이 불필요하게 먼 길을 돌아왔다는 사실을 알게 되었을 때 그 규격 인간들이 어떤 표정을 지을지 궁금하다.

내가 발리에서 '여기는 다른 세계구나'라고 처음 느낀 건

기후나 풍경이 아니라 골목에서 뛰어노는 아이들 때문이었다.

발리 밸리의 비밀

2016년 우붓 도착 이튿날 숙소 식당 메뉴가 채식이라는 사실을 알고 당황했다. 나는 에어비앤비에서 숙소를 구했으므로 거기가 요가 리트리트 상품을 주력으로 판매하는 곳인지 몰랐다. 달걀 옵션이 있지만 원하면 비건도 가능했다. 숙소 손님 중에는 메뉴에 달걀이 있는 것조차 불쾌해하는 사람이 있었다.

숙소 주인 M은 이란계 이스라엘 사람이었고, 손님 중에는 동양인이 거의 없었으므로 M은 나에게 처음부터 친근하게 굴었다. 그가 물었다.

"너도 채식주의자니?"

숙소 분위기를 언뜻 파악한 내게는 사상 검증처럼 들리는 질문이었다. 1·4후퇴 때 서울에 남은 민간인에게 사복 차림 군인이 접근해서 국군과 인민군 중 어느 쪽을 응원하냐고 물으면 어떻게 할 것인가? 고심 끝에 나는 회색 지대를 선택했다.

“잠재적 채식주의자라 해두지. 사흘에 한 번씩 채식주의자가 되겠다고 결심하지만 맛있는 음식 앞에서는 까맣게 잊어버려.”

M은 내 머리에 총알을 박아 넣는 대신 악수를 청했다.

“뭐 하러 고기를 끊어? 멍청한 소리 마. 환경보호? 풀도 고통을 느껴. 인간은 단백질이 필요해. 채식이 건강에 나쁘다는 건 과학적으로 입증된 사실이야. 나는 요가니 채식이니 하는 것들이 지긋지긋해.”

채식주의자들은 반대로 육식이 건강에 나쁘다는 사실이 과학적으로 입증되었다고 주장한다. 과학자들끼리 합의를 좀 봐주면 좋겠다. 나는 M에게 물었다.

“하지만 너는 요가 센터와 채식 레스토랑을 운영하잖아.”

“돈이 되니까. 우붓 관광객 중 80퍼센트는 채식주의자일걸. 그 인간들이 얼마나 재수 없는지 너도 겪어보면 알 거야. 아무튼 반갑다. 나랑 오리고기 먹으러 갈래?”

무슬림 국가 인도네시아에 속한 힌두 섬 발리에서 미국식 가명을 쓰며 사업을 하는 이란계 유대인 M과 육식 천국 대한민국에서 온 금음체질 잡식가인 나는 그렇게 친구가 되었다.

'금음체질'이라는 것에 대해 한마디 해두자. 그것은 죄 많은 식도락가에게 내려지는 형벌이다. 몇 해 전 나는 다이어트에 도움이 된다는 말에 솔깃해서 사람의 체질을 여덟 가지로 분류해 각각이 금할 음식을 알려준다는 한의원을 찾았다. 그곳에서 밀가루, 고기, 뿌리채소, 유제품, 견과류, 기름, 커피, 조미료, 마늘, 소금, 설탕, 고추, 콩, 두부, 현미, 일부 해산물과 과일과 버섯, 비타민 A, D, E, 모든 약물, 술과 담배를 끊으라는 말을 들었다. 의사 양반, 나 보고 굶어 죽으라는 거요?

요즘은 분위기가 많이 달라졌지만 내 세대에겐 점심과 회식도 업무의 연장이라는 인식이 강했다. 이른바 '밥심'의 나라에서 남과 다른 음식을 먹겠다는 선언은 스스로 정을 맞겠다고 모난 머리를 굴 밖으로 내미는 짓이었다. 한국 음식은 밥, 국, 찬이 기본인데 국은 대개 고기를 우려서 만든다. 통닭, 한우, 삼겹살, 족발 없이 이 나라에 우정이란 게 존재할 수는 있을까? 나는 한동안 체질식을 해보려다가 외식이 어려워서 포기했다. 체질이니 뭐니 하는 건 잊어버리고 아무거나 잘 먹으면 보약이라는 옛말을 따르기로 했다.

프리랜서가 된 후에는 체질식을 하기가 쉬웠다. 그래도 여전히 친구들을 만날 때면 마음이 약해졌다. 나는 육식 국가의 모범 시민이었다. 그런 내가 어쩌다 보니 발리 우붓에서 다섯 달을 머물게 되었고, 알고 보니 그곳은 요가와 채식에 심취한 전 세계 히피의 성지였던 것이다. 한국에서는 크나큰 미덕이던 '아무거나 잘 먹는' 태도가 우붓에서는 오히려 미개해 보였다. 우붓 여행자들은 이런 식이다.

"나는 베지테리언이에요. 환경을 위해서죠. 한국에 초대해 줘요. 그런데 거기 내가 먹을 게 있나요?"

"나는 비건이에요. 3년 전 몸이 아파서 시작했어요. 그 꿀 들어간 과자 좀 치워줄래요?"

"파스타는 글루텐 프리로 주시고 디저트에 견과류는 빼주시고 음료는 두유를 10밀리리터만 넣고 젓지 말고 흔들어서…"

매일 그런 손님을 마주치는 M은 채식 독재 정당에 점령당한 우붓의 마지막 육식주의 저항군처럼 치열하게 싸워댔다. 모든 손님의 음식 취향을 심문하고 채식주의자에게는 잔소리를 퍼부었다. 그런데 알고 보니, 그도 육식주의자일지언정 잡식가는 아니었다.

인도네시아의 인스턴트 라면에는 보통 가루수프와 작게 포장된 기름이 들어 있다. 기름에 간장, 소금 등으로 간이 되어 있어서 그것을 빼면 라면이 맹탕이 된다. M은 기름을 싫어한다면서 맹탕 라면을 고집하곤 했다. 달걀프라이를 할 때도 기름을 쓰지 않아서 프라이팬에 들러붙어 버리는 것 반, 먹는 것 반이었다.

우붓의 까다로운 여행자들과 M을 보면서 느낀 바가 있다. 나는 한국 문화를 핑계로 채식을 자주 중단했지만 실은 의지력이 약해서 변명 거리를 찾고 있었던 게 아닐까. 까다롭게 보이기 싫고 다투기 싫고 귀찮다는 이유로 체질식을 포기하면서 나 자신의 몸을 학대해 온 건 아닐까. 내가 음식에 대해 진정 하고 싶고 해야 할 말은 이런 것인데 비겁하게 회피한 게 아닐까.

"미안합니다만, 저는 콩과 감자를 안 먹습니다. 견과류와 아보카도는 많이 먹으면 토하고, 복숭아를 만지면 두드러기가 나요. 우울하냐고 그만 물어봐요. 닷새 전 밀가루와 고기를 먹었더니 여태 똥이 안 나와서 몸이 무거운 것뿐이에요. 난 그냥 물만 마실게요. 자주 이러니까 신경 쓰지 말아요."

누가 더 까다롭나 경쟁하는 우붓의 이방인들 사이에서, 나는 비로소 이런 말들을 꺼낼 수 있게 되었다. 나의 진짜 욕구가 뭔가를 살필 수 있게 된 것이다. 그러자 살이 빠졌고, 몸이 가벼워졌으며, 절제 없이 먹는 잡식가들에게 위화감을 느끼게 되었다.

따져보면 이상한 일이다. 아무리 함께 밥을 먹는 행위의 사회적 의미를 고려한다 해도, 내 입에 들어가는 것은 내 건강에 직결된 문제인데 내 마음대로 결정할 수 없다는 건 폭력이며, 다 함께 메뉴를 정할 때 당연하다는 듯 채식을 배제하는 환경은 불행하다.

아무런 의무도 없는 여행자로 지내는 동안 나는 음식에 관한 중요한 사실을 또 한 가지 깨달았다. 사회생활이라는 명목으로 파블로프의 개처럼 종이 울리면 점심을 먹고 둘러앉아 저녁을 먹으면서 우리가 불필요하게 많이 먹고 있다는 점이다.

우붓에서 5개월을 보내고 서울에 돌아갔을 때, 친구들은 내가 너무 살이 많이 빠졌다고, 얼굴이 볼품없다고 걱정했다. 그들은 내게 자꾸만 뭘 먹이려고 했다. 맵고, 푸짐하고, 펄펄 끓는 음식을. 나는 여전히 호의를 거절하는 데 서툰 사람이지만 이따금 용기를 내어 이렇게 말했다.

"배불러. 나는 그냥 풀만 조금 먹으면 돼. 나에게 안 먹을 자유를 줘."

나는 엄밀히 말하면 플렉시테리언이다. 저 까다로운 우부디언들에게 자기소개를 할 때 써먹으려고 배운 단어다. 채식을 지향하지만 여의찮으면 아무거나 먹는다는 뜻이다. 다행히 발리에서는 채식을 실천하기가 어렵지 않다. 발리 문화 자체가 힌두교 기반이라 채식 옵션이 많기도 하거니와, 육류와 해물 요리가 발달하지 않은 탓도 있다.

발리는 섬이니까 해산물이 흔하겠다고 생각하지만 의외로 그렇지 않다. 20여 년 전까지만 해도 한국인의 발리 여행은 단체나 여행사 패키지가 많았다. 그때는 짐바란 일대의 해산물 바비큐 식당이 유명했다. 내가 2013년 출장으로 발리를 방문했을 때도 에이전시가 짐바란의 해산물 식당으로 안내했다. 웨딩홀처럼 넓고 고풍스러운 식당 안에 자리를 잡자 종업원이 삶은 새우를 식탁 위에 산처럼 쌓아주고 갔다. 그게 한국인과 중국인을 위한 맞춤 서비스였다는 건 발리에 살고 나서야 깨달았다.

발리는 1년 내내 덥다. 전기는 불안정하다. 누사페니다에는 아직 냉장고가 없는 집도 많다. 이 일대는 20세기 내내 인구도 많지 않았다. 그러니 물자가 빠르게 유통되지도 않았다. 한번 잡은 육류와 해산물은 실온에 오래 방치되는 게 보통이었다. 그래서 발리 사람들의 식품위생 관념은 우리의 그것과 아주 다르다. 약간 상한 재료도 바싹 굽거나 튀기거나 삶아서 사용을 한다. 그들의 검소한 기질 탓에 식도락 문화도 발달하지 않았다.

이런 환경에서 해산물을 날것으로 먹는 건 당연히 위험하다. 고기도 우리 기준으로는 과하다 싶을 만큼 푹 익혀서 먹는다. 그러다 보면 질감이 마분지나 고무에 가까워진다. 그나마 신선한 육류는 닭이다. 이건 덩치가 작으니까 금세 소진이 가능하고, 유통 주기도 짧다. 나는 이곳에서 주민이 직접 잡은 고기를 권하는 경우가 아니면 육식을 삼간다.

한번 익힌 음식이라도 안심할 수는 없다. 조금만 방심하면 쉰내가 나고 벌레가 끓는다. 발리에는 작은 와룽Warung이 골목마다 있다. 와룽은 현지인이 운영하는 식당을 의미한다. 외국인이 운영하는 식당보다 세금이 싸고, 그래서 음식값도 저렴한 경우가 많다. 그중 인기가 없어서 재료 순환이 느린 곳은 음식을 두 번, 세 번 다시 조리하기도 한다. 씹는 순간 '뭔가 잘못됐다'는 느낌이 온다. 그래서 이들이 '발리 밸리(발리에서 발생하는 복통, 설사, 구토, 오한 등의 질환을 뜻한다)'의 원흉인가 하면, 그건 아니다. 정말 위험한 식당은 따로 있다.

발리에는 당연히 여행자를 위한 고급 레스토랑이나 힙한 카페도 많다. 그런데 주인이 발리에서 사업을 한 지 얼마 안 된 사람일 경우, 이곳 환경을 이해 못 하고 자국 조리법과 재료 관리 시스템을 도입해서 낭패를 보곤 한다. 발리의 한국 음식점에서 떡볶이를 시켰다가 냉동과 해동을 여러 번 반복한 게 분명한 떡을 씹고 곤란했던 적이 몇 번 있다. 식당에 보조 발전기가 없었던 모양이다. 누사페니다에서 가장 유명한 비치 바에서 비건 버거를 먹다가 패티에서 구더기를 발견한 적도 있다. 짱구에서 한동안 인기를 끌었던 오가닉 로푸드 카페는 식중독 사례가 여러 건 발생하는 바람에 문을 닫았다. 발리에서 해산물을 먹고 살모넬라에 감염된 여행자도 있다.

그러니 발리 밸리를 피하는 가장 안전한 방법은 주민들이 애용하는 현지 식당에서 채식을 하는 것이다. 다행히 여기는 식당마다 템페Tempe(콩을 발효시킨 음식)가 있어서 단백질 보충이 어렵지 않다. 그 덕에 나는 여기서, 나의 양심과 몸을 덜 괴롭히며 산다.

고립인가 평화인가

어릴 때 초등학교에서 20분 거리 마을에 살았다. 같은 학년에 동네 친구가 없어서 혼자 하교를 하곤 했다. 나는 그 길을 혼자 걷는 게 싫지 않았다. 꽃구경도 하고 차 구경도 하고 노래도 부르고 길바닥에서 동전을 줍기도 했다. 그래도 되는 시절이었다.

동네 친구끼리 무리 지어 다니는 아이들과 달리, 나는 학교에서도 단짝이 없었다. 그것 역시 내게는 문제가 아니었는데 엄마는 걱정을 했다. 자꾸 친구들을 집에 초대하라고 하는데 번화가에서 벗어난 우리 동네까지 놀러 올 어린이는 거의 없었다. 엄마가 애써 음식을 장만해 두면 나는 친구 한 명을 간신히 섭외해서 데려가곤 했다. 그런 날의 민망함을 아직 기억한다.

요즘은 해리가 엄마처럼 나의 교우관계를 걱정한다. 집에서 혼자 지내기 외롭지 않냐고 귀찮게 자꾸 물어본다. 이 섬에 한국인은 나뿐이고, 내 또래 현지인 여성은 모두 아이 키우고 살림하느라 바쁘다. 어쩌다 파티 같은 데서 만나면 반갑게 인사를 나누는 이주민들이 있지만 10분만 지나면 할 말이 떨어진다.

나는 한국에서도 사람들에게 먼저 친해지자고 접근하는 주변머리가 없었다. 그래서 친구는 대부분 일을 하다 만난 사람이다. 여기서는 일도 하지 않으니 사람 사귈 기회가 없다. 이런 경우 보통은 고립감을 느낄 것이다.

공지영 작가의 소설 《사랑 후에 오는 것들》(소담출판사)에서, 한국 여자 '홍'은 일본 유학을 갔다가 현지 남자와 사랑에 빠져서 동거를 시작한다. 그들의 동거는 오래가지 못한다. 여러 이유가 있다. 그중 하나가 낯선 땅에서 살아가는 여주인공의 고립감이다. 공지영 작가는 이렇게 묘사한다.

'스물둘의 여자가 일본 나이로는 스물둘이고 한국 나이로는 스물셋인 남자를 하루 종일 턱을 괴고 앉아 기다리고 있었다. 그것뿐이었다. 꿈도 버리고, 가족도 배반하고, 죽음의 문턱에 선 할아버지도 외면한 채…'

나는 이 비슷한 얘기를 주로 북미나 유럽으로 이주한 친구에게서 들었다. 한국인에게는 일본보다 언어, 문화, 인종, 지리가 멀고 비자 취득과 취업 난도도 높은 지역이다. 한 친구는 외국인과 사랑에 빠져서 그가 일하는 제3국에서 무직으로 살 때의 경험을 이렇게 표현했다.

"내가 자꾸 못생겨지는 거야. 얼굴은 그때도 예뻤어. 마음이 못생겨진 거지. 하하. 말도 안 되는 일로 자꾸 싸우게 되더라. 결국 둘이 함께 그 나라를 떠났어."

누사페니다에서도 사랑을 좇아 왔다가 고립감에 좌절하고 떠나는 사람을 자주 본다. 주로 스쿠버다이빙 강사의 애인이나 배우자다. 스쿠버다이빙 강사는 개개인이 같은 언어권 손님의 수요를 창출하는 역할을 한다. 업체들은 취업비자 발급에 따른 수고와 비용을 감수하더라도 다국적 강사를 쓸 필요가 있다. 하지만 그 외에는 굳이 외국인을 써야 할 일자리가 이 섬에 없다.

다이빙 강사들은 나이 들어 자기 숍을 차리기 전까지는 정착을 보류하는 경향이 있기 때문에 그들의 파트너가 여기서 사업을 벌이기도 어렵다. 파트너들이 디지털 노매드로서 본국 기업과 일을 하며 돈을 벌 수는 있겠지만 그건 사회 활동 욕구를 달래는 데는 도움이 되지 않는다. 유럽인은 덜하지만 중국인이나 멕시코인처럼 이곳에서 흔치 않은 국적과 언어권의 사람이면 고립되기 십상이다. 그들은 보통 석 달쯤 지나면 우울증에 빠지고, 길어야 1년이면 섬을 떠난다.

이웃 중에는 나도 이 섬에서 오래 못 버틸 거라 짐작한 사람이 많았다. 무례하기로 소문난 어느 프랑스인은 해리에게 대놓고 "걔가 아직 이 섬에 있다고? 너네 아직도 같이 살아?"라고 놀란 듯 물어보기도 했다. 내가 섬에 온 지 6년째의 일이다. 그 질문을 전해 듣고 나는 나대로 놀랐다. '그게 그렇게 이상한 일이야? 내 엉덩이가 너무 무거운가?'

나는 집에 있어도 별로 외로움을 느끼지 않는다. 앞서 말했듯 어릴 때부터 그랬다. 내가 외로움을 덜 느끼는 또 다른 요인은 '글'이다. 2016년 우붓에서 거의 넉 달 동안 아무도 만나지 않고 혼자 밥을 먹었다. 그중 석 달은 책을 썼다. 책을 쓰는 동안에는 외톨이라는 사실을 인식조차 못 했다. 원고 납품을 마친 후에야 외로움이 밀려왔다. 그래서 온라인 데이트 어플로 해리를 만났다. 그러고는 다시 관계의 결핍은 잊고 살았다.

누사페니다에 살면서도 꾸준히 글을 썼다. 생각하고 느끼는 걸 모조리 긁어내서 쓰고도 소재가 모자라서 글감에 맞춰 생각을 쥐어짜기도 했다. 그 덕에 자아가 흐릿해진다거나, 내 안의 언어를 다 소진하지 못해서 체증을 느낀다거나, 일상이 휘발된다는 아쉬움은 덜하다. 눈에 보이지 않아도 항상 누군가와 소통을 하고 있는 기분이다. 어지간히 화가 나는 일이 있어도 한바탕 글을 쓰고 나면 해소가 되기도 한다.

마감이 일상에 주는 긴장 효과도 고립감을 이겨내는 데 도움이 된다. 이곳에 온 후로 나는 누가 정신 건강 위기를 호소하면 일기부터 써보라고 권한다. 인스타그램과 유튜브에 해외 살이 콘텐츠가 느는 것도 수익을 떠나 당사자인 이주민의 정신 건강에는 좋은 일이라고 생각한다.

본국 사회에서 실시간으로 벌어지는 일로부터 적당히 거리를 둘 수 있다는 것은 오히려 해외 생활의 장점이다. TV만 틀면 내게 익숙한 언어로 온갖 정보가 쏟아지고, 내가 그 심리와 배경을 단번에 파악할 수 있는 표현법을 가진 사람들 틈에서 살아간다는 건, 의외로 굉장히 긴장되고 피곤한 일이다. 외국에 살고야 그 사실을 깨달았다.

물론 21세기의 해외 살이는 과거와 다르다. 유튜브와 구글 TV로 실시간 한국 뉴스를 보고, 메신저와 영상 통화로 지인과 수다를 떨고, 한국 신간 도서를 전자책으로 받아볼 수 있다. 한국에서 큰일이 벌어지면 밤잠 설치며 현장 상황을 스트리밍한다. 하지만 현실에 지나치게 감응하여 고통스럽다 싶으면 언제든 외부 정보를 차단하고 내 안으로 숨어들 수 있다. 나처럼 비관적인 유형에게는 이런 환경이 도움이 된다.

물론 나도 가끔은 외롭다. 예컨대 집을 짓느라 분노가 한껏 쌓였을 때, 단골 한국 손님이 해리의 다이빙 숍을 찾았다. 나는 그가 도착하자마자 경고했다.

"제가 욕하고 싶은 게 너무 많은데 언어와 문화가 달라서 해리와 얘기를 해도 속이 시원하지 않아요. 제가 오늘 말을 엄청 많이 할 건데 그래도 괜찮나요?"

다행히 그는 호쾌하게 웃으며 얘기를 해보라고 했다. 외국 오지의 한인 식당 사장이나 국내 지방 펜션 주인들이 왜 그렇게 목마른 사슴이 우물을 만난 듯 허겁지겁 내게 수다를 쏟아냈는지, 나는 그제야 깨달았다.

어느 날은 해리가 내게 긴 걱정을 늘어놓았다.

"그렇게 스스로를 고립시키면 외국 살이를 오래 버틸 수 없어. 네가 좋아하는 루나 나탈리아나 인탄(모두 유럽 남성과 결혼한 동양인 여성이라 말이 잘 통하는 편) 커플과 식사 약속이라도 잡을까? 아니면 너 혼자 한국에라도 다녀와. 친구들을 만나서 즐거운 시간을 보내면 사회성과 자신감이 충전되잖아."

나는 대답했다.

"나는 자발적으로 고립을 선택한 사람이야. 좋은 사람을 만나서 얻는 에너지보다 마음에 안 드는 사람을 만났을 때 잃는 에너지가 더 크거든. 너도 마찬가지 아냐? 외딴집에서 혼자 디제잉을 하라면 10년도 할 수 있을 것 같지 않아?"

해리는 고개를 끄덕였다.

"10년까지는 아니겠지만 몇 달은 괜찮을지도…"

우리가 이런 사람들이라서 섬 생활을 버틸 수 있는 것이지 싶다.

외국, 그것도 소통할 사람이 별로 없는 나라에서 취업하지 않고 산다는 건 지독하게 외로운 일일 수도 있고 지극히 평화로운 일일 수도 있다. 나는 가끔 외롭고 주로 평화롭다. 잠깐의 외로움은 외부의 소음과 자극을 내 귀에 맞게 이퀄라이징하는 자유에 비하면 아무것도 아니다. 이만하면 만족한다.

마음의 집을 짓다

어느 날 파티에서 누사페니다에 집을 지은 싱글 여성 이주민 두 명을 만났다. '여자들의 밤'이나 플리마켓 같은 이벤트를 주도하는 남아공 출신 요가 강사 G, 미국에서 온 스쿠버다이빙 강사 A였다. 집을 짓는다는 건 이미 지어진 집을 구매하는 것과는 수고가 다르다. 인허가, 고용, 전기와 수도와 설비 공부, 자재 구매와 운송, 인부들과의 소통 등 신경 쓸 게 끝이 없다.

A는 동네에서 사람을 모아 이곳 전통 방식으로 집을 지었다.

"매일 전쟁이 벌어졌지. 이곳 인부들은 기초 작업은 굉장히 빨라. 눈 깜짝할 새 토대와 기둥, 지붕이 세워져. 하지만 디테일에 들어가면 엉망진창인 데다 하세월이지."

A가 말했다. 누사페니다에서 집을 지은 친구들은 모두 같은 말

을 했다. 잠시 한눈팔면 샤워기가 무릎 높이에 달리고 욕실 물은 배수구 반대편으로 흐르게 된다고. 인도네시아 인부들에게 서구식 생활환경은 낯설다. 그래서 아무리 소통을 해도 시행착오가 발생한다. 때문에 계획보다 지연되긴 했지만 A는 총 다섯 달 만에 공사를 끝냈다.

요가 강사 G는 2021년 갑자기 시간이 많아지면서 '무언가 미뤄둔 숙제를 해치울 때'라는 생각에 사로잡혔다고 했다. 다이버 A의 건축 동기는 비슷한 듯 달랐다.

"나는 오랫동안 여행하듯 살았거든. 그런데 30대 중반이 되면서부터 정착하고 싶다는 생각이 강하게 들었어. 삶의 중심이 될 수 있는 '나만의 것'을 갖고 싶었고. 그게 집이었던 것 같아."

나는 그 말에 공감했다. 나도 30대 중반에 갑자기 무엇에 씐 것처럼 그런 생각이 들었다. 세상에 뿌리내리지 못하고 부유한다는 느낌이 들었고 무게중심이 갖고 싶었다. 점잖게 표현하면 그랬고, 솔직히는 '그동안 상상도 못 해본 엄청나게 크고 비싼 무언가를 사고 싶다'는 밑도 끝도 없는 열망에 사로잡혔다. 돈도 없으면서 틈만 나면 전국 부동산 매물을 검색하고 수입 자동차 제원을 달달 외웠다.

그때 내가 몽상을 실행에 옮길 만큼 무모했다면 내 인생은 아주 달라졌을 것이다. 요즘은 그런 무모함을 '레버리지를 일으킨다'고 표현하던가. 아무튼 나는 그 열망의 시기를 일하느라 바빠서 정신없이 흘려보냈고, 그 후로 몇 년을 더 부유하는 사이 삶의 무게중심이 없다는 공허감조차 잊어버렸다.

돌이켜 보면 30대 중반 나의 싱글 여자 친구들은 결혼이나 출산이나 전업 같은 큰 '사건'을 일으키고 싶어 안달이 나 있었다. 내가 느낀 '무언가 엄청나게 큰 것을 사고 싶다'는 열망과 그들의 바람이 다르지 않았다.

사회생활에 이력이 붙어서 여유가 생긴 대신 미뤄둔 자아실현 욕구가 폭발하는 시기, 생존 대신 삶의 지속 가능성이 숙제로 펼쳐지면서 새로운 종류의 외로움과 불안을 맞닥뜨리는 순간, 이 길이 맞는지 도통 모르겠고 함정에 빠진 기분이라 뭐라도 그러잡고 싶을 때, 누군가는 결혼이나 출산 등 관계에서 답을 찾으려 했고 누군가는 사회적 성취에서, 누군가는 집이나 차 같은 물질을 붙드는 걸로 기분을 전환하려 했다.

"맞아. 어떤 크고 무거운 것을 갖고 싶다는 느낌! 내가 그 얘기를 하자 가족들은 고향에 돌아오라거나 결혼을 하라고 부추겼어. 하지만 그건 내게는 답이 아니었어. 인간관계는 언제 어떻게 변할지 모르는데 그게 내 인생의 무게중심이 될 수는 없잖아? 정착을 한다면 고향보다 여기가 좋고. 내 집이 생기니까 뭔가 안정감이 들어. 멋진 집도 아니고 월세 아껴서 기존에 살던 게스트하우스와 비슷한 수준의 집을 갖게 된 것뿐이지만 굉장히 신나는 경험이야.”

나는 타인이 내 삶의 무게중심이 될 수 없다는 A의 말에 놀랐다. 내가 쓴 지난 책에 똑같은 구절이 있기 때문이다. 하긴 지구 반대편에 혼자 건너와 사업을 하거나 집을 짓고 사는 여자들이라면 비슷한 생각일 수밖에 없다. 어지간히 독립적인 사람이 아니면 애초에 이국 생활의 외로움을 견딜 수 없을 테니까.

G와 A처럼 강하고 독립적인 싱글 여성 이웃이 많다는 건 내가 누사페니다에서 가장 만족하는 부분이기도 하다. 발리가 ‘나를 찾겠다’며 방랑하는 몽상가부터 철없는 파티광까지 온갖 부류가 뒤섞여 혼란하다면 누사페니다 이주민 사회는 그중 현실적인 부류가 간추려진 느낌이다.

어쩌면 집을 갖고 정착을 하고 물질을 소유하는 것도 인생의 공허감을 해결하는 궁극의 답은 아닐 것이다. A의 무게중심은 집이 아니라 난관에 도전하고 이뤄낸 그 자신 안에 형성된 것이 아닐까.

그 무렵 나는 인도네시아에 사는 한국인 싱글 여성도 여러 명

만났다. 한국 기업의 자카르타 지사에서 일하는 직장인들, 국제 결혼을 하고 20년 이상 발리에 살다가 사별 후 혼자 지내는 분들, 코비드 19로 타격을 입은 호텔 사업가 등 나이도 사연도 다양했다. 누사페니다로 스쿠버다이빙 여행을 온 사람도 있었고, 한국 어학당의 음식 기부 행사에서 만난 사람도 있었다. 젊은이는 젊은이대로 '지금 하는 일을 계속해야 할까, 어떻게 살아야 할까' 고민했고, 연장자는 그들대로 재정, 건강, 가족을 향한 그리움 등 각자의 숙제를 안고 있었다. 어떤 사람은 과거의 나 같고 어떤 사람은 미래의 나 같았다.

어쩌면 인생이란 그런 건지도 모르겠다. 늘 흔들리고 고민하며 살아가는 것이다. 그것을 근본적으로 끝내줄 단 한 번의 터닝 포인트, 단 한 명의 사람, 단 한 가지 성취 따위는 존재하지 않는다. 그때그때 최선의 선택을 하고 그 선택을 수습하면서 내공을 쌓는 수밖에 없다. 그렇게 조금씩 자기 안의 공허를 메우면서 단단해지는 것이다. 그것이 삶의 무게중심이 될 때까지, 벽돌을 쌓듯이.

누사페니다에 집을 지었다

PART

2

어쩌면 인생이란 그런 건지도 모르겠다.

늘 흔들리고 고민하며 살아가는 것이다.

내 집을 갖고 싶었다

누사페니다는 집 구하기가 쉽지 않다. 2010년대 중반까지 이주민이 거의 없던 섬이다. 원주민들의 집은 낡고 좁고 귀하고 비싸다. 일찌감치 지어져 포장도로를 면한 그 집들은 대개 새벽부터 밤늦게까지 오토바이 소음과 마을 사찰의 음악 소리가 들려온다. 사찰 음악은 처음에는 신비롭지만 그것 때문에 새벽에 잠을 깨는 일이 반복되면 '새벽종이 울렸네 새 아침이 밝았네' 하는 새마을운동가처럼 몰인정하게 느껴진다. 최근 몇 년 사이 건축붐이 일었지만 주방이 딸린 주거용 건물은 여전히 부족하다.

처음 이곳에 와서 나는 원주민 가족이 세놓은 별채에 묵었다. 거긴 주방이 없었다. 테라스에 가스레인지를 놓아 간이 주방을 만들긴 했으나 설거지는 화장실 세면대에서 했다. 옆방에는 레게풍으로 머리를 땋고 늘 맨발로 다니는 프랑스 남자 R이 살았다. R은 '럭키'라는 이름의 말썽꾸러기 강아지를 데리고 있었다. 럭키는 누런 털을 가진 자그마한 잡종견으로, 사시사철 털갈이를 하고, 소똥 밭에 뒹굴기를 즐기고, 움직이는 것을 보면 어김없이 짖어댔다.

두 번째 세 든 집은 프랑스인 사업가가 새로 지어서 임대 놓은 단층 스튜디오 아파트였다. 건물에 물탱크가 있어서 물이 끊기지 않았고, 온수기도 있었다. 해리는 뜨거운 물이 나오는 집에 살아본 게 7년 만이라고 했다. 테라스에서는 코코넛나무 가득한 정글이 보였다. 가끔 정글에서 원숭이 수백 마리가 꺄아악 소리를 지르며 뛰어다녔다. 겁 없는 동네 개들이 근육질 원숭이에게 덤비다가 얻어맞는 일도 잦았다. 견원지간이란 말이 왜 생겼는지 알 것 같았다. 이웃은 모두 프랑스인으로, 나는 그 지역을 '프렌치 타운'이라 불렀다.

프렌치 타운에서는 자주 파티가 열렸다. 주민은 모두 사업, 투자, 은퇴 이민을 왔거나 일을 하는 사람이었지만 어째서인지 내일이 없는 여행자처럼 살았다. 밤새 시끄럽게 음악을 틀어놓고 흥청망청 술을 마시다가 다 함께 아침을 맞곤 했다.

국적과 언어를 공유하는 사람들이 외국에서 만나면 좋은 쪽으로나 나쁜 쪽으로나 끈끈해지기 마련이다. 싸우고, 화해하고, 이번 달엔 이렇게 무리 지었다가 다음 달엔 저렇게 무리 짓고, 서로의 특성을 정확하게 파악해서 가장 예리한 방식으로 사랑을 표현하거나 모욕을 준다.

얼마 못 가 해리는 프렌치 타운에 오만 정이 떨어졌다. 일이 피곤하기도 했고, 건강이 나빠진 탓도 있었다. 스쿠버 탱크를 하루 수십 개씩 나르는 건 고된 일이다. 동남아의 바쁜 다이빙 숍에서 몇 년간 강사 생활을 하고 나면 몸이 망가지기 마련이다. 자기 사업을 시작한 후로 근력을 쓸 일은 줄었지만 스트레스는 늘었다.

해리는 사업장에서 연달아 터지는 문제를 해결하느라 늘 머리가 복잡했다. 자금, 행정, 세금, 비자, 시장조사, 구매, 구인, 홍보, 협력 업체 관리, 고객 불만 처리 등을 해본 적 없는 다이버들은 “너는 하는 일이 없잖아. 왜 바빠?”라고 의아해했다. 그 자유분방한 인간들의 커다란 자의식을 비집고 들어가 업무 윤리를 심어주는 것도 해리의 일 중 하나였다.

목돈을 쌓아두고 은퇴했거나 가족 돈으로 사업을 벌이는 이웃들과 달리 해리는 물러설 곳이 없는 사람이기도 했다. 그에겐 매일 파티하고 늦잠 자고 술에 절어 지내면서 “어이 친구, 인생을 즐기라고” 충고하는 이웃들까지 상대할 여력이 없었다. 그들 역시 해리가 자신과 다른 부류임을 금세 눈치챘다.

프랑스 대통령 선거 기간에는 특히 마찰이 잦았다. 대부분의 이주민과 해리는 정치 성향이 달랐다. 해리는 분위기를 무마하기 위해 자기 견해를 양보할 생각이 전혀 없었다.

가끔은 해리가 너무 까칠하게 군다 싶다가도, 한국에 대입하면 그가 안쓰러웠다. 남의 나라 사람들이니까 그러려니 하지 내가 그 상황이면 석 달도 못 가 탈출했을 거다. 외국에 사는 한인들도 국적 하나로 뭉쳐보려다가 계층, 정치 성향, 가치관, 성격 차이로 많이들 갈라선다. 언젠가부터 해리와 나는 일찍 잠자리에 들기 시작했다. 그러자 밤새 울려 퍼지는 음악은 소음이 되었다.

그 시기 또 다른 문제는 해리와 나의 짐이 원룸에서 수용 가능한 범위를 넘어섰다는 것이다. 둘 다 사치와는 거리가 먼 사람이지만 정착민이 되고 보니 생활용품만으로도 집이 꽉 찰 지경에 이르렀다. 더구나 해리는 어릴 때 꿈이 고물상 주인이었다고 할 정도로 잡동사니를 좋아한다. 그는 수명이 다한 물건을 버리지 못한다. 새 물건을 사면 종이 상자를 고이 보관한다. 반면 나는 쓸모없는 물건, 정돈 안 된 공간을 보면 짜증이 난다.

팬데믹으로 해리가 하루 종일 집에 있으니 그의 잡동사니는 내가 어딘가에 쑤셔 넣기 무섭게 다시 굴러 나왔다. 팬트리를 갖거나, 해리와 나의 공간을 분리하기 전에는 해결이 안 될 문제였다.

이웃들은 술독에 빠지고 해리의 스트레스도 극에 달한 어느 날이었다. 나는 눈을 뜨자마자 마주친 어수선한 풍경에 감정이 부글부글 끓어오르는 걸 느꼈다. 해리에게 정리정돈 좀 하라고 잔소리를 할까 하다가 생각을 고쳐먹었다. 해리는 마당에서 들려오는 음악 때문에 밤새 잠을 설쳐서 퀭한 얼굴이었다. 내가 말했다.

"땅 보러 가자. 집을 지어야겠어."

예전에 캐나다 밴쿠버로 어학연수를 간 적이 있다. 거기서 한국 남자 룸메이트들끼리 대청소하는 모습을 보고 크게 감명을 받았다. 구역을 나누지 않고 각자 거슬리는 공간을 청소하기로 했는데 한 명은 주방을 뽀득뽀득 광을 내고 한 명은 욕실을 무균실로 만들어놓고 한 명은 방과 거실의 먼지를 훔치며 정리정돈을 한 것이다.

가정에서든 일에서든, 파트너끼리 억지로 성향을 맞추기보다 각자의 장단점을 인정하고 활용하는 게 나은 전략일 수 있다는 걸 그때 깨달았다. 따져보면 나는 정리정돈에는 집착하지만 대청소는 싫어하고, 해리는 1년에 한 번일지언정 청소를 결심하면 내가 놓친 부분까지 꼼꼼히 닦아낸다. 잔소리할 이유가 없다.

한번은 온라인 커뮤니티에서 이런 상담 글을 읽었다. '저는 설거지하는 데 한 시간씩 걸려요. 남편은 제가 손이 느리다고 구박해요. 제가 이상한 걸까요?' 댓글에는 네가 문제다, 남편이 문제다, 설왕설래가 벌어졌다. 나는 그 부부가 식기세척기를 살 여력이 있으면 좋겠다고 생각했다. 파트너라면 같이 해결책부터 찾아보고 싸움을 해야 하지 않을까.

아무리 생각해도 우리의 해결책은 집을 짓는 것이었다.

땅 구하기

내 아버지는 시골에서 부동산과 건축 일을 오래 하셨다. 그래서 우리 가족은 어디에 어떤 땅이 얼마에 나왔는데 그건 무슨 전망이 있는지, 누가 어떤 땅을 사서 얼마를 벌거나 손해를 보았는지, 집을 지을 수 있는 땅과 없는 땅의 차이는 무엇인지, 불법과 편법과 사기와 적당한 융통성의 경계는 무엇인지 등의 주제를 매일 아침저녁 반찬으로 나눠 먹었다.

아버지는 부동산과 건축으로 큰돈을 벌지는 못했다. 다만 내게 몇 가지 교훈을 물려주셨다. 아버지의 부동산 명언 시리즈 중 가장 기억에 남는 것 두 가지는 "집은 미쳐야 산다"와 "부동산에 끝은 없다"다.

서울에 살 때 나는 충분히 미치지 못해서 매번 집을 살 기회를 놓쳤다. 집값은 내가 우물쭈물하는 사이 손 닿지 못할 가격으로 훌쩍 뛰고도 한참을 더 올랐다. 설마 더 오르겠나 싶어도, 항상 더 올랐다. 그 과정에서 명언 시리즈에 내가 덧붙인 게 있는데, "절대로 남의 말 듣지 마라"다.

어쨌든 나는 서울에서 집을 갖는 건 포기했다. 포기했다고 하면 꽤 우아하게 들리는데, 사실은 포기를 당한 셈이다.

누사페니다 생활 초반에 투자용 임대주택을 지으려고 땅을 보러 다닌 적이 있다. 한국의 가족과 지인들은 먹여 살릴 처자식도 없는 내가 뭐 하러 외국까지 가서 집을 짓겠다고 난리를 피우는지 의아해했다. 글쎄, 부동산에 끝은 없고 나는 미쳤고 남의 말은 안 듣기로 했으니까? 그러나 여기는 나 혼자 미쳐 날뛴다고 쉽게 일을 저지를 수 있는 곳이 아니었다.

인도네시아에서 외국인은 땅을 살 수 없다. 대부분은 10~30년 단위로 땅을 임대한다. 매매가 절대로 불가능한 건 아니다. 흔히들 사업자 허가를 내면 회사 명의로 땅을 살 수 있다고 조언한다. 그런데 여기도 맹점이 있다. 사업자라도 정확히는 땅의 이용권을 살 수 있을 뿐이다. 일정 기간이 지나면 나라에 추가금을 내고 계약을 갱신해야 한다. 땅을 산다고 내 자식에게 마음대로 물려줄 수 있는 게 아니다. 또 그 규정이 언제 어떻게 바뀔지 아무도 모른다.

땅 주인에게 대출을 해주고 땅을 담보로 잡은 것처럼 서류를 꾸밀 수도 있다, 라고 에이전시들은 말한다. 헛소리다. 그러다 땅 주인이 대출을 갚겠다고 하면 어쩔 건가?

편법은 싫다. 나는 땅을 빌리기로 했다. 30년 정도면 적당할 것 같았다. 누사페니다는 아직 개발 초입이니까 그사이 토지 임대료가 오르면 전전대를 주어서 수익을 남길 수도 있다.

토지 임대도 쉬운 일은 아니다. 우선 누사페니다는 시골이다 보니 땅 규모가 크다. 누가 땅을 내놓았다 해서 가보면 단위가 듣도 보도 못한 '헥타르'였다. 나는 패리스 힐튼이 아니고 파크 하얏트를 지을 것도 아니니까 그건 곤란했다.

어떤 땅은 한자리에서 일출과 일몰을 다 볼 수 있을 정도로 굉장한 전망을 가졌지만 모양이 들쑥날쑥해서 건축이 쉽지 않아 보였다. 어떤 곳은 커다란 땅을 조각조각 쪼개서 파는 바람에 주변에 집들이 가득 차서 답답해 보였다. 전기와 수도가 수십 미터 떨어져 있어서 그것을 연장하는 데만 땅값 이상 돈이 들 곳도 있었다. 한국에서 토지 거래와 주택 공사를 여러 번 지켜본 경험이 이런 문제를 알아보는 데 도움이 되었다.

제대로 서류가 갖춰진 땅도 거의 없었다. 대부분 토지 경계나

주소, 면적조차 불분명한 소유 증명서뿐이다. 그걸 건축 가능한 서류로 바꾸려면 돈도 돈이지만 시간이 많이 든다. 개인이 아니라 가문의 땅이라 매도 주체를 결정하는 데만 몇 년씩 걸리는 경우도 있다.

한번은 그럭저럭 조건이 맞는 땅을 찾았는데 주인이 영 마음에 안 들었다. 정작 중요한 땅값은 남편과 상의해야 한다고 알려주지 않으면서 "왜 결혼은 안 하냐? 왜 남자친구가 아니라 네 돈으로 땅을 사냐? 남자친구가 너한테 돈을 안 쓰냐? 아이는 안 가질 거냐?" 꼬치꼬치 묻더니 다음 날로 동네방네 돌아다니면서 뒷말을 퍼뜨렸다. 땅값이 얼마인지는 끝내 듣지 못했다. 다시 물어보고 싶지도 않았다.

백 번 꼼꼼히 확인해서 조건을 다 만족하는 땅을 찾았다 치자. 어떻게 가격을 협상할 것인가? 이건 또 새로운 게임이다. 여기서 사업을 하는 중국계 친구는 인도네시아에 귀화한 친척 명의로 땅을 샀다. 땅 주인이 의사만 타진한 후 매물을 거두거나 야금야금 가격을 올리면서 간을 보는 등 시세 상승 지역의 전형을 몇 번 겪은 뒤였다.

"처음에 그들이 단위 가격으로 150만 루피아를 제시했어. 내 예산을 훨씬 뛰어넘는 가격이었지. 나는 너무 무례하게 들릴까 봐 걱정하면서 60만을 불렀어. 엄청 미안해서 조그만 목소리로 '60만?' 하고 던져본 거야. 그런데 그들이 선뜻 '오케이'라고 하지 뭐야! 내가 불러놓고도 믿을 수가 없었어. 나는 생각했지. '이런 젠장, 50만을 불러야 했어!'"

우붓 시장에서 바구니 사는 것도 아니고 몇억 원짜리 부동산을 사면서 3분의 1로 깎는 경우가 어디 있나 싶은데, 이 동네에선 그런 일이 가능하다.

운 좋게 땅을 구해서 가격을 합의하고 구두계약을 했다 해서 안심할 단계는 아니다. 당신이 발리에서 사업을 한다 치자. 혹은 어딘가에 고용되어 취업비자를 발급받으려 한다. 땅을 빌리거나 집을 짓는 문제일 수도 있다. 당신은 에이전시나 법률가를 고용할 거다. "서류가 언제까지 준비될까요?" 물으면 담당자가 답한다. "내일요." 당신은 안심하고 내일 이후를 대비한다. 하지만 내일도, 모레도, 그다음 날도 연락은 오지 않는다.

당신이 재촉하면 그는 다시 답한다. "종교 행사가 있어서 바빴어요. 내일 메일 드릴게요." 그 '내일' 역시 영원히 오지 않는다. 나는 이것을 '내일의 미로'라고 부른다. 누사페니다에서 부동산 거래를 해본 사람끼리는 "내일의 미로에 갇혔어"라고 하면 무슨 뜻인지 즉각 알아먹고 웃음을 터뜨린다.

어떤 프랑스인 커플은 누사페니다에 땅을 빌리기로 구두계약을 해놓고 4년 동안 계약서 공증을 받지 못했다. 단언컨대 땅 주인 가족은 4년이나 흘렀다는 걸 체감하지도, 그게 그리 긴 시간이라 생각하지도, 전혀 조급하지도 않을 거다. 이런 곳에 살면 내가 익숙해질 수밖에 없다. 4년째 정식 계약을 기다리는 프랑스 커플은 숫제 그 상황을 즐기는 것 같았다.

"여기 사람들은 정말 느긋해. 그게 매력이지. 우리가 도시를 떠나 여기 살고 싶은 이유고."

그들은 구두계약을 할 때 이미 한두 달에 마무리될 일이 아님을 직감했다. 그래서 프랑스에 살면서 몇 달에 한 번씩 방문해 진행 상황을 확인했다. 방문할 때마다 그들의 인도네시아어는 확확 늘어 있었다. 프랑스에서 어학원을 다닌다고 했다. 어차피 수십 년을 여기 살 테니까 급할 것 없다, 차근차근 준비하자는 자세다. 과연 인터넷 설치에 2주가 걸리고 치과 예약은 석 달 전에 해야 하는 나라 사람들답다.

국제전화 국가 코드조차 '82'인 나라에서 온 나는 이런 상황이 도무지 적응이 안 됐다. 구두계약 했던 땅이 내일의 미로에 빠져버리자 나는 임대주택 계획을 포기했다.

여기서 땅을 보러 다니는 동안 나는 서울의 이사 풍경이 자주 떠올랐다. 내가 살던 집에 새로 들어올 세입자가 보증금을 주면 나는 그 돈을 받고 짐을 뺀다. 내가 새로 들어갈 집으로 이동해서 보증금을 건네면 그 집에 살던 세입자가 짐을 뺀다. 그럼 내가 새 집에 이삿짐을 부린다. 누구 한 명이라도 약속을 어기면 다음 사람부터는 이삿짐을 짊어지고 거리로 나앉게 된다. 하지만 대개는 착착 아귀가 맞아떨어져서 모두 하루 만에 이사를 마친다. 그런 팀플레이가 얼마나 위대한 것인지, 시간개념이 남다른 이곳에 와서야 나는 깨달았다.

우붓 토박이 친구가 나에게 "한국은 1년에 쌀을 몇 번 수확하냐"고 물어본 적 있다. 한 번이라고 답하자 그가 깜짝 놀랐다. 발리에서는 1년에 세 번 쌀을 수확한다.

"그럼 다른 기간에는 뭘 심어?"

"아무것도 안 심어. 한국의 겨울은 길고 춥기 때문에 농사를 지을 수 없어."

그가 답답한 듯 말했다.

"옥수수라도 심어야지. 땅이 아깝잖아."

그는 중위도의 겨울을 이해 못 했다. '아뿔싸, 일을 시작할 땐 봄이었는데 찬바람이 부네. 벌써 몇 달이 흘렀구나!' 하는 식으로 시간을 체감하는 중위도 사람들의 사고방식, 그때의 불안과 초조도 이해하지 못할 거다.

이런 곳에서 집을 지으려면 저 프랑스인들처럼 느긋해지는 법을 배워야 한다. 내일의 미로는 당신을 철학자로 만들어줄 것이다. 시간이 순환한다고 믿는 힌두 사상은 현대 발리인의 정신세계에 어떤 영향을 미치는가, 서울처럼 수많은 일거리가 복잡하게 맞물려 돌아가는 대도시와 상대적으로 각자의 일이 분리된 시골에서 '약속'의 개념은 어떻게 다른가, 어째서 '내일'이란 말은 정해지지 않은 미래를 뜻하는 은유로도 쓰이는 걸까, 난 누구고 또 여긴 어딘가… 나 빼고 아무도 급하지 않은 일을 하는 동안 길고 긴 기다림의 시간을 이런 잡생각 아니면 뭐로 채우겠는가.

계약하기

집을 짓기로 결심하고 다시 땅을 구하러 다녔다. 2020년이었다. 팬데믹은 모든 걸 바꿔놓았다. 결정적 차이는 해리가 프로젝트에 동참하기로 한 것이다. 그는 내게 없는 사업가다운 추진력과 끈기가 있다. 누사페니다에서 다이빙 센터 건물을 두 번 지어보기도 했다.

원래도 직업 다이버는 성수기와 비수기 성격이 다르다. 성수기에는 군기가 잔뜩 들어서 반짝반짝 빛나다가 비수기가 되면 남아도는 시간을 주체 못 해 불안해하고 흐리멍덩해진다. 팬데믹은 끝을 알 수 없는 비수기였다.

섬에 고립된 이주민들은 몸과 정신을 바쁘게 만들기 위해 온갖 엉뚱한 짓을 벌이기 시작했다. 요리와 가드닝은 흔한 취미였다. 시멘트 화분을 만들거나 디제잉 공부를 시작한 사람도 있었다. 그러다 취미 정도로 수습될 일이 아니라는 걸 깨달은 사람들이 일제히 집 짓기에 나섰다. 저렴한 비용으로 단기간에 예쁜 집을 지은 친구들의 사례가 나와 해리에게도 자극을 주었다.

발리에는 외국인 대상 부동산 에이전시가 많다. 누사페니다에도 있다. 그런 곳을 통하면 가격이 비싸다. 현지 사정을 잘 아는 이주민은 전통 방식을 따른다. 스쿠터를 타고 이리저리 돌아다니며 탐문을 하는 것이다. 우리도 그렇게 했다.

내가 처음 누사페니다를 방문했을 때 해리는 나를 산꼭대기에 데려가서 "언젠가 여기에 집을 짓고 싶어"라고 했다. 270도 전망이 트인 곳이었다. 나는 '왜 서양인들은 외딴곳에 혼자 사는 걸 좋아할까' 생각하며 흘려들었다. 누사페니다 5년 차, 해리와 나는 그 땅을 찾아가서 마침 소에게 먹이를 주고 있던 아저씨에게 "이 땅 안 파세요?" 물었다. 매매 말고 임대는 가능하다는 답이 돌아왔다. 내가 바라던 바다.

관광객이 끊기자 누사페니다의 경기는 최악으로 치달았다. 현지인은 태반이 실직 상태였다. 부동산 시장은 매수자에게 유리한 상황이었다. 더 이상 내일의 미로는 없었다. 그럼에도 해리는 주인 가족을 네 번째 방문할 때까지 돈 얘기를 꺼내지 못했다. 이곳에서는 주인 가족과 친해지는 게 우선이라고 말은 했지만 실은 유럽 남자답게 흥정이 불편한 거 아닐까, 합리적 의심이 들었다. 우붓 시장에서도 나 혼자 갈 때와 서양 여자와 갈 때, 남자들과 갈 때 가격이 다 다르다. 특히 서양 중노년 남자와 우붓 시장에 가면 졸지에 가격이 유럽 아트 페어 수준이 돼버린다. 땅 주인 아저씨도 그분대로 돈 얘기를 민망해하는 기색이 역력했다.

마침내 주인 가족을 네 번째 만난 날, 한 시간 동안 딴청만 피우는 해리와 땅 주인을 지켜보다가 내가 해리의 옆구리를 쿡쿡 찔렀다. 내가 "돈"이라고 복화술을 하자 해리는 난처한 웃음을 지었다. 그의 이마에 금방이라도 땀이 송글송글 맺힐 것 같았다. 결국 내가 나서서 시장에서나 쓸 초급 인도네시아어로 더듬더듬 말을 꺼냈다. "할인, 살짝, 선생님?" "가격, 이거, 가능, 선생님?" "부탁, 감사, 매우 감사, 선생님." 이런 수준이었다.

해리가 곡예를 보듯 아찔한 표정인 게 내가 부른 가격 때문인지 내 인도네시아어 때문인지는 모르겠다. 사업을 하는 해리와 달리 집순이인 나는 인도네시아어가 좀처럼 늘지 않는다. 비겁한 핑계인 걸 알지만 실사용을 하지 않으니 배움이 더디다.

무례한 조건인가 망설인 시간이 무색하게 주인이 곧장 수락을 했다. 해리가 오래 뜸을 들인 게 도움이 되었지 싶다. 5백 제곱미터를 30년 동안 사용하는 데 약 1,400만 원을 지불하고, 그 기간 안에 자유롭게 전대를 할 수 있으며, 30년 후에는 인근 시세보다 낮게 재계약을 할 수 있다는 조건이었다.

땅 주인이 너무나 인심이 좋은 나머지 '우리 엄마가 왔으면 반값도 가능했겠는걸?' 하는 생각이 스쳤다. 하지만 그 후 만나는 사람마다 가격이 싸다고 하는 걸 보면 나쁜 거래는 아니었던 것 같다.

결국 땅을 본 지 한 달 만에 계약서를 썼다. 동사무소 격의 행정기관 직원, 매도자와 매수자 각각의 증인 그리고 계약 당사자들이 코코넛, 커피, 옥수수, 비스킷을 두고 마주 앉았다. 처음 만나는 현지인끼리 "너는 어디 사냐, 그럼 학교는 어디 나왔냐, 누구 아냐" 이를테면 '족보 확인'을 한참 하더니 계약서를 읽는데, 갑자기 공무원이 심각한 말을 했다. 나는 계약서가 잘못된 줄 알고 걱정했다.

알고 보니 '요즘 팬데믹 때문에 공사가 중단된 곳이 많고, 덩달아 자재 털이범이 기승을 부려서 우리한테 종종 항의가 들어온다. 그러나 그것은 우리가 어떻게 해줄 수 있는 일이 아니다'라는 소리였다. 공사장 좀도둑, 민원 예방과 책임 소재에 민감한 공무원… 역시 사람 사는 곳은 다 비슷하다. 우리는 걱정 마시라고 대답했다. 어차피 같이 일하기로 한 시공사가 인부들을 숨바에서 데려오는 터라 그들이 공사장에 움막을 짓고 기거할 예정이었다.

계약을 마치고 돌아오는 길, 해리와 나는 영화 〈졸업〉 엔딩 신의 더스틴 호프먼과 캐서린 로스처럼 서로를 쳐다보았다. '어머나, 우리가 굉장한 일을 저질렀네. 그런데 이제 어쩌지?' 하는 표정 말이다.

끝나지 않는 공사

내 집 공사는 2021년 1월에 시작했다. 시공사 사장 겸 공사 감독이 넉 달이면 된다고 장담할 때 곧이 믿지는 않았다. '에이 선심 써서 딱 두 배, 여덟 달만 걸려라' 생각했다. 내 마음의 평화를 위해 기대치를 낮춘 것이다. 누사페니다에서 비슷한 규모로 집을 지은 친구들은 4~6개월 만에 입주를 했다. 하지만 내 일이 그렇게 쉽게 풀릴 리 있나. 한때 내 별명이 '삽질러'였다.

공사가 지연된 첫째 이유는 코비드 19였다. 국제 물류가 폭증하면서 자재비가 오르고 유통도 오래 걸렸다. 각종 사건, 사고도 있었다. 2021년 5월 르바란Lebaran(인도네시아 무슬림의 가장 큰 명절)을 계기로 인도네시아가 일일 사망률 세계 1위로 올라섰다. 르바란 때는 한국의 추석처럼 전국 대이동이 벌어진다. 인도네시아 정부는 이동 자제를 권고했지만 소용없었다. 이때 시공사가 누사페니다의 다른 현장에 파견한 작업 반장이 사망했다.

반장은 고향에 다녀오던 중 비행기에서 증상을 느꼈다. 발리 공항에 내리자마자 병원으로 향했다. 코비드 양성 판정이 나왔으나 별다른 처치를 못 받고 사망했다.

그 작업 반장이 데리고 있던 인부 두 명도 같은 시기 사망했다. 밤에 숙소에서 술을 진탕 마시고 마을에 나갔다가 오토바이로 송전탑을 들이받았다고 한다. 시공사가 다른 건으로 거래하던 벌목 업체가 무허가 회사로 판명 나서 벌금을 물게 된 일도 있었다.

나는 이런 사실을 뒤늦게 알았다. 르바란이 지나고도 한참 동안 공사가 재개될 기미가 없기에 업체에 물어보니 그런 사정이 있다고 했다. 회사 규모 대비 일을 너무 많이 맡아서 한 곳에 사고가 터지면 모든 현장이 지장을 받는 구조였다.

그 사장이 두 개 섬에서 일곱 개 현장을 굴리고 있다는 말에, 누사페니다에서 집을 세 채 지어본 이탈리아 건축 엔지니어는 "불가능할 텐데?"라고 우려를 했다. 안 되는 건 안 된다고 말하는 이탈리아 엔지니어 대신 모든 일에 호언장담하는 프랑스 사장을 선택해 버린 건 해리와 나의 실수였다. 그 와중에 사장은 자기 별장 공사까지 시작했다.

상황이 이러니 그 시공사가 맡은 현장은 모두 엉망진창이었다. 어느 주택 공사장에선 기둥을 너무 약하게 세우는 바람에 지붕을 얹자마자 피사의 사탑처럼 건물이 기울어버렸다. 어느 호텔은 기초 설비를 모조리 다시 해야 했으며, 비치 클럽은 아예 공사 도중 시공사를 바꾸어야 했다. 멀쩡하게 완공이 된 건 사장의 별장뿐이었다.

그나마 내 집은 똑똑한 작업 반장 H가 있어서 골조만큼은 튼튼하게 세워졌다. 그런데 공사 10개월째, H마저 도망을 가버렸다. 뭐 하나 제때 결정되는 게 없고 물자도 조달이 안 돼서 공사가 끝이 안 보이니까 그도 어쩔 수 없었을 테다. 그때부터 우리 집도 부실의 늪에 빠져들었다.

수정할 거리는 끝이 없었다. 설계상에는 건물 본채와 수영장 사이 거리가 1미터인데 포크레인이 수영장 터를 너무 멀리 파버렸다. 대지가 비탈이라 본채와 수영장 사이를 매립해야 하는데 그 폭이 1미터에서 3미터로 늘어나자 매립비가 폭증했다.

주방에는 벽돌로 싱크대를 만들었는데 오븐이 들어갈 자리가 좁아 보였다. 아니나 다를까 너비가 도면에 적힌 63센티가 아니라 58센티였다. 나는 이미 너비 60센티짜리 오븐을 사두었기 때문에 수정을 요청했다.

어느 날은 창틀과 문틀이 약간씩 비뚤게 달린 걸 발견했다. 현장 수평기로 측정했을 때는 문제가 없었다. 하지만 내가 휴대전화 수평기로 재보니까 1~2도씩 오차가 있었다. 내가 수평 문제를 지적하자 시공사 사장 대신 현장을 둘러보러 온 그의 동생이 발끈했다.

"수평 잘 맞는데 네 눈이 어떻게 된 거 아니야? 이것 봐, 수평기는 정상이라잖아."

그는 계속 주장했다. "나무 문틀은 원래 조금씩 틀어지기 때문에 괜찮아. 나중에 갈아내면 된다고." 하지만 그는 건축의 기역자도 모르는 사람이었다. 나는 주변을 둘러보았다. 인부들이 난처한 표정으로 술렁이고 있었다. 고장 난 수평기가 어떤 재앙을 초래할지, 인부들은 알았으리라.

문틀과 수납장을 설치해야 할 벽면들이 멀쩡한 직선, 90도 칼각이 아니니까 후반 목공 작업은 악몽이 되었다. 2주면 끝났어야 할 일이 2개월이 걸렸고, 그걸로도 부족해 입주 후에도 발리에서 목수를 불러 한 달 반 동안 집에서 같이 살았다. 문짝들은 아무리 갈아내고 수리해도 뒤틀려서 제대로 여닫히지 않는다. 문을 열 때마다 바닥이 긁히고, 어떤 문은 잠글 수도 없다.

그나마 거실 통창의 문틀까지 비뚤어지는 건 막을 수 있어 다행이었다. 그건 길이가 길어서 약간만 수평이 안 맞아도 큰 재앙이 생길 수 있다.

내가 수평기를 지적한 다음 날, 항상 비스듬히 담배를 물고 있는 나이 많은 인부가 새 수평기를 들고 의기양양하게 말했다. "이번엔 제대로 수평을 맞췄어!" 과연 고장 난 수평기를 쓴 보와 새로 단 문틀 사이에 큰 유격이 있었다. 인부들은 그 유격을 메우는 중이었다.

흐뭇해하는 내 옆에서 이번에는 해리가 고개를 갸웃거렸다. 잠시 후 그가 실성한 듯 웃기 시작했다. 사람이 너무 힘들거나 황당하면 웃음밖에 안 날 때가 있지 않나. 그런 웃음이었다.

"하하하, 그럼 그렇지."

해리는 문틀의 안팎이 바뀌었다고 지적했다. 맙소사. 문틀은 높이가 2미터, 너비가 총 14미터다. 티크로 만들어서 무게가 어마어마하다. 그걸 떼어내고 다시 달아야 한다고? 인부들은 아연실색했다.

해리가 시공사 사장과 통화하러 나가자 나이 많은 인부가 허둥지둥 나에게 와서 "말 좀 잘 해봐"라고 부탁했다. 나는 폴딩 도어가 꼭 밖에서 접혀야 할 이유가 있나, 안에서 접히면 안 되나, 생각을 해보았다. 하지만 그러기엔 내 거실이 너무 작았다. 나는 나이 많은 인부에게 도리도리 고개를 저어 보였다. 인부는 한숨을 쉬며 마른손으로 얼굴을 쓸었다. 인부들은 문틀을 떼어내고 다시 달았다.

집 짓기란 게 그렇다. 아무리 신경을 써도 어디선가 실수가 생긴다. 해리, 나, 인부들은 그날 계속 하하하 웃었다. 다들 실성한 사람 같았다. 공사가 그렇게 웃음꽃이 만발하는 일인 줄 누가 알았으랴.

건축주의 기쁨과 슬픔

내 어머니는 평생 시골 주택에 사셨다. 칠순에 가까워지면서 몸이 쇠하자 어머니는 아파트로 이사를 가고 싶어 하셨다. 흔히 은퇴자들에게 전원주택이 잘 맞을 거라 생각하지만 틀렸다. 주택 관리는 손이 많이 간다. 평생 주택에 산 사람도 늙으면 쓰레기 처리며 정원 청소 따위를 감당하기가 어려워진다. 나는 전원주택에 환상이 전혀 없다. 대도시 아파트 대출금을 갚기 위해 평생 노동하는 것이 치사하다고 전원주택 청소, 수리, 유지, 관리라는 또 다른 평생 노동을 택한다? 헛소리일 뿐이다.

그걸 다 알면서 주택을 짓기 시작했으니, 아버지 말씀이 맞았다. 부동산은 미쳐야 사는 것이다. 내가 잠시 미쳤던 게 분명하다.

4개월이면 짓는다던 집은 15개월째 완성이 안 되고 있었다. 계약서에 없는 비용은 계속 불어났다. 하지만 공사가 해를 넘기자 나나 시공사나 인부들이나 더 이상 돈이 문제가 아니게 되었다. 작업의 완성도조차 따지지 않았다.

"샤워 부스가 설계도보다 가로세로 10센티씩 작네요? 하하. 괜찮습니다. 44 사이즈로 다이어트를 해볼게요. 빨리만 끝내주세요."

"여긴 왜 타일이 들떴죠? 아 아닙니다. 가구로 가리면 되죠. 수정은 무슨 수정이에요. 빨리 다음 일 하세요."

"벽에 왁스 자국이 얼룩덜룩하네요. 다시 하긴요. 나중에 책장으로 가리면 되죠. 나머지 벽만 좀 깨끗하게 해주세요."

"데크의 목재 패널을 가로로 붙이냐 세로로 붙이냐? 마 빠르고 싼 방향으로 해주이소. 집이란 게 물 안 새고 기둥 안 무너지면 그만이죠, 안 그래요? 아… 사장님이 창문 콘크리트 비막이를… 없애라 그랬어요? 하하하. 냅둬요. 입주 후에 캐노피를 달죠 뭐."

그즈음의 문제는 인도네시아 최저가 건설 인부들의 일 처리 방식이었다. 세상일이 그렇다. 일당 백만 원짜리 노동자가 하루면 할 일을 10만 원짜리 노동자는 15일이 걸린다. 인건비를 너무 아끼려고 들면 오히려 일이 늘어지거나, 한 번에 끝날 일을 여러 번 다시 해야 해서 돈이 더 든다.

우리의 시공사 사장은 어디서 말도 안 되게 싼 인력을 구해 오는 탁월한 재주가 있었다. 전기 기술자라고 불러온 사람은 접지 만드는 법을 모르고, 목수라고 불러온 사람은 손잡이 다는 법을 몰랐다. 그래서 일이 하염없이 지체되었다.

예컨대 전기 공사를 할 때다. 전기 기술자라는 사람이 양방향 스위치를 다는 데 3주를 소요했다. 당시에는 그가 작업 반장을 겸하고 있었기 때문에 3주 동안 다른 일도 모두 느려졌다. 결국 답을 찾지 못한 그는 해리가 스위치를 잘못 샀다고 주장하기 시작했다. 자기가 전파사에 교환을 요청했지만 "구매한 지 오래돼서" 거절을 당했다고. 결국 전기 기술자, 해리, 내가 스위치를 새로 구매하기 위해 발리의 전파사까지 1박2일짜리 여정에 올랐다. 전파사 주인은 노발대발했다.

"여기 구멍이 한 개면 일방향, 두 개면 양방향 스위치입니다. 이건 분명 양방향 스위치고, 이 모델은 전 세계에 판매되고 있으며, 발리에서도 수백 개 리조트와 호텔이 우리에게서 이 스위치를 구매해서 문제없이 사용하고 있습니다. 우리는 물건을 잘못 건네지 않았어요! 저 사람이 교환해 달라고 들렀을 때 나는 이 점을 분명히 설명했어요. 그런데 여전히 가게 탓을 하면서 건축주인 당신들까지 끌고 오다니 믿을 수가 없네요! 이 스위치를 보세요. 저 사람이 엉뚱하게 이어놓은 선과 말도 안 되게 뚫어놓은 구멍을 보라고요. 스위치를 새로 살 돈이면 전기 기술자를 고용할 수 있습니다. 그게 더 싸요! 멀쩡한 기술자라면 하루도 안 걸릴 일이에요. 그냥 사람을 바꾸세요. 저 인간은 멍청이에다 거짓말쟁이예요!"

작업 반장은 만지는 건 모두 망가뜨리는 똥손에다 똥고집까지 가졌지만 부유한 인도네시아 상인의 서슬에는 감히 대꾸하지 못했다. 그는 잠자코 구석에 숨어서 어린 점원으로부터 스위치 설치 방법을 배우고 있었다.

물론 일머리라는 게 하루아침에 벼락 맞듯 생겨나는 건 아니다. 작업 반장은 샤워 수전을 설치할 때 또다시 "아 설명서 필요 없다니까"라고 똥고집을 부리다가 2주 만에 항복 선언을 했다. 내가 구글에서 설치 방법을 찾아서 알려주었다.

어쨌든 공사를 시작하고 나면 예산이 넉넉지 않은 물주는 '을'이 될 수밖에 없다. 공사가 중단되는 일만은 막아야 하니까 마음에 안 드는 게 있어도 어르고 달랠 수밖에 없다. 같은 이유로 공사 막판이 되면 갑자기 여기저기서 발생하는 추가 비용을 거절할 수도 없다. 그러니 계획에 작은 오차가 생기는 것도 참지 못하는 완벽주의자거나 타인의 잘못에 극히 엄격한 사람이라면 집은 짓기보다 사는 것이 좋다.

집을 짓기 시작하고부터 종종 문의를 받았다. '나도 발리에 살고 싶다. 먼저 부동산 투어부터 해보려는데 무엇을 준비해야 하나.' 대화를 해보면 이곳 법은커녕 수원에서 남산타워 찾는 식으로 지리조차 잘 모르는 경우가 많다. 비키니 두 장 달랑 입고 피라냐 떼가 득실대는 호수로 스노클링을 나서는 격이다. 지옥에 오신 것을 환영합니다!

땅 주인이 자기 몰래 토지 담보 대출을 받고 안 갚는 바람에 공사비 한 푼 못 건지고 갓 지은 집에서 쫓겨났다거나, 예산이 말도 못 하게 초과되어서 공사를 중단했다는 식의 괴담은 끝도 없다. 이 모든 게 발리만의 문제는 아니다. 서울이든 제주든 유럽이든 미국이든 마찬가지다.

건축주가 된다는 건 돈을 쓸 준비가 된 사람이라고 사방에 소문을 내는 행위고, 당신의 주머니를 노리는 사기꾼은 어디에나 있다. 그러니 지역 사정을 먼저 공부해야 하고, 건축 상식도 알아두면 좋다. 어지간한 시행착오는 웃어넘길 수 있는 담대함도 필요하다. 어차피 무엇을 상상하건 당신은 그 이상의 대가를 지불하게 될 테니까.

그럼에도 자신이 살 집을 직접 짓는 데는 분명한 장점이 있다.

내가 어릴 때 부모님이 주택을 지으셨는데, 아버지는 화초 좋아하는 어머니를 위해 거실에 배수시설 딸린 실내 화단을 만들었다. 나는 실내 화단의 기능 자체보다 무뚝뚝한 경상도 커플의 애정이 물리적으로 구현되는 방식에 감동했다.

나는 내 집도 그와 같기를 바랐다. 살 사람을 연구하고 배려한 공간 말이다. 실제로 집을 디자인하면서 나는 무엇을 좋아하는 사람인가, 나와 같이 살 사람에겐 무엇이 중요한가, 이 공간에서 내가 할 수 있는 일은 무엇인가를 끊임없이 고민했다. 이곳에서 우리의 삶은 어떨지, 아침 루틴은 어떻고 요리는 뭘 하고 일은 어디서 하고 짐은 얼마나 갖게 될지 상상했다. 인테리어나 리모델링과는 깊이가 다른 자아 탐색의 시간이었다.

건축은 절충과 타협을 배우는 과정이다. 스트레스가 쌓이는 와중에도 건강한 정신 상태를 유지하기 위해, 나는 건축주의 기쁨 쪽을 떠올리려 애를 썼다. 물론 그 노력이 늘 성공하는 건 아니었다. 아니, 사실은 처참한 실패가 다가오고 있었다.

시공업자를 죽이면 안 돼

애초 예정된 4개월이 지나면서부터 시공사 사장은 '2개월 후면 공사가 끝난다'고 말했다. 그 2개월은 여섯 번쯤 갱신되었다. 특히 똑똑한 작업 반장 H가 도망을 가버린 10개월 후부터는 제대로 돌아가는 일이 거의 없었다.

나는 집의 내벽을 일부는 페인트로, 일부는 시멘트 폴리싱으로 마감하려 했다. 그러면 한 가지 스타일로만 마감할 때에 비해 비용과 기간이 많이 드냐고 시공사 사장 Y에게 물었고, Y는 차이가 없다고 했다. 하지만 현실은 달랐다.

인부들은 벽 미장이 끝나자마자 페인트를 칠했다. 그 후 콘크리트에 광을 냈다. 분진이 페인트를 뒤덮었다. 그들은 다시 페인트를 칠했다. 그 후 콘크리트 광 작업 2차가 시작됐다. 다시 분진이 날리고 페인트가 더러워졌다. 그들은 페인트를 보수했다. 그 후 창틀과 문짝을 만드는 목공 작업이 시작되었다. 사방에 나무 가루가 내려앉고 나무 표면 마감재가 묻었다. 당연히 페인트 벽은 또 더러워졌다. 페인트를 새로 칠할 때마다 그걸 말리느라 며칠씩 작업이 멎었다. 일의 순서만 정확히 했으면 일주일이면 될 작업이 한 달이 걸렸다.

매사가 그런 식이니 당연히 예산은 초과되었다. 시공사는 시공사대로, 인부들은 인부들대로, 건축주는 건축주대로 짜증이 났다. 차곡차곡 쌓인 불화는 어느 날 갑자기 대폭발을 일으켰다.

어느 날 현장에 가보니 페인트와 목공 작업이 끝나지도 않았는데 스위치가 벽에 붙어 있었다. 같은 팀이 작업한 다른 주택에서는 건축주가 말리지 않아서 스위치, 플러그, 조명, 싱크, 수전, 샤워기, 변기, 세면대 따위가 초반에 부착되었고, 입주할 때쯤엔 페인트, 분진, 녹, 기름때, 긁힘, 목공 마감액 등으로 엉망진창이 되어 있었다. 해리와 나는 시공사를 결정하는 순간부터 그것만은 허용하지 않겠다고 여러 번 말했다. 그날 이리저리 비뚤어지거나 뒤집히거나 너덜거리는 채로 붙어 있는 스위치들은 조명뿐 아니라 관련자들의 마음속 무언가도 연쇄로 건드렸다.

해리는 시공사 사장에게 스위치들이 왜 벌써 벽에 붙어 있냐 물었다. 전날의 숙취 속에 비몽사몽 문자를 받은 시공사 사장은 자기가 1년 동안 무급으로 봉사했다며 이제 인부 관리를 직접 하라고 화를 냈다. '무급 봉사'라는 말은 다시 해리의 분노를 자극했다. 우리는 한 번도 시공사가 요구하는 금액을 깎거나 지불을 미룬 적이 없다.

기껏 설치한 조명과 스위치를 탈거하라는 지시는 작업 반장과 인부들의 성질을 건드렸다. 그들은 화를 내며 현장에서 철수를 했다. 나중에 알고 보니 인부들은 당시 임금이 밀려서 짜증이 난 상태였다. 사장과 작업 반장이 서로 상대방이 돈을 떼어먹었다고 하는데 누구 말이 맞는지는 알 수 없다.

시공사 사장은 자기가 무급 봉사를 했다고 주장한 일에 대해 술이 깨자마자 해리에게 사과했다. 하지만 해리가 없을 때 내가 앞으로의 일정을 묻자 다시 한번 "더 이상 무료로 봉사하지 않을 거야"라는 말을 꺼냈다. 그 사장이 이전 공사 현장 두 곳에서도 같은 방식으로 기습 공격을 한 후 마무리를 팽개쳤다는 사실은 나중에 알았다. 그 현장들은 모두 싱글 여성이 건축주였다. '마녀들에게 당해버린 인심 좋고 성실한 나'를 꾸며내서 무능을 면피하는 게 Y의 평판 관리 전략이었던 것이다.

나는 "불평 배틀을 하고 싶으면 나중에 응해줄 테니까 지금은 사전 약속한 일의 마무리 일정이나 얘기하라"고 했다. 그는 그 말이 분했던지 한밤중에 팬티 바람으로 테라스에서 마감 중인 나를 찾아와서 자기가 뭘 잘못했냐고 따지기 시작했다.

사장 Y의 망상에 따르면 공사가 지연된 건 모두 외부 요인 때문이었고, 내가 비용을 깎거나 무리한 인테리어를 고집해서 자신을 고통에 빠뜨렸으며, 나는 인부들이 푼돈 받으며 고생하는데 감사할 줄도 모르는 나쁜 인간이었다.

나는 애초에 "내 아버지가 건축을 하다가 부도가 나서 온 가족이 몇 년 동안 힘들었던 경험이 있다. 그래서 무리하게 비용 깎는 거 싫다. 너도 만족할 수준의 예산을 대라. 그게 안 맞으면 다른 시공사를 구하거나 공법을 바꿀 것이다"라고 명확히 했다. 추가 비용도 달라는 대로 모두 줬다. 모든 인테리어는 그와 상의했다. 인부 처우는 시공사에서 관리하는 문제다. 그가 무급 봉사를 했다고 자다가 봉창 두드리는 소리를 하기 전까지 우리는 그에게 불평 한마디 하지 않았다.

세 시간 동안 Y의 헛소리에 조목조목 반박하다가 나중에는 헛웃음이 나왔다. 결국 지쳐버린 나는 그가 원하는 답을 들려줄 수밖에 없었다. 그가 계속 공사에 손을 대봤자 좋을 게 없다는 판단도 섰다.

"지금 이렇게 시비를 거는 이유는 이 공사에서 손을 떼고 싶다는 거지? 잘 생각해. 우리는 화해하고 일을 잘 마무리한 다음 서로에게 감사하며 지낼 수도 있어. 도망가는 건 너에게 그리 좋은 선택이 아닐 거야."

"이미 답은 나온 것 같은데."

"그럼 가서 자라. 나는 일해야 해서 바빠."

다음 날 Y는 새벽부터 해리를 찾아와서 '네 마누라 행실 관리 잘하라'는 내용의 2차 헛소리를 늘어놓았다. 해리는 대꾸 없이 차가운 눈으로 그를 쳐다보았다. 나는 망상에 빠진 Y가 가련해져서 모닝커피를 대접했다. 그게 그와 말을 섞은 마지막 날이었다.

Y는 그 후 수년 동안 누사페니다에서 오다가다 나를 마주치면 몇 분이고 눈알이 빠질 듯 노려보았다. 물론 내 옆에 해리나 다른 백인 남성이 있으면 눈을 피했다. 그에게 비슷한 일을 당한 여성 건축주 세 명과 해리만 내게 공감할 뿐 다른 백인 남성들은 나에게 "걔 착하잖아. 화해하고 친하게 지내"라는 황당한 충고를 하곤 했다.

그런 상황은 Y가 사업을 한다고 프랑스 남성을 세 명쯤 더 엿먹여서 동네 파티에 얼굴을 내밀기 어려워질 때까지 계속되었다. 같은 백인 남성의 말만 신뢰하는 백인 남성 커뮤니티가 징그

럽고 신물이 났다.

무슨 일이 벌어지든 해리가 내 편이라는 사실은 큰 위안이었다. 발리에서 함께 집이나 호텔 공사를 하다가 헤어진 커플 얘기를 자주 듣는다. 한국 커플도 있었다. 나중에 나는 해리에게 말했다.

"네가 돈 없고 우울한 시기도 있었고, 내가 슬럼프에 빠져 일을 못 한 시기도 있었고, 공사 때문에 둘이 같이 괴로운 시기도 있었어. 함께 그럭저럭 헤쳐왔지. 이 정도면 우리는 꽤 오래 함께 살 수 있을 것 같아."

옆에서 같이 건물을 짓고 사업을 하면서 부부 상담을 다니고 있던 30대 커플이 그 얘기를 듣더니 자기들끼리 눈을 마주쳤다.

"그러고 보니 우리도…"

건축이란 여러 종류의 파트너십을 시험하는 행위다. 당연히 건축주끼리의 관계도 시험대에 오른다. 자잘한 관계에서 실패를 했어도 가장 중요한 관계는 성공을 했으니 이번 시험은 대충 합격이라 생각하기로 했다.

오해는 말았으면 한다. 프랑스인과 일을 해서, 인도네시아여서, 외국에서 집을 짓느라 공사가 힘든 게 아니다. 그즈음 나는 한국 친구에게 연락을 받았다. 그는 상가를 꾸미려는 지인과 인테리어 업자를 연결해 줬다가 일이 틀어지는 바람에 양쪽에서

욕을 먹었다며 속상해했다. 어디서나 공사는 힘들고 타인은 내 맘 같지 않다.

자잘한 관계에서 실패를 했어도 가장 중요한 관계는 성공을 했으니 이번 시험은 대충 합격이라 생각하기로 했다.

샐 수 있는 건 모두 새는 집

16개월 만에 입주를 했다. 모두가 그렇게 아름다운 집을 가졌으니 얼마나 행복하냐고 물었다. 남의 속도 모르고.

일단 가구 회사의 난동이 있었다. 무엇을 구매하든 거래가 완료되기 전까지 전액을 지불하지 말 것. 이건 발리 생활 불문율이다. 현지 업체와 일을 할 때 선금을 주면 딱 받은 만큼만 일하는 시늉을 하다가 갑자기 만사 귀찮아진 듯 손을 놓아버리는 경우가 많다. 그런데 이번에는 내가 부주의했다. 친구한테 소개받았고 제작 현장도 두 번이나 방문했으니 괜찮겠지 방심했다. 보증금을 받아놓고도 추가 주문은 전액 결제를 해야 한다거나 재료비를 보태달라고 읍소할 때 알아챘어야 하는데 홀린 듯 야금야금 돈을 보내고 아차 했다.

그들은 가구를 아무런 포장 없이 배에 실어 보냈다. 나무는 온통 긁히고 찍혔다. 유리는 깨졌다. 세면대와 싱크대는 3D 이미지를 보냈음에도 제멋대로 만들어서 설치가 불가능했다. 서랍이란 서랍은 모두 홈을 잘못 파서 열리지 않고, 주물은 약속과 달리 싸구려로 바뀌었다. 추가 주문한 품목은 돈만 받고 만들지도 않았다.

해리가 노발대발했다. 업체 측 반응은 적반하장이었다.

"우리는 원래 가구를 포장 안 하고 보낸다. 아무도 그걸로 불평한 적 없다. 나 바쁜 사람이니까 말 걸지 마라. 잔금은 내가 깎아준 셈 칠 테니까 먼저 보낸 물건만 먹고 떨어져라."

누락된 품목 제작, 수리, 설치 등을 다른 회사에 의뢰하는 비용이 잔금보다 클 것이므로 '깎아준다'는 말은 부적절했지만 별수 있나. 이렇게 발리 살이를 또 하나 배웠다.

두 번째 문제는 물이었다. 이사 이틀 후 물이 끊겼다. 펌프 고장이었다. 나중에 인터넷으로 독학한 결과 펌프 고장은 수압 설정만 다시 하면 해결될 문제였다. 그러나 우리의 똥손 작업 반장은 강제로 스위치를 접지시켜 사태를 모면했다. 그 결과 펌프의 부속이 부러지고 말았다. 그 후 3주 동안 물을 쓸 때마다 덤불을 헤치고 나가서 수동으로 펌프를 끄고 켜야 했다. 양동이에 물을 받아 몸과 그릇을 씻고, 손 씻은 물을 모았다가 대소변을 내렸다.

주방은 입주와 동시에 물이 새기 시작했다. 배관 연결 부속 하나가 잘못 사용된 탓이었다. 배관이 꼬여서 수전이 제대로 인출되지 않기도 했다. 설거지 두 번 만에 수전이 망가졌다. 샤워기도 고장이 나서 물이 찔끔찔끔 나오거나 줄줄 새거나 했다.

매일 온다면서 안 오는 수리공들을 기다렸다. 공사 중인 친구들에게 물어보고, 무작정 건재상에 들러 묻기도 했다. 사람을 소개받고, 약속을 잡고, 하루 종일 기다리다가 밤에 인터넷 데이터가 잡히는 곳까지 나가서 "오늘 왜 안 왔어요? 내일은 오나요?" 메시지를 보내면서 다양한 핑계를 수집했다.

급기야 3주째에 "오늘 인부를 보내려고 했지. 그런데 걔가 교통사고가 났다잖아. 걷지를 못한대"라는 말을 듣고는 헛웃음이 나왔다. 우리가 기도탑을 안 만들어서 그런가, 입주 세레모니를 안 해서 그런가, 별별 생각이 들었다. 전압이 널을 뛰고 조명이 깜빡대는 게 전기 공사를 잘못한 탓인 줄 알았는데 실은 폴터가이스트였나.

새로 장만한 물걸레 청소기가 새기 시작했을 때도 나는 한동안 웃음을 멈출 수 없었다. 오 너도 이 집 식구란 말이지? 아무렴 샐 수 있는 건 다 새야지. 그래야 이 집 물건이지.

결국 3주 만에 나는 사람 구하기를 포기하고 직접 펌프, 수전,

물 새는 곳들을 고치기로 결심했다. 해리에게 내가 이대로는 살 수 없으니 직접 수리를 해보겠다, 만약 실패하면 나는 상황이 개선될 때까지 이 집을 떠나 있겠다, 라고 통보를 했다.

갑자기 관광객이 늘어 하루 열네 시간 일을 하느라 집을 방치하던 해리는 두려움에 휩싸였다. 아무래도 주방 수전을 부러뜨린 장본인이 그런 말을 하니까 건물의 안전을 걱정한 것 같다. 그는 부랴부랴 동네 유지 아저씨에게 연락을 취했다. 돈, 시간, 약속 개념이 흐릿해서 같이 일을 하면 속이 터지지만 곤경에 처한 외국인의 구원자 역할이라면 마다하지 않을 사람이었다.

동네 유지는 과연 '너희 외국인 조무래기들이 나 없이 되는 일이 있겠니? 오빠만 믿으렴' 하는 표정으로 인부를 데리고 등장했다. 나는 하늘에서 강림하는 구세주를 맞이하듯 오두방정을 떨면서 그를 환영했다. 억지는 아니었다. 영원히 오지 않는 '내일' 소리만 줄창 듣다가 당장 달려오는 사람이라니, 그것만으로도 그는 구원이었다.

동네 유지 아저씨가 다녀가고 몇 가지 변화가 생겼다. 주방 수전은 교체되었다. 물이 '똑똑' 떨어지던 부위는 고쳐졌다. 대신 벽체에 매립된 토출구가 망가져서 물이 '줄줄' 새기 시작했다. 펌프 부속도 교체되었다. 다만 전에는 펌프가 켜지지를 않았는데 이제는 꺼지지를 않게 되었다. 샤워기는 물이 줄줄 새는 대신 아예 한 방울도 안 나오게 되었다. 하지만 다 괜찮았다. 펌프가 상시 가동하면서 변기 물을 내릴 수 있게 되었기 때문이다.

새로 구한 가구 회사는 "내일 배송 간다" 하면서 안 나타나는 짓을 일주일 동안 반복하고, 인근 주민들이 땔감을 찾아 마당을 돌아다니는 통에 집에서도 외출복을 입고 지냈지만 다 괜찮았다. 한 번 수리를 받았는데도 다시 주저앉아 바닥을 긁는 문짝들, 괜찮다. 3주 동안 내가 다이빙 센터에 나가 세수하고 이 닦고, 염색을 못 해 백발이 되는 과정을 지켜보면서도 "이사하니까 좋지? 다 해결될 거야"라면서 나를 배부른 인간 취급하던 친구들에게도 화가 덜 났다. 버튼을 누르면 똥이 씻겨 내려가는 세상에서 용서 못 할 일이 뭐란 말인가.

이것이 문명이구나! 문명은 인간을 착하게 만드는구나! 내가 원한 건 고작 이것이었구나! 좋아, 거의 다 왔어! 곧 모든 문제가 해결될 거야! 그날 나는 떠내려가는 똥 덩어리를 보면서 벅찬 감격에 휩싸였다. 뒤통수에서 동네 유지 아저씨가 호탕하게 웃고 있는 듯한 기분이 들었다.

아마추어의 다른 말은 두통이다

변기를 고친 후에도 실내 캠핑 같은 생활은 이어졌다. 사태는 해결하려 애쓸 때마다 더 나빠지기만 했다. 나는 부조리한 일상을 반복하며 절대 실현되지 않을 것을 기다리는 카프카나 사무엘 베케트 픽션의 주인공이 된 기분이었다.

그때 서울에서 집수리를 시작한 언니가 조언했다.

"원래 그 동네 좋은 인부는 판매상이 가장 잘 안다. 전기와 목공은 같이 다니기 때문에 한 사람만 찾으면 나머지는 해결된다."

나는 작업 반장에게 노발대발하던 전파사 주인을 떠올렸다. 그는 스위치 대신 사람을 바꾸라며 해리에게 전기 기술자들의 연락처를 주었다. 마침 집 조명이 시도 때도 없이 깜빡거렸다. 전기 점검도 할 겸 목수 추천도 받을 겸, 판매상이 준 번호로 연락을 했다. 그렇게 인부들과의 합숙이 시작되었다.

제대로 된 인부들이 도착하자 물이 새는 곳들은 하루 만에 고쳐졌다. 펌프와 샤워 수전도 수리했다. 싱크대 배관은 깔끔하게 정돈되었다. 배관이 아름다울 수도 있다는 생각은 내 평생 한 번도 해본 적이 없다. 그런데 똥손 작업 반장의 머릿속만큼이나 뒤죽박죽이던 배관이 가지런해지자 이런 게 바로 아름다움이라는 생각이 들었다.

목공은 하나부터 열까지 다시 해야 하는 수준이었다. 아직 싱크대, 욕실 캐비닛, 옷장 같은 수납 공간이 없었으므로 나는 목공 팀의 동선을 따라 물건을 이리저리 옮기고 가리고 먼지를 털어내는 역할을 맡았다. 한 달 반 동안 매일 전쟁 같은 하루를 치르고 저녁이면 같이 길고양이 먹이를 주면서 인부들과 전우애를 다졌다.

전기는 더 큰 문제였다. 콘센트마다 전압이 다르고, 벽을 파서 찾아낸 접지는 상태가 엉망진창이고, 분명 벽으로 들어갔는데 어디로 나오는지 알 수 없는 전선도 있었다. 한번은 전기 기술자가 다급하게 말을 꺼내다가 단어가 안 떠올라 멈칫한 적이 있다. 내가 단어 맞추기 게임 하듯 손을 들고 말했다.

"마살라Masalah(문제)?"

그가 가장 자주 하는 말이었다. 그는 멋쩍어하고, 조수는 웃음을 터뜨렸다. 내가 다시 손을 들었다.

"뿌싱Pusing(두통)?"

전기 기술자가 두 번째로 자주 하는 말이었다. 여기는 '마살라'가 많아서 '뿌싱'한 집이다.

전기 문제는 끝내 해결되지 못했다. 그로부터 1년 후 집 일부의 전기가 멎었다. 같은 시공 업체를 쓴 G의 집에서 반년 만에 천장 선풍기가 모조리 망가진 것과 비교하면 오래 버틴 거였다.

어떤 분야든, 남의 작업물을 수정하는 것보다 내가 새로 작업을 하는 게 훨씬 쉬울 때가 많다. 나 같은 잡지, 출판 관계자들은 비전문가의 글을 수정하다가 '차라리 내가 다시 쓰는 게 빠르겠다' 푸념을 하곤 한다. 그 무렵 가방 지퍼를 수선하러 세탁소에 갔다가 "지퍼 뜯고 다시 박는 게 새 가방 만드는 것보다 귀찮으니까 싸게는 못 해준다"는 말도 들었다.

건축도 마찬가지다. 그러니 일은 한번 할 때 잘해야 한다. 정당한 값을 받고 일하는 훌륭한 숙련자가 저비용만을 내세우는 비숙련자에 비해 시간과 비용과 스트레스를 줄여준다. 아마추어의 다른 말은 '뿌싱'이다.

나는 오랜만에 평온을 느꼈고, 내가 가진 것들에 감사했으며,

남은 일들은 어떻게든 해결될 거라는 희망이 들었다.

재봉은 명상이다

인부들과 합숙을 하던 시절, 재봉틀을 샀다. 내가 생각해도 '가지가지 하는구나' 싶었다. 이게 유튜브나 생활소품 브랜드나 에세이 판매를 위한 설정이면 좋겠다. 그전까지 나는 재봉틀을 만져본 적이 없다. 예전 책에 회사에서 열받을 때마다 '분노의 뜨개질'을 했다고 고백한 적 있는데 집을 지은 후 나는 '분노의 재봉질'을 시작했다.

내가 커튼을 만든다는 건 동네 농담거리가 되었다. 이 섬에 가득한 해양 스포츠 전문가들이 보기에 재봉은 할머니나 하는 취미다. 친구들은 나를 '뚜깡 고르덴Tukang gorden(커튼 기술자)'이라 놀리기 시작했다. 나는 "과찬의 말씀이다. 아직은 '닥터 프랑켄소어'다"라고 자조했다. 이것저것 꿰매서 얼렁뚱땅 기능은 하지만 보기에는 흉측한 뭔가를 만드는 사람.

섬에 스쿠버다이빙을 하러 온 독일인 손님은 내게 물었다.

"당신은 어쩌다가 누사페니다에서 커튼을 만들게 되었습니까? 그게 진짜 직업입니까?"

"짧은 버전을 원합니까, 긴 버전을 원합니까?"

"무슨 차이가 있습니까?"

"긴 버전은 2016년으로 거슬러 갑니다. 나는 작가였고, 따뜻한 나라에서 겨울을 나면서 책을 쓰기 위해 발리에 왔습니다. 그러다 누군가를 만났고 별생각 없이 눌러앉았습니다. 짧은 버전은 2020년 말에 시작됩니다. 팬데믹 때문에 지루해진 나는 집을 짓겠다는 금단의 아이디어를 떠올리고 맙니다. 더 짧은 버전은 두 달 요약본입니다."

"이미 많은 것이 설명된 것 같네요. 가장 짧은 버전을 들어봅시다."

재봉틀을 주문할 때 나는 화가 나 있었다. 세상 모든 것에 화가 났다. 집은 하자투성이였다. 인부들이나 인터넷 설치 업체나 매일 약속을 펑크냈다. 두 군데 가구 회사와는 싸움도 났다. 집에서는 제대로 씻을 수도 없었다.

해리는 바빠서 종일 나가 있고 나 혼자 그 악몽 같은 집에 갇혀 지냈다. 집 짓느라 목돈이 술술 나가니 10원, 20원에도 민감해졌다. '너는 외국인이니까 돈 많잖아' '너는 집 지었으니까 부자잖아'라는 식으로 넘겨짚고 바가지를 씌우려는 사람을 마주칠 때마다 화가 머리끝까지 치밀었다.

"나는 20년 동안 너희가 상상도 못 할 과로를 해서 이 돈을 모았어! 돈이 필요하면 정직하게 일을 해!"라고 소리치고 싶었다.

넉 달 만에 3,500만 원으로 집을 지어 입주한 친구가 자기도 집을 지어봤다고 "다 해결될 거야. 평생 살 집이니까 천천히 고치면 되지. 나도 아직 인테리어는 다 못 했어"라고 나를 불평쟁이 취급하는 게 짜증 났다. 너희 집은 이렇게 오래 걸리지 않았고 건축비가 대폭 초과하지도 않았고 시공업자가 적반하장으로 굴지도 않았고 물도 나오고 전기도 멀쩡하잖아!

때맞춰 컴퓨터와 휴대전화도 고장 났다. 나는 음절 하나 입력하는 데 3초씩 걸리는 전자책 단말기에 블루투스 키보드를 연결해서 마감을 했다. 외부에서 온 기술자들과 먼지투성이 집에서 합숙도 했다. 그중 누군가는 샤워만 하면 샤워 부스에 지독한 암모니아 냄새를 남겼다.

세상 문제에는 대략 네 가지 종류가 있다. 노력으로 해결되는 것, 시간으로 해결되는 것, 돈으로 해결되는 것, 해결될 수 없으니 마음을 바꿔야 할 것. 이번 문제는 대개 돈이면 해결될 일이었다. 돈으로 해결할 일을 괜히 성질부리다가 노력과 시간과 마음까지 들일 일로 키우는 건 멍청한 짓이다. 그럼에도 자꾸 여기저기에, 이 사람 저 사람에게 화가 나는 걸 막을 수 없었다. 조금 손해 보고 말면 될 일에도 불같이 화를 내고 후회하는 일도 여러 번 있었다. 그런 자신에 실망하고 지긋지긋해질 무렵 커튼을 주문하러 갔다.

발리의 커튼 가게에서 받은 견적은 기절초풍하게 비쌌다. 명백한 '불레 프라이스Bule price(외국인 바가지)'였다. 공사 마무리 때문에 매일 계산기를 두드리고 견적을 비교하면서 돈타령을 하다 보니 불레 프라이스는 나의 발작 버튼이 되었다. 해리도 나도 짜증이 극에 달해 있던 터라 커튼 가게 주인들 앞에서 싸우기까지 했다. 그래서 나는 충동적으로 재봉틀을 주문했다. 커튼, 내가 직접 만들고 만다.

처음 주문한 재봉틀은 제대로 작동하지 않았다. 인도네시아 인터넷 쇼핑은 판매자 우위 시장이다. 반품이 대단히 어렵다. 나는 하루에도 몇 번씩 쇼핑몰 앱을 켜고 분쟁 진행 상황을 확인하고 메일을 써야 했다. 가뜩이나 산적한 문제에 스스로 골칫거리를 더한 자신에게 화가 났다. 입맛이 뚝 떨어질 정도의 긴장이 한 달 동안 지속됐다. 한국 쇼핑몰들이 나를 너무 곱게 키웠다.

발리에서 온 기술자와 인부들은 이곳 체류 한 달을 넘기면서 슬슬 문제를 드러냈다. 생각보다 하자 규모가 커서 일정이 많이 지연되었다. 빨리 집에 가고 싶어서 건성으로 하는 일들이 있었다. 그들은 싸움을 걸지는 않았다. 그저 "아… 저희가 그 일도 하기로 했지요… 그건… 다음에 와서 할게요"라며 슬금슬금 뒷걸음질 쳐서 떠났다.

발리 인부들이 떠나던 날 새 재봉틀이 도착했다. 그때부터 나는 미친 사람처럼 커튼을 만들었다. 원단 40미터를 빨고 말리고 자르고 바닥에 엎으려 재단선을 그리고 핀을 박고 꿰매고 레일에 걸었다가 다시 걷어서 꿰매고 또 걸었다가 걷어서 박았던 걸 뜯고 수정하고…

밥도 안 먹고 잠도 거르고 계산기와 엑셀 파일도 잊고 커튼을 만들었다. 내가 왜 여기서 이 짓을 하고 있나, 왜 돈을 더 모아두고 은퇴를 하지 않았나, 왜 조그만 오두막이면 될 걸 이렇게 일을 키웠나, 진입로와 수영장과 창고는 어떻게 마무리할까, 몇 년 전까지만 해도 돈이 필요하면 일이 굴러 들어왔는데 이제는 나이 먹고 외국에 살아 그것도 여의찮으니 뭘 해서 먹고살까 등등의

자문을 잊은 채, 나는, 커튼을 만들었다.

허리가 뻐근해서 앉을 수도 설 수도 없을 때만 침대에 누웠고, 쪽잠을 자다가 일어나면 눈곱도 안 떼고 커튼으로 달려들었다. 눈이 침침해서 실을 꿸 수 없을 때만 밥을 사 먹으러 나갔다. 원단이나 재료가 떨어져서 일을 멈출 때면 중독자처럼 재봉 영상들을 보고 또 보았다.

도움을 받느라 네이버 카페에서 가장 큰 재봉 커뮤니티에도 가입했다. 나는 평생 그런 커뮤니티를 본 적이 없다. '그는 자기가 하는 일을 안다They know what they do'라는 영어 관용문이 있다. 내가 아주 좋아하는 말이다. 그런데 실제로 자기가 하는 일을 정확히 아는 사람들을 나는 오랜만에 보았다. 무슨 질문이든 5분 만에 고수가 나타나서 답을 알려주었다. 내 질문이 아니어도 그 문답들을 보는 게 후련했다.

거기 고수들은 괜히 무게를 잡지도, 잘난 척하지도 않았다. 모두가 유치원 선생님처럼 나긋나긋했다. 더구나 한국어로, 그들은 서로를 격려하고 있었다. 아무리 실패작이어도, 초보의 간단한 실습이어도, 그들은 다 잘했다고 했다. 다음엔 더 잘할 수 있을 거라고 했다. 나는 그곳의 글들을 읽고 또 읽었다.

그러던 중 수영장에 문제가 있어서 또 혼자서 며칠을 끙끙거렸다. 아무리 검색하고 주변에 물어봐도 답이 안 나와서 수영장 딸린 펜션 운영자들이 모이는 네이버 카페에 질문을 올렸다. 이런 저런 답이 달렸다. 그중 가장 간단한 방법부터 시도해 보았다. 단번에 문제가 해결되었다. 어이없게도 나는 울음을 터뜨리고 말았다.

집을 지으면서 발생한 문제 중 뭐 하나 그렇게 쉽게 해결된 게 없었다. 자기 분야를 제대로 아는 사람을 보는 게 그렇게 후련한 일일 줄 몰랐다. 묵은 체증이 내려갔다. 너무 시원해서 허탈했다. "펌프 뚜껑을 열고 나뭇잎을 제거하세요"라는 자기 답변이 바다 건너 한국인 건축주의 울화병을 치료하는 마지막 처방이 될 줄은, 네이버 카페의 그 고수도 몰랐을 거다.

그렇게 몇 주가 지났다. 어느 날 나는 거실에서 노을을 보고 있었다. 리넨 커튼에 은은하게 빛이 투과되어 분위기가 고즈넉했다. 나는 벌떡 일어나 방으로 갔다. 바닥에 딱 맞게 늘어진 창 커튼과 옷장 가림막을 보았다. 인부들이 묵던 작은 방은 그날 낮에 대청소를 해서 세제 냄새가 남아 있었다. 욕실과 주방도 둘러보았다. 괜히 수도도 틀어보았다. 물이 잘 나왔다.

다시 거실로 나와 창밖을 내다보았다. 이웃과 관광객들이 자꾸 침범을 해서 몇 년 후에나 하려던 담장 공사를 서둘러 시작한 참이었다. 새 인부들은 누사페니다 사람들이라 밤이면 집으로 돌아갔다. 현지인답게, 그들은 내가 몰랐던 이 집 나무들의 이름을 찾아주었다. 주차장의 키 큰 나무는 잭프루트였다.

"예에? 이 집에 잭프루트가 있다고요?"

놀라서 들여다보니 무성한 가지 속에 열매가 주렁주렁 달려 있었다. 물 저장소 옆의 큰 나무는 소노클링인데 현지인들이 그 이파리를 약용으로 쓴다고 했다.

그날 밤, 일을 마치고 돌아온 해리에게 내가 말했다.

"이게 믿어져? 지금 이 집에 우리밖에 없고, 물건은 대부분 정돈되었고, 낮이면 커튼으로 해를 가릴 수도 있어. 그리고 마당에는 잭프루트나무가 있어."

나는 오랜만에 평온을 느꼈고, 내가 가진 것들에 감사했으며, 남은 일들은 어떻게든 해결될 거라는 희망이 들었다.

그사이 누사페니다는 바빠졌다. 사업 때문에 피곤에 절어 있던 해리가 그날은 이런 말을 했다.

"나도 시간이 생기면 바이크 수리를 시작하고 싶어. 네가 커튼을 만든 것처럼."

그는 커튼을 만드는 동안 내게 생긴 변화들을 예민하게 지켜보고 있었던 것이다.

순수한 몰입은 정신 건강에 도움이 된다. 이러려고 재봉틀을 산 건 아닌데 본의 아니게 물심양면 소득을 얻었다. 그렇게 닥터 프랑켄소어의 탄생과 함께 집 짓기의 가장 길고 끔찍한 장은 끝이 났다.

열대 시골 살이의 낭만과 현실

PART

3

실시간으로 한 지역의 변화를 지켜보고 그 역동적인 기운을

받아들이는 일은 적잖은 활력소이자 공부가 된다.

닭싸움하는 날

스쿠버다이빙을 나갔다가 돌아오는 길에 트럭이 멈춰 섰다. 마을 광장에서부터 긴 정체가 이어지고 있었다. 아침에 그 길을 지나며 본 닭장들이 떠올랐다. 큰 투계 대회가 있다더니 아직 행사가 한창인 모양이었다. 발리에서 닭싸움이 흔한 놀이라곤 들었으나 직접 본 적은 없다.

"이런 동네에서 뭘 하면서 시간을 보내겠어요. 닭싸움 정도면 노름치고 나쁘지 않죠. 돈을 잃으면 아내한테 혼이야 나겠지만 닭고기는 남으니까."

내 옆에 탄 유럽인이 그런 농담을 하는 순간, 한 노인이 죽은 닭을 든 채 터벅터벅 걸어서 트럭을 지나쳐 갔다. 아내에게 혼이 나러 가는 길이다. 그 절묘한 타이밍 때문에 트럭 안의 사람들은 작게 웃었다. 자연스러운 웃음은 아니었다.

동물권을 생각하면 투계는 몹쓸 짓이다. 대다수 인간에게도 좋은 일은 아니다. 인간은 식도락을 위해 다른 동물을 먹지만 생명이 꺼지는 순간을 직접 목격하면 두려움과 연민을 느끼는 모순된 종이다. 특히 도시 소비자들은 인간의 반려이거나 이미 해체된 고기 형태로만 동물을 만난다. 짐승이 죽는 모습을 유흥으로 소비한다는 건 그들의 감각으로 납득하기 힘든 잔인함이다.

누사페니다는 사정이 다르다. 여기서는 자기가 먹을 고기는 자기가 직접 손질해야 한다. 길을 돌아다니다 보면 주민들이 마을 공터에 모여 돼지를 도축하는 장면도 자주 볼 수 있다. 먹거리의 생산과 유통에 직접 참여하는 사람들에게는 인간과 다른 동물의 고귀함을 구분 짓는 감각이 필수다.

이방인이 지역의 오랜 문화를 함부로 비판하면 안 된다는 건 문명인의 상식이다. 방금 돈을 잃고 실망해서 어깨가 축 처진 노인의 안쓰러운 뒷모습을 보면서, 트럭 안 이방인들은 동요하지 않은 것처럼 보이려 애쓰고 있었다.

그 순간 나는 광장에서 벌어지는 일을 자세히 보고 싶었다. 도로가 정체된 틈을 타 부랴부랴 옷을 갈아입고 트럭에서 내렸다. 신발을 다이빙 센터에 벗어두고 왔기 때문에 맨발로 걸어야 했다.

광장에는 대나무를 엮어 만든 닭장이 빼곡했다. 닭 한 마리를 가둘 수 있는 크기다. 사람들이 겹겹이 모인 경기장 쪽으로 다가가니 바닥 곳곳에 피가 흩뿌려져 있고, 죽은 닭이 방치되어 있기도 했다. 군중은 거의 남자였다. 여자라곤 나를 포함한 관광객 서너 명, 분홍색 원피스를 입은 어린이 두 명이 전부였다.

곧 장내가 소란스러워졌다. 나는 까치발을 했다. 진행자가 이번 승부에 참가할 닭들을 소개하자 관중이 앞다퉈 지폐를 꺼내 흔들었다. 또 다른 진행자가 돈을 걷으러 다니는 동안 함성은 점점 높아졌다.

경기장 안에서는 꼬리가 긴 수탉을 안은 두 사람이 마주 섰다. 닭들은 호전적이지 않았다. 대신 인간들이 닭의 부리를 들어 다른 닭을 툭툭 건드리게 했다. 그러고는 닭을 바닥에 내려놓았다.

승부는 오래 걸리지 않았다. 짧으면 10초, 길어야 30초였다. 한 마리는 죽고 한 마리는 살거나, 두 마리 모두 죽기도 했다.

사실 그건 싸움보다 사고에 가까웠다. 사람들은 닭의 다리에 7센티쯤 되는 날카로운 칼날을 붉은 실로 묶었다. 그걸로 닭들은 자기가 뭘 하는지도 모른 채 다른 닭을 죽였다. 좁은 공간에서 한껏 격앙된 인간들에게 둘러싸인 채 날개를 퍼덕거리고 다리를 버둥대다가 피를 보는 거다. 그러고 나면 누군가는 돈을 따고 누군가는 돈을 잃었다. 나는 돈을 잃은 사람처럼 씁쓸한 기분으로 광장을 떠났다.

인도네시아는 남반구다. 때는 10월, 여름은 한국을 달구고 이곳으로 넘어온 상태였다. 아스팔트는 가마솥처럼 뜨겁고 갓길은 자갈과 낙엽으로 따가웠다. 맨발인 나는 뒤뚱뒤뚱 걷다가, 까치발로 종종 뛰다가, 이내 그늘에서 그늘까지 전속력으로 달리고 다음 그늘을 만나면 느리게 걷는 식으로 움직였다. 하지만 차 때문에 자주 따가운 갓길로 내려서야 했다.

10분쯤 걸었을까, 스쿠터를 타고 지나던 동네 아저씨가 멈춰 섰다. 나는 그의 얼굴이 눈에 익었지만 어디서 봤는지는 기억나지 않았다. 하지만 그가 나를 안다는 건 분명했다. 이런 말을 하긴 쑥스럽지만 내가 이 동네에서 좀 유명하다. 그즈음 이웃이 수영장 공사를 한다고 업자를 선정하는데 누가 내 이름을 대면서 내 집 수영장도 자기가 지었다고 했단다. 그때 나는 수영장은커녕 집도 절도 없었는데.

그 얘기를 전해 들은 나는 은근히 기뻤다. 해리에게 물었다.

“동네 사람이 내 이름을 기억하고 심지어 레퍼런스로 써먹는다고? 그들에겐 쉬운 이름이 아닐 텐데.”

“마을 사람들이 매달 주민세를 걷으면서 이름을 적어 가잖아.

게다가 너는 유일한 한국 사람이니까 기억하기 좋지."

"스타가 된 기분이야."

어딜 가나 시골 사람들은 이방인에 관심이 많다. 여기선 내가 유일한 동아시아인이라 서양인보다 튀는 존재라는 건 알고 있었다. 아마 그 건설업자도 별생각 없이 가장 먼저 떠오르는 이주민의 이름을 댄 것이리라. 불편하거나 못마땅할 건 없다.

나는 대한민국에서 가장 인구밀도가 낮은 지역 중 한 군데서 자랐다. 내가 어릴 때 아버지는 말씀하셨다.

"이번 대통령 선거 때 우리 군에서 김대중이 몇 표가 나왔는지 아나. 세 표다. 우리 군에 전라도에서 시집온 여자가 딱 세 명 있거든."

안타까운 대한민국 근현대사여.

아무튼 남의 나라, 남의 땅에 이방인으로 살면서, 나는 자주 어린 시절 그 말을 떠올린다. 이웃집 숟가락 수까지 알고 지내는 작은 마을에서 누구 딸, 누구 형제라는 종횡의 인맥으로 엮이지 않은 존재는 늘 집요한 관찰과 자의적 해석의 대상이 된다. 그 역시 집단의 보존과 안전을 위한 본능일 것이다.

나와 다른 존재를 무턱대고 혐오하는 사람도 많지만 적어도 이 마을에서는 만나지 못했다. 그러니 관찰 대상이 되는 정도는 기껍게 받아들이려 한다. 지역사회와 친해지려는 노력은 이주민의 생존에 반드시 필요한 전략이기도 한데, 지역민이 먼저 '나는 너를 알고, 너에게 호의를 갖고 있다'는 사인을 보내준 셈이니까 나로선 불평할 게 없다. 물론 내가 여기서 경제활동을 하면 문제는 달라질 것이다.

예컨대 그 무렵 해리의 다이빙 센터에서 작은 소동이 있었다. 인도네시아 스태프들이 쭈뼛거리며 해리를 찾아왔다. 지역 어부 한 명이 "너희 배를 부숴버리겠다"며 협박을 하고 갔다는 거다. 해리가 놀라서 스태프에게 자초지종을 물었다.

언젠가 그 어부가 조업 중 곤경에 처해서 다이빙 보트 선장에게 도움을 청했다. 마침 물에 들어간 다이버들을 기다리고 있던 선장은 거절을 했다. 그러자 어부가 "너희는 지역민을 돕지 않는다"며 여러 번 찾아와 화를 냈다고.

다이빙 보트 선장은 롬복에서 온 젊은이로, 토박이 어르신의 협박에 반항할 입장이 못 되었다. 시골 사람이라면 누구나 알겠지만 텃세는 그 터에 더 오래, 잘, 강하게 뿌리내린 존재와의 협력으로 해결하는 게 가장 빠르다. 해리는 그렇게 했다. 경찰에 신고를 하거나 밤새 몽둥이를 들고 보트를 지키는 대신 마을 이장을 겸하고 있는 토박이 직원을 보내 일종의 '어촌계' 같은 집단에 도움을 청한 것이다. 그들은 해변 사용 정책을 걸핏하면 바꾸어 대서 해리가 뒷목을 잡게 만들지만 가끔은 쓸모가 있다.

이런 식의 지역 자치 시스템은 시골 살이에 익숙지 않은 사람은 받아들이기 힘든, 하지만 작동 원리를 이해하면 생활의 많은 문제를 편리하게 해소할 수 있는 장치다.

아스팔트 길로 돌아가, 나는 스쿠터를 태워준다는 신사의 제안에 냉큼 응했다. 처음 누사페니다에 왔을 때는 모르는 사람이 차를 태워준다면 한사코 거절했다. 돈을 내야 하는지, 영업을 하려는 건지 몰라서다. 의도가 뭔지 물어볼 만큼 인도네시아어를 잘하지도 못했다. 하지만 나는 이제 꽤 노련한 이방인이다. 그는 나를 다이빙 센터에 내려주고는 감사 인사조차 듣는 둥 마는 둥 하고 서둘러 떠났다. 이런 작은 호의야말로 시골 살이의 즐거움이다.

다이빙 센터 앞에서는 어린이 몇 명이 나무를 타고 있었다. 센터에는 코코넛, 망고, 포도 나무가 있다. 코코넛과 망고는 집마다 있지만 포도는 흔치 않다. 그래서 포도가 열리는 철이면 스쿠터를 몰고 놀러 다니던 동네 아이들이 멈춰서 열매를 따 먹곤 한다. 해리가 가게 앞에 나와서 나무 부러지니까 올라가지는 말고 차라리 장대를 쓰라고 어린이들에게 한마디 했다.

그날 땡볕 아래 어른들은 닭싸움을 하고, 아이들은 나무를 타고, 누군가는 길을 가다 곤경에 처한 외지인을 도왔다. 언젠가 누사페니다는 발리의 번화가들만큼 북적거리는 관광지가 될 것이다. 생활 방식도, 인심도 변할 게 분명하다. 그때 누군가 "예전 누사페니다는 어땠어요?"라고 물으면 나는 이날을 떠올릴 듯하다. 지극히 평범해서 오래 기억하고픈 날이었다.

변화는 벼락처럼 온다

누사페니다에서 처음 몇 년은 유럽인들이 앞다퉈 신대륙 개발에 나서던 대항해시대로 시간 여행을 떠난 기분이었다.

내가 처음 이곳에 들른 건 2017년 5월이었다. 당시만 해도 누사페니다는 만타레이(쥐가오리)와 몰라몰라(개복치)가 출몰한다는 이유로 스쿠버다이버들에게나 조금 이름이 난 섬이었다. 나는 발리에서 5개월을 지내고도 누사페니다라는 섬을 들어본 적 없었다. 큰 섬이라고는 해도 해수욕을 할 수 있는 잔잔한 해안이 드물고 산이 많은 지형이라 개발이 쉽지 않았던 듯하다.

2010년대 초반까지만 해도 누사페니다의 주요 산업은 해조류 생산이었다. 그걸 도매상이 가져다가 화장품 회사나 제약 회사에 팔았다. 옥수수, 땅콩, 캐슈너트도 생산했다. 땅이 메말라서

쌀농사는 지을 수 없었다. 발리에서는 누사페니다 사람을 '옥수수 먹는 자'라고 불렀다.

내가 이 섬에 도착했을 때는 관광업이 태동하는 단계였다. 아스팔트 도로가 깔린 곳은 저지대 해안가 일부뿐이었다. 섬의 주요 절경도 비포장길이 많아 접근이 어려웠다. 바다도 탐험이 덜 끝난 상태라 해리와 친구들이 발견해서 이름을 붙인 다이빙 장소가 몇 군데 있었다.

나는 길이 2백 미터 규모 천연 동굴인 기리 푸트리와 돌고래 모양 바위로 유명한 브로큰 비치 등 몇몇 관광지를 둘러보았는데, 어딜 가나 외국인이라곤 나와 해리뿐이었다. 해리가 걱정되었다. 이런 곳에 다이빙 센터를 지어서 돈을 벌 수 있을까?

어느 날은 천연 해수 풀로 유명한 앤젤 빌라봉에 가려고 길을 나섰다. 길은 온통 자갈과 웅덩이로 뒤덮여 있었다. 오토바이가 덜컹거려서 꼬리뼈가 가루가 될 것 같았다. 그러다 오토바이 체인이 빠져버렸다. 길가에는 코코넛나무와 황폐한 목야만 가득했다. 구조를 요청하려 해도 휴대전화 신호가 터지지 않았다.

해리는 체인을 고쳐보려고 한참을 끙끙댔다. 정 안 되면 지나는 차를 잡아타고 수리점에 가서 사람을 불러오면 된다고 했지만 오늘 내로 이 길에 차가 나타날지 그도 확신이 안 서는 눈치였다. 30분쯤 그러고 있을 때 기적 같은 일이 벌어졌다. 커다란 바이크를 탄 호주인 무리가 나타난 것이다.

일행은 총 다섯 명으로, 햇볕에 그을린 우락부락한 얼굴과 근육질 체격에 거친 옷차림을 하고 있었다. 조지 밀러 감독이 1980년대 호주에서 저예산으로 〈매드맥스〉 시리즈를 찍을 때 지역 바이크 동호회 사람들을 엑스트라로 썼다는데, 그 이유를 알 것 같았다.

호주인들은 다른 관광객의 발길이 닿지 않은 개척지를 찾아 모험을 다니는 중이었다. 그들의 바이크에는 야영 도구가 실려 있었다. 아버지와 아들 한 쌍을 제외하면 모두 여행을 위해 만난 친구라고 했다. 그중엔 정비사도 있었다. 그가 장비를 꺼내 뚝딱뚝딱 체인을 고치는 동안 나는 해리에게 귓속말을 했다.

“관광객이 오긴 오는구나.”

“응. 그러게.”

속삭이며 대답하는 해리도 안도한 눈치였다. 우리는 바이크가 고쳐진 것보다 여행계 얼리어댑터가 섬에 관심을 갖는다는 사실이 더 기뻤다.

그 후 어디서 소문을 들었는지 관광객이 몰려들기 시작했다. 2017년 중반 어느 날에는 섬 안의 파스타가 모두 동났다. 원래 슈퍼마켓에 가면 먼지가 뽀얗게 쌓인 스파게티 한두 개는 구할 수 있었는데 이제는 재고가 들어오기 무섭게 바닥났다.

“와, 너희 서양인들이 섬 안의 파스타를 모두 먹어 치웠어!”

나는 감격에 겨워 소리쳤다. 그건 해리의 사업이 성공할 수도 있다는 의미였으니까.

해리의 다이빙 센터 건물은 2018년 초에 완공되었다. 건물을 다 짓고 완공식도 하기 전에, 건축 쓰레기를 치우고 있는데 첫 손님이 들어왔다. 당연히 마케팅도 시작하기 전이었고, 간판도 포스터도 없었다. 해리는 어리둥절한 채로 예약을 받고, 그간 프리랜서로 일하던 다른 센터에 부탁해서 보트 몇 자리를 얻었다. 며칠 뒤엔 손님이 많아져서 보트 한 대를 오롯이 대절했다.

“풀Full 보트야! 우리 이름으로 보트를 띄우게 된 거라고!”

그러더니 며칠 뒤에는 보트 두 대가 필요하다고 했다. 태국과 인도네시아 일대에서 7년 넘게 다이빙 강사 생활을 해온 해리는 한 달에 한 번씩 친구들의 방문을 받기 시작했다.

“요즘 여기가 뜬다며? 여긴 사업하기 어때? 건물은 어떻게 구하고 어느 지역에 터를 잡고 어떤 섹터로 진입하는 게 유리할까?”

그런 상담이 많았다. 새로운 일자리를 찾아 프리랜서도 쏟아져 들어왔다. 누사페니다는 인기 관광지 발리의 위성 섬이자 산호, 매크로, 드리프트, 해저 동굴, 심해어 출몰지를 모두 갖춘 섬이다. 여기가 다이빙계의 '잭팟'이라는 건 의심할 여지가 없었다.

자고 일어나면 새 다이빙 센터가 문을 열었다. 서유럽, 동유럽, 러시아 등지에서 온 사람들이 누사페니다 여기저기에 깃발을 꽂았다. 덩달아 호텔, 카페, 비치 클럽이 들어섰다.

그 과정에서 인상 깊은 건 서양인들의 투자를 대하는 관점이었다. 한국에서는 서민과 중산층의 자산을 부동산이 몽땅 빨아들인다. 보증금이든 주택 담보 대출이든 목돈이 항상 부동산에 묶여 있어서 여유 자금도 없을뿐더러 사업 투자를 두려워한다.

반면 해리를 비롯해 유럽 친구들이 낸 사업장을 보면 십시일반 투자금을 모아 시작한 경우가 많다. 가족은 어쩔 수 없다 쳐도, 섬에 놀러 온 친구들이 하룻밤 만 원짜리 방갈로에 묵으며 거지꼴로 돌아다니다가 몇천만 원씩 내어놓고 가는 걸 보면 기가 막혔다. 해리의 다이빙 센터는 투자자들의 원금과 배당금을 약속한 기한 내에 모두 지불했다. 그러자 해리의 동업자는 그 신용을 바탕으로 호텔 사업을 벌이면서 호텔 지분을 팔았다. 이번에도 아홉 명의 투자자가 모였다.

이게 주식회사의 발상지 유럽에선 흔한 일일까? 서민층도 해외 사업 투자에 겁이 없는 건 한국 부동산처럼 확실한 투자처가 없는 유럽 경제의 특수성 때문일까? 내가 목격한 유럽인들이 여행을 좋아하고 여러 지역을 경험한 사람들이라 누사페니다의 잠재력을 남보다 먼저 알아본 것일 수도 있겠다.

그들의 예상은 생각보다 일찍 현실이 되었다. 2018년 롬복과 길리에서 큰 지진이 발생하자 피해를 복구하는 사이 누사페니다로 여행자들이 이동하면서 이곳은 급속히 유명해졌다.

누사페니다에 '발리의 마지막 낙원'이라는 수식이 붙기 시작했다. 오지 여행자와 스쿠버다이버뿐 아니라 예전 발리의 느긋함을 그리워하는 장기 여행자, 인플루언서, 일일 관광객이 몰려들었다. 2017년까지만 해도 텅텅 비어 있던 부둣가 도로가 2018년부터는 아침마다 옴짝달싹할 수 없게 체증을 빚었다.

코비드 19 팬데믹으로 잠시 정체되었던 개발은 팬데믹이 끝나자 스프링이 튀어 오르듯 더욱 바삐 진행되었다. 2024년부터는 부둣가뿐 아니라 해안 도로 전역이 아침마다 정체되었다.

한때 이곳의 너무 빠른 변화를 걱정했지만 이제는 그럭저럭 적응을 하고 있다. 어차피 산악 지형이라 번화가의 확장에 한계가 있다. 해변은 자고 일어나면 풍경이 바뀌는 수준이지만 조금만 벗어나면 숨 쉴 곳이 나온다. 덩달아 부두와 통신이 정비되면서 생활 편의가 향상되기도 했다.

실시간으로 한 지역의 변화를 지켜보고 그 역동적인 기운을 받아들이는 일은 적잖은 활력소이자 공부가 된다. 제주, 양양, 경주 등지에서도 벌어진 일이지만 외국에서 그 변화를 보는 소감은 또 다르다.

동남아의 어느 섬이 외국인 투자자들에게 점령당했다고 생각하면 마음이 불편할 수 있다. 하지만 원주민들은 그들대로 역사에서 배운 교훈이 있다. 그들은 결코 쉽게 땅을 내놓지 않는다. 헐값에 임대를 하지도 않는다.

외국 여행자들의 구미에 맞는 사업은 확실히 이주민들이 더 잘 안다. 땅을 몇 헥타르씩 갖고 있지만 투자할 돈이나 사업 아이디어는 없는 현지인들은 이주민들이 자기 땅값을 올려주고 있다는 사실을 명확히 인지한다. 그래서 약간의 땅을 임대해서 자금을 마련한 다음 자기 사업을 시작하는 경우가 많다. 발리에서 여행업과 외국어를 배우다가 고향의 개발 붐 덕분에 새로운 기회를 맞게 된 젊은이도 많다. 이래저래 구인난이 벌어져서 현지 노동자의 몸값은 나날이 높아지고 있다. 이주민 사업가와 현지 지주, 노동자 사이에는 끝없는 견제와 타협이 벌어진다.

황무지 같은 외국 섬에서 사업을 시작하는 사람도, 거기 돈을 대는 친구도, 그들을 견제하고 이용하며 실속을 챙기는 현지인도, 내게는 모두 경이롭다. 그들을 지켜보는 것만으로도 드럼 세탁기 속 빨래가 된 기분이다. 평범한 도시 직장인에게서 느낄 수 없는 생생한 활력, 모험심, 결단력 따위에 압도당한다. 그들 덕분에 자고 일어나면 새로운 볼거리, 놀 거리가 생긴다.

20대 때 내가 사무실에서 병든 닭처럼 졸고 있으면 편집장이 “노량진 수산시장에 가서 치열하게 사는 젊은이들 구경이라도 하고 와라” 잔소리를 퍼붓곤 했다. 어떤 바람은 느리지만 현실이 된다.

발리가 아니라 시골이라서 생기는 문제

외국에 놀러 가거나 살면서 부조리한 일을 겪으면 "이 나라 사람들은…"이라는 소리가 절로 나온다. 그런데 발리와 그 일대에서 벌어지는 많은 황당한 일이, 사실은 발리라서가 아니라 이 정도 경제 발전 단계에 있는 나라여서, 혹은 시골이어서 벌어지는 문제다.

누사페니다에 사는 친구 L이 어느 날 개를 데리고 아침 산책을 나갔다. 동네 노인이 L을 불러 세웠다.

"너희 집에서 버린 쓰레기를 먹고 우리 소가 배탈이 났다. 돈을 물어내라."

L은 소의 배탈이 쓰레기 때문인지 어떻게 아느냐, 그 쓰레기가 우리 집 쓰레기라는 증거는 무엇이냐, 우리 쓰레기장은 사유지

담장 안에 있는데 소가 왜 담장을 침범했느냐 물었다. 노인은 횡설수설하다가 떠났다.

L이 좀 더 걷자니 다른 이웃이 다가와서 돈을 내놓으라고 했다. L의 개가 크게 짖는 바람에 자기 닭이 놀라서 죽어버렸다는 거다. L이 물었다. 닭이 개 소리에 놀라서 죽을 수도 있다는 말은 처음 들어본다, 설령 개 소리 때문에 닭이 죽었다 해도 그게 내 개라는 증거는 무엇이냐, 이 동네 다른 개들은 모두 풀어놓지만 보다시피 내 개들은 담장 안에 살면서 주인과 산책할 때만 밖에 나온다. 이번 이웃도 횡설수설하다가 돌아섰다.

그즈음 마을에 큰 물난리가 났다. 이주민이 성금을 모아 수해 가구에 음식을 전달했다. 팬데믹 때라 마을에 남은 외국인은 열 명도 안 됐다. 원주민들은 계란, 쌀, 식용유가 가득 실린 트럭을 보고도 화를 냈다. 규모가 성에 안 찬다는 거다.

발리처럼 외국인이 몰려들어서 주인 행세를 하는 지역에서는 그들을 ATM이라고 여기는 것이 현지인의 정신 건강에 도움이 되겠다고, 나나 해리나 생각하는 편이다. 하지만 당시 해리는 팬데믹 때문에 사업을 중단하고도 빚을 내서 현지 직원과 그 가족들을 먹여 살리는 처지였다. 정작 자신은 피자 한 판도 마음대로 사 먹지를 못했다. 그런 상황이니 해리는 주민들의 반응이 섭섭

해서 며칠 동안 시무룩했다.

내가 집을 지을 때는 동네 사람들이 전선 사용료를 내라고 했다. 전기회사에 내는 돈이 아니다. 마을에 내는 돈이다. 15만 원 냈다.

한국 어느 섬에 사는 친구에게 이런 얘기를 했더니 예상한 답이 돌아왔다.

"여기나 거기나 똑같네요."

한국 귀농인을 괴롭히는 '마을 발전 기금'이나 토지 분쟁에 비하면 이곳의 '삥 뜯기'는 귀여운 수준이다. 그래도 자주 당하면 열받기는 마찬가지다.

해리처럼 외지인이 사업장을 운영하면 온갖 삥 뜯기의 표적이 된다. 한번은 정체불명의 사내들이 다이빙 센터에 나타나서 통보했다.

"이제부터 다이버들에게 특별 세금을 걷기로 했다. 이 가게의 모든 다이버는 돈을 내놔라."

그들에게는 안됐지만 마침 해리의 숍에는 능구렁이 같은 50대 인도네시아 다이버가 있었다. 그는 자카르타의 일본계 대기업에서 20년 넘게 일하고 조기 은퇴 후 다이빙 커리어를 시작했다. 연금 문제로 세금 공부도 열심히 한 사람이다. 그가 싱긋 웃으며 대답했다.

"당연히 낼 수 있지요. 그런데 나는 세금 문제가 복잡해서 모든 영수증을 자카르타에 있는 세무사에게 제출해야 하거든요. 기관의 공식 영수증을 주실 수 있지요?"

보무당당하게 삥을 뜯으러 온 사람들은 "그건… 알아보고 다시 올게요" 하고는 쇽을 떠났다. 그러고는 돌아오지 않았다.

2022년에는 누사페니다에 입도세가 생겼다. 명목은 환경보호다. 그건 좋다. 걷어서 좋은 일에 쓰면 된다. 그런데 징수 방법이 해괴했다. 징수원들이 배를 타고 다이빙 보트를 쫓아다니면서 손님들한테 돈을 내라고 한 것이다. 해적도 아니고 무슨 세금 징수원이 그런 짓을 한단 말인가.

어떤 여행자는 해변을 산책하다가 갑자기 누가 쫓아와서 돈을 내놓으라는 통에 깜짝 놀랐다. 그런 상황이니 당연히 "당신을 뭘 믿고 돈을 주냐" 따졌다. 그러자 징수원 일행이 우르르 몰려와서 위협적인 분위기를 조성했다. 해리가 섬 안의 모든 다이빙 센터로부터 의견서를 받아서 기관에 전달하고서야 황당한 해적 놀음은 끝이 났다.

그 후 징수원들은 부두 앞을 지키고 앉아 입도세를 걷기 시작했다. 스쿠터를 타고 빠르게 지나가는 사람은 못 잡는다. 부두가 여러 개고 빠져나오는 길목도 많아서 아예 방치된 곳도 있다. 그러니 아무리 세금의 취지가 좋아도 낸 사람은 기분이 나쁘다.

상식적으로 여기는 섬이니까 여객선 표 값에 입도세를 붙여서 징수해 버리면 그만이다. 누락도 없고 절차도 간편하다. 하지만 이 사람들은 시스템을 구축하는 데는 소질도 관심도 없는 것 같다. 하긴, 2024년 발리 공항에 관광세가 도입됐는데 그것도 첫해 징수율이 40퍼센트밖에 안 됐다. 방문객이 관광세를 내고 싶어도 온라인 사이트가 작동하지 않거나 현장에서 창구를 찾을 수 없는 경우가 많았다고.

나는 그 고생을 하고 받아낸 현금이 부디 투명하게 관리되어 좋은 일에 쓰이길 바랐다. 하지만 입도세를 받는 테이블은 1년도 못 가 슬그머니 사라졌다.

다시 말하지만 이 지역이 유독 심한 게 아니다. 기업이 적고, 그래서 지속적인 일자리도 적은 시골에는 돈이 나올 만한 구석을 마구잡이로 찔러보고 다니는 사람들이 있기 마련이다. 언젠가 떠날 외지인에게는 바가지도 씌우고 기선 제압을 위해 텃세도 부린다. 지상낙원처럼 보이는 동남아 휴양지도 마찬가지다. 어느 정도는 외지인의 숙명이려니 하고 받아들여야 심신이 덜 고단하다.

누군가는 빗자루를 들고나와 눈을 치운다. 유난히 선량해서라기보다
지극히 현실적이어서, 가장 못 견디는 사람이어서,
불평보다 행동이 효과적이란 걸 알아서다.

유기견이 아니라 마을 개입니다

누사페니다에서는 다친 개가 거리를 돌아다니는 걸 자주 볼 수 있다. 차에 치여 두개골이 훤히 보이고 머리 가죽이 덜렁대는 개, 상처에 파리가 알을 까서 곪은 채로 음식 구걸을 다니는 개, 병들어서 털이 빠지고 앙상한 개… 도시에서는 생명력을 다한 동물이 보이지 않는 손에 의해 신속하게 처리된다. 시민들이 죄책감이나 불쾌감을 느낄 겨를도 없이. 하지만 이곳은 다르다.

언젠가 나는 '파우 오브 누사페니다Paw of Nusa Penida'의 J와 오후를 함께 보냈다. 파우 오브 누사페니다는 비영리 동물보호단체다. '단체'라고는 하나 설립자인 J 혼자 변변한 설비나 후원금도 없이 동분서주한다. 나는 식당에서 우연히 J를 만나 대화한 후 그의 활동에 호기심이 생겼다. 그는 현지 수의사 K와 함께 개들을 중성화시키러 다니는 날 나를 동행시켜 주었다. 몹시 더운 날이었다.

"발리 개는 인간에게 알려진 개들 중 가장 오래된 종이에요. 튼튼하고 면역력 강하고 영리해서 길에서도 잘 살아남죠." J가 설명했다.

여기서 길바닥에 누워 자는 개를 보고 '동물조차 이렇게 자유롭구나' 생각하면 반은 맞고 반은 틀렸다. 개들은 자유를 누리는 대신 인간의 보호를 포기해야 한다. 엔진 달린 것들이 돌아다니고 서식지와 먹거리는 인간에게 잠식된 상황에서 동물에게만 자연 상태를 강요하는 건 오히려 학대일 수 있다는 걸 발리 생활 초반에는 몰랐다.

우붓에 살 때는 이웃 개들이 매일 내 친구네 개를 찾아오는 게 재미있고 놀라웠다. 이웃 개들은 "어이 친구, 한잔하러 가야지" 하는 태도로 친구의 개를 불러냈다. 그럼 친구의 개는 그들을 따라 나가서 한참 놀다가 저녁 식사 시간에 돌아왔다. 주인이 밥을 안 주는 다른 개들은 동가식서가숙했다. 주민들은 주민들대로 자기 집 마당에서 노는 개가 누구 개인지 궁금해하지 않았다. 개들은 길에서 실컷 번식을 했다.

길에 개가 천지라도 굳이 외국산 품종견을 들여와 뽐내는 사람은 그런 사람대로 존재한다. 수입견은 여기서도 도시 개들처럼 애지중지 관리를 받는다. 하지만 대부분의 발리 개는 삶을 운에 맡겨야 한다.

사람들은 집에 자주 보이던 개가 더 이상 안 보이면 다른 집에 눌러앉았거나, 닭을 잡아먹다가 마체테에 맞아 죽었거니 한다. 길에 다닌다고 다 유기견이 아니고, 주인 있는 개라고 유기견보다 사정이 낫지도 않은 것이다.

내가 누사페니다에 집을 지은 직후, 내 마당에서도 누가 주인 없는 개를 마체테로 죽이는 일이 벌어졌다. 개를 쫓아온 남자는 "이 개가 필리핀에서 들여온 비싼 닭을 몇 마리나 물어 죽였다"고 씩씩댔다. 나는 이듬해나 하려던 담장 공사를 그 즉시 시작했다.

사실 한국 시골도 동물권 수준은 비슷하다. 다만 한국 시골에서는 개를 풀어놓으면 동네 영감님들이 잡아먹거나 개장수가 끌고 갈 수도 있기 때문에 자기 집에 묶어둘 뿐이다.

발리에도 개고기를 먹거나 파는 사람이 있긴 있다. 개와 고양이 고기가 뎅기, 몸살 등 여러 병에 효험이 있다는 검증 안 된 믿음 때문이다. 단백질원이 풍족하지 않던 과거의 흔적이다. 요즘은 직접 개를 먹는 사람은 드물다. 개나 고양이를 소, 돼지, 닭이라 속이고 사테Sate(꼬치구이)를 만들어 파는 영세한 업자들이 더 문제다.

나는 소, 돼지, 닭, 고래, 문어는 먹으면서 개는 먹으면 안 된다는 논리를 이해하기 어렵다. 하지만 불결하고 비인도적인 도축이나 식품을 속여 파는 행위는 확실히 반대한다.

발리는 개고기 유통에 최장 3개월 징역 혹은 최대 5천만 루피아(약 450만 원) 벌금형을 선고한다. 2017년 발리에서 개고기 사테를 먹은 호주 관광객이 본국 방송국에 이를 제보하면서 크게 문제가 된 적 있다. 관광객은 그게 닭고기인 줄 알았다고. 호주가 발리에 가장 많은 관광객을 보내는 나라기 때문에 발리 주정부는 호주 여론에 민감하다.

그 후 발리 경찰은 개고기 유통 단속에 열심이다. 하지만 완전 근절까지는 시간이 필요할 것 같다. 2024년에도 발리에서 개고기 사테를 만들거나 생일잔치에서 개를 삶아 먹던 사람들이 경찰의 기습을 받았다.

다시 말하지만 개고기 소비는 극히 일부 얘기고, 대부분의 발리 사람이 개고기를 삼간다. 외부 눈치나 공권력 때문이 아니다. 자신과 교감할 수 있는 동물을 먹는 데 꺼림칙함을 느끼는 건 인간의 본능이다. 무엇보다 이 사람들은 한국인처럼 먹는 데 환장한 민족이 아니다. 개를 먹느니 누가 주워 가라고 버리거나 죽여서 덤불에 던지는 편이다. 그것도 바람직한 일은 아니지만.

"여기 사람들은 도시인처럼 개를 애지중지하지 않아요. 고양이는 쥐라도 잡는데 개는 쓸모가 없다는 거죠. 암캐가 태어나면 버리기도 해요. 자꾸 새끼를 낳아서 귀찮아질 테니까. 얼마 전에도 누가 암캉아지 두 마리를 비닐에 담아 숲에 버린 걸 구조했어요. 유럽 여행자들이 입양하고 싶대서 방법을 알아보는 중이에요."

파우 오브 누사페니다의 J가 말했다.

발리는 광견병 예방을 위해 동물 반출입을 금한다. 발리에 불법 반입되다 걸린 동물을 가둬놓는 사육장이 유튜브에 공개된 적 있다. 그걸 찾아보면 반려견을 데리고 발리로 이주할 생각은 당장 접게 될 것이다.

반출 쪽은 조금 융통성이 있다. 개를 다른 섬으로 보내서 비행기로 입양시키는 단체들이 있다. 하지만 비용이 많이 들고 동물의 안전이 보장되지도 않는다. 때문에 이곳에서 동물을 입양하는 일은 극도로 신중해야 한다.

J는 누사페니다 최초의 서양 이주민 중 한 명이다. 그가 여기 왔을 때만 해도 섬 전체에 자동차가 한 대뿐일 정도로 한산했다. 그는 발리에서조차 보기 힘든 앤틱 목조 주택을 사들여 게스트하우스를 열었다. 하지만 J의 평온한 은퇴 생활은 오래가지 못했다.

"조용한 곳에서 편히 살려고 왔죠. 호주에서 개 훈련사 수업을 받긴 했지만 이런 일을 할 줄은 몰랐어요. 그런데 어느 날 심하게 다친 개를 발견했고, 치료를 해주었더니 내 집에 눌러앉았어요. 1미터도 안 되는 목줄에 묶인 채 굶고 학대당하는 개를 구조하기도 했어요. 손님들이 만지고 밥을 주는 바람에 눌러앉은 개도 있어요. 내가 아무리 아니라고 해도 마을 주민 모두 '그 개는 J네 개'라고 했어요. 관광객들이 무책임하게 주인 없는 개와 접촉하면 이런 일이 생겨요. 사람들은 불쌍한 개, 고양이를 보면 나한테 연락하기 시작했어요. 주변에 입양을 보내기도 했지만 한계가 있었죠. '이대로는 안 돼! 대책을 세워야 해!' 그래서 K를 설득했어요."

누사페니다에서 나고 자란 K는 누사페니다, 누사체닝안, 누사렘봉안을 관할하는 공식 수의사다. 세 섬 사이에는 마을버스처럼 조각배가 다닌다. 소, 돼지가 아니라 주인 없는 개를 치료한다는 건 K에게도 낯선 아이디어였다. 누사페니다 주민 중에는 치과를 안 다니는 사람이 많다. 이가 아파도 약만 먹으며 버틴다. 그들이 보기에 개에게 의료 행위를 하는 건 사치다. 다행히 동물을 좋아하는 K는 오래 고민하지 않았다.

그들이 오전 여덟 시에 만나 각자 스쿠터를 몰고 도착한 곳은 섬 일주 도로에 붙은 마당 넓은 집이었다. 최근 출산을 한 듯 젖이 늘어진 까만 중형견 한 마리가 정자 아래 엎드려 있었다. 수의사 K는 개를 쳐다보지도 않고 주인들과 느긋하게 대화를 나누었다.

"평소에는 자기한테 관심도 없던 인간들이 갑자기 쳐다보면서 수군거리면 개들이 눈치를 채요. '어어 뭔가 잘못됐어.' 그러고는 숲으로 도망을 가버려요. 수술 자체보다 도망간 개를 쫓아다니는 데 더 오래 걸리곤 해요." J가 말했다.

K는 정자에 개를 눕혀놓고 수술을 진행했다. 대여섯 살 먹은 주인집 꼬마가 그 광경을 지켜보았다. "저런 아이들이 자라면 자연스럽게 동물에 대한 인식이 바뀌겠죠." J가 말했다. K는 개가 먹을 항생제를 꼬마에게 건네며 용법을 설명했다. 꼬마는 믿음직하게 고개를 끄덕였다. 파우 오브 누사페니다의 활약이 실제 이 섬의 동물 개체수 조절에 얼마나 도움이 될지는 알 수 없다. 하지만 주민 교육을 위해서라도 멈출 수는 없다.

우리는 몇 집을 더 돌았다. K는 종종 닌자처럼 블로건을 쏴서 도망가는 개를 잡았다. 수의학과에서 그런 것도 배우냐고 묻자 K가 웃었다.

"아뇨. 여기서 진료를 하자니 필요하더라고요. 혼자 배웠어요."

수술에 필요한 약품도 K가 개인 비용으로 충당하고 있었다. 수술실은 따로 없었다. 마당, 텃밭, 평상을 가리지 않았다.

마지막으로 우리는 사찰 근처 식당에서 어슬렁거리던 누런 개를 잡았다. 엉덩이에 마취총을 맞은 개는 휘청거리면서 구토를 했는데, 푸짐한 식사를 한 지 얼마 안 된 듯했다. 식당 주인이 인심이 좋은 게다. 하지만 인도네시아 음식도 향신료가 많이 들어서 개의 건강에 좋을 리 없다. 안 먹으면 당장 죽고 잘 먹으면 5~6년 살다 죽는 게 이곳 마을 개의 운명이다.

K는 수술을 마친 후 표식으로 개의 귀를 조금 잘라냈다. 마취가 덜 풀린 채 차도로 뛰어드는 걸 막기 위해 개를 건물 안쪽으로 밀어 넣고, 우리는 그곳을 떠났다. 해가 지고 있었다.

사람들은 흔히 환경운동가를 낭만적인 이상주의자 취급한다. J는 그보다 골목에 쌓인 눈을 치우는 깐깐한 이웃에 가까워 보였다. 폭설이 내리면 누군가는 외출을 포기하고, 누군가는 바빠서 뒤뚱뒤뚱 지나쳐 가고, 누군가는 나라 꼴이 이게 뭐냐고 투덜거린다. 누군가는 세상이 잘못됐다고 인터넷에 또각또각 글을 쓸 것이다. 그런데 누군가는 빗자루를 들고나와 눈을 치운다. 유난히 선량해서라기보다 지극히 현실적이어서, 가장 못 견디는 사람이어서, 불평보단 행동이 효과적이란 걸 알아서다.

그날 이후 나는 파우 오브 누사페니다에 가끔 후원금을 보낸다. 하지만 파우 오브 누사페니다는 여전히 가난하다. 인력도 부족하다. 길에 돌아다니는 개는 무조건 구조 대상이라 생각하는 도시 사람들이 자꾸 마을 개를 주워다 맡겨서 보호소는 미어터진다. 구조한 개를 5백~6백만 원 들여 자기 나라로 데려가는 사람도 있지만 대개는 잠깐의 영웅심만 즐기고 떠나버린다. 개들이 짖으니까 이웃이 싫어해서 이사도 여러 번 다녔다.

'파우 오브 OOO'은 발리와 주변 섬 곳곳에 있다. 중앙 단체가 있는 게 아니기 때문에 규모와 사정은 지역마다 천차만별이다. 발리를 여행하다가 파우(동물 발바닥) 무늬가 찍힌 모금함을 발견하면 이 글을 기억해 주면 좋겠다.

한국인의 여행법

세상에서 가장 인기 있는 휴양지 중 한 곳에 살다 보니 자연스레 인식되는 한국인만의 특성이 있다. 물론 여행 방식에는 각자의 성향, 취향, 체력, 언어 능력, 인생관, 경제관념, 위기 관리법, 심지어 두려움까지 개입되므로 다양한 예외가 존재한다. 이건 짧은 휴양 여행에서 다른 나라 사람과 비교해 유독 빈번히 발견되는 특징일 뿐이다. 우리는 도대체 왜 이러는 걸까?

일단, 한국인은 휴가가 짧다. 이게 중요한 차이를 만들어낸다. '가서 슬슬 탐색을 해보고 뭘 할지 결정한다'는 태도는 용납될 수 없다. 특히 발리를 처음 오는 여행자라면 여행 자체가 휴양이 아닌 답사가 되어버린다. 일주일 여행에 우붓 가서 요가하고 짱구 가서 서핑하고 누사두아 럭셔리 리조트에서 마지막 밤도 보내려면 마음이 급할 수밖에 없다. 여기에 빨리빨리 정신과 효율 강박이 결합한다. 그러니 숙소와 프로그램은 모두 예약을 하고 오는 게 기본이다.

4인 이상 그룹 여행쯤 되면 엑셀 파일이 등장한다. VIP 의전이라도 하듯 시간대별 목적지, 이동 방법, 소요 시간을 상세히 기록해서 공유한다. 나도 마찬가지다. 평소 혼자 여행을 다닐 때는 초반 숙소만 예약하고 나머지는 현지에 가서 상황을 보고 결정한다는 식이지만 지인 세 명이 한꺼번에 방문했을 때는 우왕좌왕하면 안 된다는 생각에 1안, 2안 나누어서 엑셀 파일을 만들었다. 이런 점을 보면 '극J가 한국의 국민성인가'라는 생각마저 든다.

꼼꼼한 준비에는 장점과 단점이 모두 존재한다. 여행지에서도 항상 새것처럼 깨끗한 옷을 입고 뽀얀 얼굴로 돌아다니는 게 한국인이다. 그건 좋다. 반면 "와보니 이 동네가 마음에 들어서 더 머물고 싶은데 다음 숙소를 예약해 둬서 떠나야 해요"라는 사람이 많은 건 안타깝다. 동선이 틀어져서 예약을 취소하느라 고생하는 사람도 자주 본다.

한국인들은 주로 네이버 블로그에 의존해서 여행 계획을 짜는데, 이게 발리의 관광 유행을 주도하는 호주인이나 유럽인 들의 동선을 한두 시즌 늦게 쫓아가기 때문에 현지에 오면 반드시 후

회할 일이 생긴다. 발리 필수 코스라고 해서 가보면 한국인만 바글바글하는 식이다.

여행을 준비할 때 안구건조증이 올 정도로 자료 조사를 하거나 온갖 디테일을 질문해서 현지 상담원을 피곤하게 만드는 '극J' 인간들은 막상 현지에 도착하면 전혀 다른 사람이 된다. 여기에는 또 다른 중요한 국민성이 개입한다. 규칙을 잘 따른다는 것이다. 어지간한 일에도 "아, 여기 규정은 그렇군요?" "어쩔 수 없지요" "철저하게 준비 못 한 제 잘못이지요" 하면서 관대하게 넘어간다. 체면이 상하는 걸 싫어하기 때문에 돈도 시원시원하게 쓴다. 발리는 팁 문화가 없는데 희한하게 한국 허니문 정보 커뮤니티에는 팁을 꼭 줘야 한다는 정보가 떠돈다.

한국인은 3박5일 여행에도 커다란 수트케이스를 들고 나타난다. 수트케이스에는 높은 확률로 고추장 튜브, 컵라면, 마스크팩이 들어 있다. 모두 이곳 슈퍼마켓과 약국에서 구할 수 있지만 왜인지 필수 준비물로 소문이 났다. 외국 제품에 대한 불신, 준비 안 된 상황에 대한 불안, 자신을 괴롭히면서 쾌감을 느끼는 변태적 습성이 종합된 결과다.

한국인의 위생 기준은 세계 어느 나라보다 높다. 속옷 손빨래용 접이식 실리콘 대야, 브리타 정수기를 가져오는 사람까지 봤다. 2020년대 들어서는 필터가 장착된 샤워헤드를 챙겨 다니는 사람도 늘었다. 그런데 의외로 식품위생 기준은 높지 않아서 아무거나 겁 없이 먹다가 발리 밸리에 걸린다.

한국은 물자가 풍부한 나라다. 게다가 우리는 작은 선물 나누기를 좋아한다. 경조사에 현금을 주고받을 정도로 마음이 가면 물질로 표현하는 게 한국인이다. 그들이 스치는 자리마다 헨젤과 그레텔의 빵 부스러기처럼 작은 여행용품, 미용용품, 식료품 등이 남는다. 일부러 선물하려고 짐을 넘치게 가져오기도 한다. 그래서 팬데믹 때를 제외하고는 나도 이곳에서 화장품을 사본 적이 없다.

이 사랑스러운 비둘기 같은 인간들에게는 슬픈 특징도 있다. 바로 동족 혐오다. 아니, 그건 너무 비참하니까 예의범절 문제라고 해두자. 한국은 길거리 싸움을 시작하는 신호탄이 "뭘 봐"인 나라다. 타인과의 시선 접촉을 터부시한다. 서양 여행자들이 같은 언어권 출신이면 스스럼없이 잡담을 나누다가 여행 파트너가 되는 것과 달리 한국인끼리는 우연히 마주치면 필사적으로 시선을 외면한다. 그런데도 앞서 얘기한 이유로 한국인만 다니는 관광지를 굳이 찾아가서 후회한다.

사람 많은 대합실이나 카페 같은 곳에 내가 들어서면 다른 한국인들이 갑자기 목소리를 낮추고 긴장하는 게 느껴진다. 단체,

1인 여행자, 친구 그룹은 나은데 이성 커플이면 특히 '가까이 오지 마. 우리 말 엿듣지도 마'라는 텔레파시가 강하게 발산된다. 그들은 한국의 뒷말, 참견, 평가 문화에 시달리다가 외국에 와서 모처럼 해방감을 만끽하는 중이다. 방해하면 안 된다. 그런데 외국에 오래 살면 한국 예의범절을 깜빡할 때가 있다.

내가 낯선 한국인에게 말을 걸거나 미소를 지으면 반응은 둘 중 하나다. '이 인간이 뭔 약을 팔려고 그러나'라는 듯 싸늘한 눈빛을 보내는 사람, 혹은 그런 눈빛을 받을까 봐 매너를 지키고 있다가 우리가 같은 부류라는 걸 깨닫고 친절하게 화답하는 사람. 어느 유형이 더 많은지는 모른다. 그걸 탐색하려면 큰 용기가 필요하다.

마지막으로, 한국 여행자들은 대체로 서양, 특히 유럽 여행자들에 비해 환경 인식이 뒤처진다. 이건 우리만의 문제는 아니고 아시아인 전체가 그렇다. 유럽인들은 우리보다 큰 탄소 발자국을 남기고 발리에 온다. 그러니까 누구의 여행이 더 환경친화적인가 말하기는 어렵다. 서유럽 사람들이 자기보다 덜 소비하고, 덜 먹고, 에어컨과 냉장고도 없이 사는 현지 상인들한테 비닐봉지 쓰지 말라고 잔소리하는 걸 보면 삐딱한 마음도 든다. 하지만 플라스틱, 화학제품, 팜유 따위에 대한 그들의 거의 본능적인 거부 반응을 보면 부끄러운 것도 사실이다. 적어도 그들은 환경 의

식이 좋은 시민의 요건이라는 사회적 합의에는 도달한 것 같다.

유럽 여행자들이 일회용 플라스틱을 줄여보려고 물통을 지참하거나 대용량 생수를 구입해서 들고 다닐 때 한국 여행자들은 망설임 없이 자그마한 생수를 구입한다. 비닐봉지와 플라스틱 빨대에도 거부감이 없다. 해양 스포츠를 즐기면서 선블록의 '리프 프리'라든가 '코럴 프리' 마크가 무엇을 뜻하는지 모르는 사람도 많다. 한국인은 대개 SPF 지수를 더 중요하게 본다.

요가 동네 우붓에 가보면 스타벅스를 이용하는 외국인 대부분이 한국인과 중국인이다. 발리는 커피 원두 생산지라 아무 카페나 가도 신선한 커피를 즐길 수 있다. 우붓 스타벅스가 한국인에게 '꼭 가봐야 할 명소'로까지 알려진 건, 몇 년 전만 해도 우붓에서 에어컨을 팡팡 틀어주는 카페가 거기뿐이었기 때문이다. 인공 테마파크나 동물원 고객도 주로 한국인, 현지인, 중국인이다.

다시 말하지만 '모두'가 아니라 '대체로' 그렇다는 말이다. 또한 여행에는 정답이 없다. 어떤 방식의 여행이든, 나의 사랑스럽고 예의 바른 극J 비둘기 동족이 재밌으면 그걸로 됐다. 그저 환경에 대해서만 조금 더 고민을 해주면 좋겠다. 나도 아직 모르는 게 많지만 조금씩 배우고, 고칠 수 있는 부분은 고치면서 살려고 노력 중이다.

다이빙 천국에서 몸치로 산다는 것

"너도 다이버야?"

누사페니다에서 처음 만난 사람끼리는 으레 이렇게 묻는다. 한국인이 '밥 먹었어?' 하는 것과 비슷하다. 나도 도전은 해봤다. 여기 살면서 스쿠버다이빙을 안 하는 건 아깝기도 하고, 남들이 무슨 소리를 하는 건지 알아는 듣고 싶었다.

첫 다이빙은 감동이었다. 알록달록한 물고기 비가 내리는 숲에 온 듯했다. 패션쇼를 처음 현장에서 관람할 때와 비슷한 느낌이었다. 물속 세계는 화려했다. 눈과 피부로 벅찬 자극이 쏟아져 들어왔다.

두 번째 다이빙에서는 만타레이 떼를 보았다. 만타레이는 〈아쿠아맨〉 같은 수중 판타지 영화에 꼭 등장하는 대형 가오리다.

커다란 지느러미와 안테나 같은 꼬리 때문에 해양 생물 사이에 투입하면 외계 비행선 느낌을 낼 수 있다. 만타레이는 우아하고 호기심이 많은 동물이었다. 망토를 입고 춤을 추는 무용수 같았다. 사람이 그들을 구경하듯 그들도 사람을 구경했다. 이래서 사람들이 다이빙에 미치는구나, 조금 이해했다.

물론 이해한다고 해서 내가 다이빙에 미칠 수 있는 사람이란 소리는 아니다. 처음 두 번의 다이빙은 해리가 나를 도시락통처럼 들고 다녔기 때문에 무서울 게 없었다. 하지만 자격증을 따기로 결심하면서 나의 한계가 드러났다.

나는 내 몸과 친하지 않다. 몸은 내가 원하는 상황에서 내가 원하는 방식으로 움직여 주지 않을 때가 많다. 운동을 배우다가 거울을 보면 내 팔다리가 짐작과 다른 위치에서 허우적대고 있다. 내 몸을 믿지 못하니 빠른 반사 신경이 필요하거나 크게 다칠 수 있는 일은 두려웠다. 자동차 운전도 하지 않는다. 몸은 내가 보호할 대상인 동시에 나를 해칠 무기이기도 했다.

어릴 때 어촌에 살아서 다양한 해양 사고를 목격한 것도 문제다. 어부였던 큰아버지는 폭우가 쏟아지는 날 배를 묶으러 부두에 나갔다가 바다에 떨어져 돌아가셨고, 나도 갯바위에서 미끄러져서 익사할 뻔한 적이 있다. '바다는 위험한 곳'이라는 이미지를 떨칠 수 없다. 여러모로 나는 다이빙에 적합한 사람이 아니다.

그런 주제에 누사페니다에서 물질을 시작했다. 여기 바다는 초보에게 친절하지 않다. 누사페니다와 누사체닝안 사이 해안 협곡은 호주 대륙 북쪽에서 살짝 벗어나 있기 때문에 남쪽에서 올라오는 물살이 빠른 속도로 통과한다. 수심도 깊다. 수온은 17도까지 내려간다. 그 덕에 몰라몰라, 만타레이 같은 심해어가 연안에 출몰해서 여기가 다이빙 명소가 된 것이다. 사정이 이렇다 보니 필리핀이나 태국 바다를 생각하고 왔다가 고생하는 다이버도 많다.

여기서 지켜본 바, 한국 다이버는 크게 두 종류다. 동해파와 동남아파다. 춥고 탁하고 조류 센 동해에 적응한 다이버들은 경력이 짧아도 누사페니다 다이빙이 쉽다고 한다. 동남아 다른 지역을 자주 다닌 다이버들은 경력이 길어도 누사페니다를 어려워한다. 물론 이건 큰 분류일 뿐이고, 그 안에 또 다양한 변종이 있다. 한국에는 기술 완성도를 중시하는 학구적인 다이빙 클럽도 여럿 있다. 이런 클럽의 멤버들은 자격증 등급이나 경력과 무관하게 누사페니다를 유치원 놀이터처럼 즐긴다.

입문 자격증인 '오픈 워터'는 보통 이론, 수영장 훈련, 바다 실습을 합쳐 3~4일이면 딴다. 그런데 나는 1년이 걸렸다. 정식 손님이 없을 때 한 번씩 한 거라 날짜를 세긴 무리지만 기간으로 따지면 그렇다. 나는 보트에서 뛰어내릴 생각만 해도 호흡이 가빠왔고, 물속에 들어가면 모든 이론을 잊었다. 몸을 못 가눠서 다이빙을 하다가 혼자 수면까지 떠오르거나 반대로 깊이 가라앉기도 했다. 나의 사고력은 철저하게 수용성이었다.

내가 실습에 세 번쯤 떨어지자 나의 오픈 워터 도전기가 장안의 화제가 되었다. 만나는 사람마다 "자격증 땄어?"라고 물었다. 여러 다이빙 센터 주인이 모인 자리에서 나를 어떻게 처리할지 토론이 벌어진 적도 있다. 내 상태를 분석한 그들은 여성 강사와 다니는 편이 세심하게 보호받는 기분이 들어서 좋을 거라는 결론을 내렸다. 여자들이 앞다퉈 나를 맡겠다고 자원했다. 하지만 다이빙 센터들이 바쁠 때라 여자들끼리만 다이빙을 가자는 아이디어는 실행되지 못했다.

"오늘이야말로 자격증을 딸 것이다!" 큰소리치고 온 동네 사람의 응원 속에 감행한 네 번째 시험에서는 정말로 멍청한 짓을 했다. 시험이 네 번째지, 실제 다이빙은 스무 번도 넘게 해봤을 때다. 해리가 공기 잔량을 확인하라고 했는데, 그제야 계기판을 보니 눈금이 영점을 가리키고 있었다. 아직 호흡은 되고 있었다.

해리는 내가 도무지 눈금 확인을 안 하기에 어쩌나 보려고 마지막 순간까지 기다렸다고 한다. 동료에게 공기가 없다는 사인을 보내고 그의 보조 호흡기를 무는 건 오픈 워터 평가 항목 중 하나다. 하지만 그 순간에는 아무 기억도 안 났다. 나는 멀뚱히 영점을 가리키는 바늘과 해리의 얼굴과 해수면을 번갈아 쳐다보았을 뿐이다. '숨을 참고 저기까지 올라갈 수 있나' 생각하면서. 해리는 결국 포기하고 내게 보조 호흡기를 물려주었다.

나중에 이 얘기를 들은 다이버 친구들은 경악했다. 나는 마치 휴양지의 일상을 다룬 시트콤에 굴러떨어진 기분이었다. 그런데 하필 내 캐릭터가 주인공 다이버들 옆에 얼쩡거리는 사고뭉치 코믹 조연인 거다.

그다음 두 번의 다이빙은 무난했다. 해리는 내가 원하면 자격증을 줄 수도 있다고 했다. 과락은 면했지만 자기 성에는 안 찬다는 소리였다. 나는 구걸하다시피 자격증을 받았다.

생각해 보면 인생은 내게 좋은 걸 많이 주었다. 그런데 가끔은 '이걸 왜 내게?' 싶은 것이 있다. 이런 겁 많고 운동신경 나쁜 몸에 다이빙 강사 남친이라니, 누사페니다 다이빙 무료 혜택이라니, 누가 명품 옷이라고 줬는데 내 사이즈가 아닌 거다.

굳이 시간 내서 여기까지 다이빙을 하러 오는 사람 중에는 '인어로 태어났는데 본인이 생체 개조된 사실을 잊은 거 아냐?' 싶을 정도로 물에만 들어가면 행복해하는 사람들이 있다. 그들은 물속에서 뭘 볼 수 있는지도 개의치 않는다. 그냥 다이빙만 할 수 있으면 된다. 물에서 나온 직후에는 마약이라도 한 것처럼 눈이 풀려서 혼자 실실 웃고 있다.

해리의 숍은 어떻게 소문이 난 건지 중국 농아인 손님이 자주 찾는다. 물속에서 남들은 간단한 수신호로 의사 교환을 하는데 그들은 수어로 완벽한 대화를 나눈다. 사고로 다리 하나를 잃은 후 패럴림픽 수영 선수로 활약하던 여성이 다이빙 강사 자격증을 따러 온 적도 있다. 그들에게 바다는 자신의 능력을 마음껏 발휘할 수 있는 자유롭고 편안하고 특별한 공간이다. 그들이 아니라 내가 여기 사는 건 뭔가 불공평한 기분이다.

혹시 이걸 보고 누사페니다 다이빙을 무서워할 사람이 있을까 봐 말해둔다. 이 섬에서 오픈 워터 코스를 듣는 사람이 한 해에 수천 명이다. 3~4일 내 자격증 취득에 실패하는 사람은 1년에 열 명도 안 된다. 내가 이렇게 특별한 사람이다.

물속 세계는 화려했다.

눈과 피부로 벅찬 자극이 쏟아져 들어왔다.

뎅기에 걸리다

외국에서 한국 유심을 꽂은 채 휴대전화를 켜면 외교부가 문자 폭탄을 보낸다. 그런데 발리에서 받는 문자는 유독 노파심이 뚝뚝 묻어난다. 발리 근처에 파도가 높으니 물놀이를 하지 마라, 아궁 화산이 폭발할지 모르니 근처에 가지 마라, 라마단 동안 테러가 발생할 수 있으니 클럽에 가지 마라, 콜레라, 말라리아 조심해라, 일사병 안 걸리게 긴팔 입고 모자 써라, 지카 바이러스와 뎅기열에 걸릴 수 있으니 모기 조심해라… 걱정이 끝도 없는 게 꼭 우리 엄마 같다. 사람이 아무것도 안 하고 살 순 없으니까 대강 무시하고 다니는데, 바로 그 외교부 단골 잔소리 거리 '뎅기열'에 걸렸다. 말 안 들어서 벌 받았나.

증상은 갑자기 나타났다. 저녁에 가벼운 오한이 느껴지기에 해열진통제를 먹고 잠이 들었는데 자는 동안 약효가 떨어져서 체온이 치솟았다. 나는 진동벨처럼 몸을 덜덜 떨고 이를 따다닥 부딪치면서 이불을 그러쥐었다. 정신력을 짜내서 약 먹으러 일어나기까지 30분은 걸린 것 같다. 그러고도 약효가 돌 때까지 또 30분을 덜덜 떨었다. 어지간한 안마의자에 달린 것보다 강력한 모터가 전신에서 진동을 일으키는 것 같았다. 매일 이러면 마사지방을 차려서 돈을 벌 수도 있을 텐데.

이틀째도 나는 감기라고만 생각해서 해열제로 버텼다. 한국에서 출국하던 날 입은 발열 내의, 기모 후드 점퍼, 오리털 점퍼를 껴입고 이불을 둘둘 말고 하루 종일 잤다. 땀을 폭포처럼 흘렸지만 덥다는 생각은 전혀 들지 않았다.

두 번째 밤이 지나고야 병원을 찾았다. 감기라기엔 콧물과 재채기 증상이 없는 게 이상했다. 그럼 뎅기인데, 뎅기에도 몇 가지 종류가 있다. 대개는 감기처럼 5~7일 버티면 저절로 낫는다. 하지만 사흘째쯤 급격하게 혈소판이 감소하며 사망에 이르는 경우도 있다. 혈액검사를 해봐야 했다.

외국에서 살려고 할 때 가장 큰 걱정이 의료다. 특히 이런 휴양지에서는 병원 접근성이 문제다. 해리의 스쿠버다이빙 멘토는 태국에서 자살을 했다. 그의 여자친구가 태국 휴양지에서 급성

백혈병에 걸려 손 쓸 새 없이 사망한 후였다. 시골 사람에게는 이만한 공포가 없다.

발리는 치과 의료 수준은 높은 편이다. 의료비 비싼 호주에서 임플란트를 하러 오는 사람이 많기 때문에 외국인을 위한 서비스도 잘되어 있다. 발리에서 치과를 가보면 한국산 임플란트를 사용한다거나, 한국 의료진과 기술 교류를 했다는 의사도 자주 만날 수 있다. 하지만 일반 의료에서는 아쉬운 부분이 많다. 응급 환자가 적절한 의료진을 구할 수 없어서 싱가포르로 후송되었다는 얘기를 종종 듣는다.

누사페니다는 인구가 5만도 안 되는 섬이지만 커다란 국립병원이 있다. 크다는 건 면적을 얘기한다. 여차하면 누사페니다 사람을 몽땅 집어넣어도 될 것 같은데 병실은 텅 비어 있다. 인구가 적으니 당연히 환자도 적고, 약품이며 시설도 발리보다 부족하다. 그래서 이곳 친구들은 병이 나면 배를 타고 발리로 나간다. 하지만 나는 혈액검사만 받으면 되기 때문에 이참에 지역 병원을 경험해 보기로 했다.

혈액검사 결과는 30분 만에 나온다고 했다. 해리가 나의 발병 이래로 가장 기쁜 모습을 보였다. 그는 치과 의사를 석 달 전에 예약해야 되는 나라에서 왔다. 감격할 만하다.

사실 나는 혈액에는 별로 자신이 없는 사람이다. 평생 빈혈과 저혈압을 달고 살았다. 한국에서 의사의 권유로 처음 철분제를 먹은 날 깜짝 놀랐다. '남들은 이렇게 또렷한 기분으로 살고 있었단 말이야? 철분제만 있으면 하루 종일 누워 있을 필요가 없겠는데?' 그러니 검사 결과가 잘 나올 리 없다는 건 알았다. 과연 검사지에는 심상찮은 빨간 숫자와 파란 숫자가 뒤섞여 있었다. 빨간 것은 정상 범위보다 높다는 뜻, 파란색은 낮다는 뜻이다. 백혈구는 높고 혈소판은 낮았다.

'이거 좀 엉망진창인데…' 생각하자니 과연 의사가 입원을 권했다. 검사 결과를 보니 바이러스뿐 아니라 박테리아도 걸린 것 같고, 뎅기는 3~4일째가 고비니까 가까이서 지켜보자고 했다. 발리에서 한국 관광객이 뎅기와 살모넬라에 같이 걸리는 바람에 죽음 직전까지 갔다는 말을 들은 적 있어서 더 무서웠다. 박테리아? 이건 또 웬 놈이야?

병원에선 뾰족한 치료법을 제시하지 않았다. 하지만 나쁠 것 없어 보였다. 국립병원이라 하루 5만 원도 안 되는 돈에 약도 주고 주사도 주고 밥도 준다지 않나. 역시 의료비 비싼 유럽에서 온 해리는 "이야 껌값이네!" 하고 횡재한 표정을 지었다.

나는 6인실에 혼자 묵었다. 입원 첫날, 간호사가 수액과 항생제를 투여했다. 체온은 37도에서 39.4도를 오르내렸다. 자다 깨서 참을 수 없는 오한으로 빈 병상의 담요를 몽땅 끌어다 덮었다. 땀을 철철 흘려서 온몸과 침구에서 물비린내가 났다. 병원은 퇴원 때까지 침구를 갈아주지 않았다. 입원 첫날부터 침대 옆에 죽어 있는 커다란 바퀴벌레가 신경 쓰였지만 치워달라고 말할 힘이 없었다. 죽은 바퀴벌레는 사흘 동안 그 자리에 있었다.

의사와 간호사들은 들어올 때마다 덥지 않냐면서 에어컨을 틀려고 했다. 나는 기겁을 하며 반대했다. 전혀 더위를 느낄 수 없었다. 해열제 복용 시기를 놓쳐서 오한이 찾아오면 에어컨을 끄기도 힘들 것이다.

실제로 밤에 약을 먹어야 하는데 물이 없어서 정수기까지 50미터를 걸어가다가 중간에 주저앉을 뻔했다. 다리가 천근만근이었다. 그대로 주저앉으면 사람에게 발견되기 전에 열이 올라 죽을 것이기에 억지로 걸음을 옮겼다. 나중에 그 얘기를 하자 간호사들이 개인 전화번호를 알려주었다. 필요하면 부르라고 했다. 비상벨 대신이었다.

병원 첫날이자 발병 3일째 밤은 무난하게 지나갔다. 나는 증세가 호전됐다는 기쁨으로 아침을 맞았다. 하지만 곧 오한이 닥쳐왔다. 정오 무렵 약을 털어 넣고는 거의 정신을 잃다시피 잠이 들었다. 체온은 여전히 널을 뛰었다. 원래 오전에 한 번 받기로 했던 혈액검사를 오전, 오후 두 번 받았다. 저녁에 병실에 온 의사는 말했다.

"혈소판 수치가 어제보다 더 나빠졌어요. 그런데 아직 음식을 못 삼킨다거나 구토를 하진 않으니까 오늘 밤까지만 더 지켜봅시다. 내일 오전에도 혈액검사 결과가 좋아지지 않으면 발리에 있는 큰 병원으로 가야 합니다."

나는 시골 사람이기 때문에 이런 상황을 자주 보고 자랐다. 어쩔 수 없는 일이다. 오지에서 일하는 젊은 여의사가 고마웠다. 의사는 처음 나를 상담할 때 갓난아이에게 젖을 물리고 있었다. 어쩌면 육아 때문에 일이 적은 시골을 택한 건지도 모르겠다.

입원 사흘째 낮이 되자 말이라는 것을 할 기력이 돌아왔다. 식판을 가져온 직원에게 침대 옆 바퀴벌레를 치워달라고 부탁했다. 직원은 몹시 미안해하더니 바퀴벌레를 손으로 잡아서 치우고는 그 손으로 일회용 수저의 포장을 벗겨주었다. 이미 나와 사흘을 함께 지낸 바퀴벌레니까 새삼 해로울 건 없으리라. 녀석이 사라지니까 마음이 약간 환해졌다.

밤이 되자 상태는 다시 나빠졌다. 그 밤에도 체온이 39도를 넘었다. 새벽엔 순찰을 돌던 경비가 내 발을 만졌다. 걱정인지 추행

인지 알 수 없었다. 나는 눈꺼풀과 눈동자 말고는 움직일 수 있는 게 없었다. 다행히 눈이 마주치자 경비가 떠났다. 어쩌면 경비는 내 꼴이 너무 시체 같아서 생사를 확인하고 싶었던 건지도 모르겠다.

입원 동안 마감을 세 개 했다. 한국 잡지와 신문에 보낼 원고였다. 담당자에게 연락해서 사정 설명하고 마감을 미루거나 취소해 달라고 부탁하는 일이 죽도록 번거롭게 느껴졌다. 차라리 침대에 누워서 자판을 또각거리는 게 쉬울 것 같았다.

약기운이 돌아 정신이 차려질 때마다 마감을 하고 있으니 장작불 위에서 죽는 순간까지 뜨개질을 하던 동화 속 공주가 떠올랐다. 백조가 된 형제들을 인간으로 되돌리기 위해 스웨터를 짜던 공주는 마녀로 몰려 화형대에 오른다. 그 바람에 막내 형제의 팔 한 짝을 완성하지 못한다. 나는 불에 타는 대신 얼어 죽고, 나의 편집자들은 인간 몸에 백조 팔이 달린 것만큼이나 조리 없는 원고를 보며 '이 인간을 필진에서 잘라버릴까' 고민할 터였다.

입원 닷새째 오전. 체온이 내렸다. 거동을 할 수 있게 되었다. 복도로 나갔다. 멀리 떨어진 병실에서 남자가 꺼이꺼이 우는 소리가 들렸다. 누군가 사망한 것 같았다. 왜 남자 혼자 울고 있을까. 다른 가족은 없는 걸까. 서글픈 기분이 들었다. 병원은 텅 비다시피 했으므로 울음소리는 사방에 공명했다. 밖으로 나가보니 발리 특유의 뭉근한 공기와 햇살이 기다리고 있었다. 따뜻하다는 느낌이 오랜만이었다. 건물 안과 밖은 다른 세상이었다.

오후에 퇴원을 했다. 집으로 가는 길, 며칠 전까지 황량하던 언덕에 흰 꽃이 가득 핀 걸 보았다. 아직 정신이 몽롱해서 꿈인가 생시인가 싶었다. 만일 내 인생을 연출하는 절대자가 있다면 항의하고 싶었다. 겨우 뎅기였고 이제 다 나았다고요. 이거 너무 사후 세계 분위기 아닙니까?

BTS와 블랙핑크의 나라에서 왔습니다

어느 날 식료품점에 갔다. 인상이 훤하고 말수가 적은 주인 남자 혼자 가게를 지키고 있었다. 40대 초반쯤 되었을까. 계산대에 물건을 내려놓자 그가 잠시 머뭇거리더니 말을 걸었다.

"어느 나라에서 왔어요?"

한국이라 답하자 주인은 그러길 바랐다는 듯 환하게 웃었다. 거의 설레기까지 하는 눈치였다. 나는 그 표정이 무얼 뜻하는지 안다. 내가 암구호를 대듯 짧게 물었다.

"블랙핑크?"

주인은 새어 나오는 미소를 감추려 씰룩거리면서 대답했다.

"아니… 내가 아니고 내 친구가…"

나는 다음에 또 보자고 인사하며 가게를 떠났다.

내가 처음 발리에 왔을 때만 해도 한국인을 반기는 건 대개 20~40대 여성 드라마 팬이었다. 그때의 암구호는 공유나 현빈이었다. 서양인들은 가끔 내게 영화 〈올드보이〉 얘기를 했지만 "한국? 일본 옆에 있지? 나 일본 좋아해"라는 사람이 훨씬 많았다.

넷플릭스가 글로벌 시장에 안착해 한국 콘텐츠의 접근성과 번역 문제가 해결되자 상황은 급변했다. 2019년에 50대 프랑스 여성이 내게 "〈킹덤〉 시즌 2는 언제 나오냐" 물었을 때는 깜짝 놀랐다. 이 언니가 한복 입고 갓 쓴 사람들 얘기에 왜 관심이 있지?

그즈음 음악보다 축구에 관심 많은 프랑스 친구는 이렇게 말했다.

"케이팝이 대단하긴 한가 봐. 프랑스 축구장에서 케이팝 콘서트를 한다잖아. 하긴 축구가 뭐가 중요해. 아이돌이 최고지."

발리의 국제 학교에 자녀를 보낸 유럽 재즈광은 "애들이 케이팝만 들어서 음악 취향이 구려졌다"고 농담 섞인 불평을 했다. 팬데믹 초기에는 이른바 'K-방역'이 세계에 보도되면서 한국을 다시 보게 된 외국인이 많았고, 그것이 한국 문화로의 관심으로 이어지기도 했다.

한국 문화의 힘이 급상승하는 시기 외부 반응을 실시간으로 접한 건 흥미롭고 특별한 경험이었다. 2000년대 중반에도 남미나 동유럽을 여행하다 보면 세계 최빈국에서 선진국 문턱까지 다가선 한국에 관심을 갖는 사람들을 만날 수 있었다. 하지만 문화의 힘으로 외국에서 존중받는 건 또 다른 느낌이었다. 그 덕에 이전 세대 재외 한국인이 현지에서 느꼈을 소외감을, 내 세대는 덜 겪고 산다.

유독 인상적인 케이팝 팬은 누사페니다에서 만난 스무 살 여자 J였다. 식료품점에 다녀온 날 저녁, 나는 친구들과 식당에 갔다. 한국인으로 치면 오마이걸의 유아를 닮았다 싶은 어린 종업원이 나에게 "안녕하세요?"라고 한국말로 인사를 했다. 나는 '내가 한국인처럼 생기긴 했나 보다' 하고 말았다. 그런데 식사를 하는 내내 종업원이 연예인이라도 목격한 듯 상기된 얼굴로 나를 힐끔거렸다. 일본 영화 〈사토라레〉에서처럼 '너에게 말을 걸고 싶어'라는 그의 생각이 온 공간에 쩌렁쩌렁 울려 퍼졌다. 나는 확신했다. '아미(BTS 팬클럽)다. 그가 아미라는 데 내 손목을 걸 수도 있다.'

마침내 눈이 마주치자 J는 조르르 달려와서 독학으로 깨친 한국말을 쏟아내기 시작했다. 처음 실사용해 보는 언어라고는 믿기 어려울 만큼 발음과 문법이 정확했다.

"한국 사람 맞지요? 만나서 반갑습니다. 세상에 이럴 수가. 꿈만 같아요."

나한테 같이 사진을 찍자고 휴대전화를 꺼낼 때 보니 사진첩에 BTS, 세븐틴, 박서준이 가득했다. 그는 당연히 한국에 가보고 싶어 한다.

"한국은 너무 아름다워요."

내가 의아해하는 걸 보고 그가 재빨리 덧붙였다.

"한국은 굉장히 깨끗하지 않나요?"

아직 도시를 경험하지 못한 시골 아이들에게 아름다움이란 어떤 의미인지 내가 잊고 있었다. 나도 그 나이대엔 그렇게 서울이 가고 싶지 않았던가. 2016년 술라웨시 청년에게 왜 한국 여행을 가고 싶냐고 물었을 때는 "우리는 한국을 '썸띵 뉴Something new'라고 여긴다"는 답을 들었다. 새롭고 깨끗한 나라라. 이 순간 그 나라의 낡고 더러운 곳에서 뒹굴고 있는 사람들에게는 위선처럼 들리겠지만 멀리서라도 좋아 보인다니 다행이다.

그 후 식당에 갈 때마다 J는 나를 격하게 환영해 주었다. 어느 날은 그가 물었다.

"한국은 물가가 비싸지요? 교육 시스템도 잘되어 있고요. 저는 한국에 가서 공부하고 일하는 게 꿈인데 아마 어렵겠지요?"

그는 누사페니다 산골에 산다. 매일 음식점에서 일하고 밤늦게 가로등도 없는 가파른 산길을 스쿠터로 운전해 귀가한다. 현지인이 운영하는 식당이니 월급은 30만 원이 안 될 것이다. 보통 현지 사업장이 외국인 사업장보다 직원 대우가 박하다. 이래서야 한국행 비행기 값도 모으기 어렵다. 이민자에게 배타적인 한국 사회 분위기, 동남아 사람 특히 여성이 겪는 편견과 차별도 떠올랐다. 낙관적인 상황은 아니다. 하지만 누가 알겠나.

이제 와 돌아보면 내가 그 나이 때 예측한 앞날 중 들어맞은 건 단 하나도 없다. 외국인들이 한국 영화, 드라마, 음악, 책을 소비하는 시대가 올 줄은 상상도 못 했다. 요즘 글로벌 OTT에 배급되는 인도네시아 콘텐츠의 빠른 발전을 보면 이 나라가 다음 문화 강국이 되지 말란 법이 없다. 한편, 나는 우리 집안에서 처음으로 대학에 들어간 세대다. 어릴 때는 산으로 들로 아궁이 땔감을 모으러 다녔다. 내가 강남 초고층 빌딩으로 출퇴근하는 사람이 되리라고는, 복권을 긁는 심정으로 써 보낸 글이 채택되어 갑자기 잡지기자가 되기 전까지, 전혀 상상하지 못했다. 내가 외국에서 이렇게 오래 살 운명인지도 몰랐다. 몽상, 바람, 지레짐작은 한결같이 아무짝에도 쓸모가 없었지만 행동은 어떤 식으로든 결과를 낳았다.

J는 젊고, 강한 동기가 있으며 일과 공부에 열심이다. 나는 이곳에서 관광업에 종사하다가 어학을 무기로 사업을 일으켜 성공

한 사람을 여럿 보았다. 내가 J라면, 지금의 경험과 지식을 유지 한 채 그 아이가 된다면 어떻게 할까, 잠시 고민을 해보았다. 일단 어학 공부를 열심히 하면서 기회를 기다려보라고 했다. 그 말밖에 해줄 게 없어서가 아니라 그게 진짜 도움이 될 거라 믿기 때문이다.

나는 이곳에 J 같은 친구들이 얼마나 더 있을지 상상해 보았다. 단순히 문화를 소비하는 데서 그치지 않고 한국을 좋아하고 배우려는 '케이팝 키드' 말이다. 언젠가 그들이 방문했을 때 한국이 새롭고 깨끗할 뿐 아니라 관용의 나라, 기회의 나라이기도 하기를, 그리하여 내가 이곳에서 느끼는 편안함을 그들도 느낄 수 있기를 바란다.

발리에 대해 미디어가 말하지 않는 것들

PART

4

발리는 아름답고 관대하고 자유로운 곳이다.
하지만 그것을 충분히 누리기 위해서는
이 사회를 이해하고 존중하려는 태도가 필수다.

모두의 가슴엔 각자의 발리가 있다

발리는 생각보다 크다. 많은 한국인이 발리에 일주일 놀러 와서 하루는 남쪽, 하루는 서쪽, 하루는 북쪽에서 자고 내친김에 부속섬도 들러보겠다고 벼른다. 무리다. 발리(5,780제곱킬로미터)는 서울(605.2)보다 약 9.5배 크고, 제주도(1,850)보다 3.12배 크다. 충청북도(7,407)보다 약간 작다. 한국 개념으로 '시市'보다 '도道'에 가깝다.

해마다 6백만 명 이상의 관광객이 발리를 방문한다. 2023년 서울 방문 관광객이 160만 명이었다니까 규모가 짐작된다. 한국은 호주, 중국, 인도 다음으로 발리에 많은 관광객을 보내는 나라다. 원래 대한항공과 가루다항공 말고는 직항편이 없었지만 2024~2025년 LCC 항공사들이 인천, 청주, 부산에서 발리 간 직항 노선을 개시하면서 한국 손님은 더 많아지고 있다.

발리의 매력을 한마디로 정의하기는 어렵다. 여행자들의 마음 속에는 저마다의 발리가 있다. 어떤 여행자는 짱구에 머물며 아침에 조깅을 하고 오후에 서핑을 하고 저녁에는 클럽에 간다. 누군가는 '나를 찾겠다'며 우붓에서 요가, 명상, 채식을 한다. 또 누군가는 짱구의 힙스터들과 우붓의 모던 히피들이 싫다며 문둑의 청량한 정글로 숨어들어 구도자처럼 지낸다. 걷기 좋아하는 느린 여행자들은 사누르의 차분함에 끌리고, 신혼여행객들은 특급 호텔이 즐비한 누사두아에서 피로를 회복하면서 '발리 참 좋다'고 말한다. 어디로 시선을 돌리느냐에 따라 발리는 언제고 다른 도시가 된다. 그 다양성이야말로 발리의 경쟁력이다.

당신이 발리행을 선택하면 누군가는 인상을 찌푸리며 말할 것이다. 요즘 발리는 너무 상업화되었다고. 하지만 그런 불평은 늘 있었다. 1980년대 발리를 방문해 본 사람들은 아시아 외환 위기로 발리가 외국 자본에 함락당하고 급속히 개발되기 시작한 1990년대 말부터 고유의 매력을 잃었다고 비판했다. 1990년대 발리를 겪은 사람들은 2000년대 발리가 너무 상업화되었다고 우려했다. 2000년대 여행자들은 2010년대 발리가 지나치게 세계화되었다고 낙담했다. 2010년대 발리를 경험한 이들은 요즘 발리 물가가 너무 올랐고 교통 체증이 끔찍하다고 불평한다. 놀라운 것은 그럼에도 항상 발리에 새롭게 빠져드는 이방인이 존재했고, 지금도 존재한다는 사실이다.

발리의 자연은 영성 따위 믿지 않는 건조한 여행자들조차 단번에 압도할 만큼 강렬한 기운을 뿜어낸다. 일보다 가족과 종교를 중시하는 발리 사람들의 태도는 삶의 속도를 돌아보게 만드는 경고등이 되어준다. 그 덕에 '힐링'은 이곳에서 가장 성공한 '산업'이 되었다.

사실 발리에 오래 살면 이곳 사람들을 신비롭고 영적인 존재나 마냥 선량하고 순박한 원주민으로 포장하는 여행 서적에 코웃음을 치게 된다. 한국 여행 책자들도 이런 서구적 오리엔탈리즘을 전시한다. 하지만 지나친 숭배나 단순화는 대상에 대한 무지의 증거일 뿐이다.

한번은 누가 내게 물었다. "발리 여자들은 어떤가요? 섬 여자들은 대체로 강인하고 독립적이지 않나요?" 나는 대답을 못 했다. 카페 계산대에 뒷짐 지고 서서 손님과 눈을 안 마주치려고 최선을 다하면서 하루를 보내는 어린 알바생, 외모와 결혼에 목매는 젊은 여자, 능청맞고 억척스러운 상인, 콧대가 하늘을 찌르는 사무직 여성, 친절한 전문직 여성, 배짱 좋은 사업가, 아침저녁

마당에서 아이를 씻기는 부지런한 주부 등 내가 아는 여자들이 한꺼번에 떠올랐다. 그들을 일반화할 말이 생각나지 않았다. 아마 내게 그 질문을 한 사람도 외국인으로부터 "서울 여자들은 어때요?"라는 질문을 받으면 마찬가지 반응이었을 것이다.

발리도 여느 도시들처럼 다양한 성격과 가치관을 가진 현대인이 어울려 살아가는 곳이다. 그들은 자신이 어떤 이미지로 대상화되는지도 안다.

인도네시아 코믹 액션 영화 〈빅 4〉를 보면 정글 속 움막에서 너덜너덜한 히피 차림으로 명상 센터를 운영하면서 콤부차를 신비의 영약이라고 팔아먹는 전직 킬러가 등장한다. 킬러는 인도네시아에 대한 외국인의 착각을 영리하게 이용해 먹는다. 그 장면에 폭소를 터뜨릴 수밖에 없는 건 이게 현실이기 때문이다.

그나마 발리인의 두드러진 특징이라면, 타인에게 호기심이 많고 친구 사귀기를 좋아한다는 점이다. 타인을 대할 때 한국인의 기본값이 경계심이라면 발리인의 기본값은 친절이다. 호스트의 이런 태도는 여행자의 심리에도 영향을 미친다. 때문에 발리에서 우리는 조금 더 느긋해지고, 현지인이든 여행자든 우리 곁의 타인에게 더 쉽게 말을 걸 수 있다. 이곳에 들른 이방인들은 심신이 정화되는 느낌을 받았다는 말을 자주 하고, 나아가 이곳을 제2의 집으로 만들고 싶어 한다. 여기에 지극히 현대적인 면모가 섞여 든다.

인도네시아는 외국인이 투자나 사업 허가를 받기 쉬운 나라다. 발리에서 관광객이 즐겨 찾는 상업시설은 대개 외국인 소유다. 때문에 도시의 번화함에 비해 현지인에게 돌아가는 수익은 크지 않다. 싫든 좋든 그로 인해 발리는 전 세계 여행 트렌드를 가장 먼저 반영하는 도시가 되었다. 발리 번화가의 상점, 호텔, 빌라는 핀터레스트 실물 전시장을 방불케 한다. 현지어 한마디 못 해도, 영어가 유창하지 않아도, 이곳을 여행하는 데는 아무런 문제가 없다. 전기, 수도, 대중교통, 도로, 쓰레기 처리 시스템 등 기간시설은 뒤처졌지만 핀테크 기반 공유 경제는 어느 대도시보다 발달했다.

발리의 매력에 빠져 장기 체류하는 이방인이 많다 보니 흥미로운 친구를 사귀기도 쉽다. 20세기에는 유명 화가, 정원사, 음악가 등이 발리를 '제2의 고향'이라 불렀다. 발리 중심가에 초고속 인터넷이 깔린 2010년대부터는 온갖 직종의 디지털 노매드가 몰려들었다.

2~3개 국어를 너끈히 하는 자카르타 출신 고학력 젊은이들에게도 발리는 단순한 지방 도시가 아니라 기꺼이 일자리를 얻어

이주하고 싶은 지역이다. 다국어 사용자와 디지털 인력을 구하기가 쉽고 인건비가 싸고 제조업 발판도 있는 곳이다 보니 발리를 중심으로 자기 계발, 레저 스포츠, 식도락, 패션, 친환경 건축 등 각종 스타트업도 생겨나고 있다.

발리는 더 이상 저렴한 동남아 관광지가 아니다. 스미냑, 짱구 일대에는 부유한 관광객을 위한 성형 클리닉이 속속 생겨나고 있다. 한국 제약 대기업 한 곳도 거기에 투자를 하고 있다.

우붓, 짱구, 스미냑, 사누르 등 외국인이 많이 사는 동네의 주택 렌트비는 같은 면적 대비 한국 중소 도시보다 비싸다. 하지만 인터넷을 이용해 선진국과 일하며 그곳 수준으로 급여를 지급받는 사람들에게 발리는 여전히 '일하며 살기 좋은 도시'다. 많은 장기 체류자들이 이런 이유로 발리를 택한다. 서울, 런던, 파리, 뉴욕에서 스튜디오 한 칸 간신히 구할 돈으로 이곳에서는 수영장 딸린 빌라에 살면서 주말마다 서핑과 요가를 즐길 수 있기 때문이다.

다양한 국적, 인종이 뒤섞이고 현지인들도 외부인에게 포용적이다 보니 타인의 시선을 의식하지 않고 살아가기도 쉽다.

자세히 들여다보면 인도네시아에도 인종차별은 존재한다. 인도네시아 역사는 너무 방대하고 혼란스러워서 대중 교양서 수준으로 일목요연하게 정리되지 않는다. 인도네시아에는 17,000개

이상의 섬이 있다. 이름 없는 작은 섬도 많아서 통계가 부정확하긴 한데 최소가 17,000개다. 인도네시아 관광청은 18,000개 이상이라고 발표한다. 부족은 7백여 개, 언어는 3백여 개 존재한다.

1600년대 동인도회사가 식민 경영의 편의를 위해 이 군도를 단일 경제권으로 뭉뚱그려 파악하기 전까지, 서로 통일해야 할 필요를 느끼지 못하는 개별 왕조들이 여러 곳에서 각자의 역사를 이어가고 있었다. 단일국가가 된 지금도 봉건영주나 토호 개념에 가까운 왕족이 남아서 실세를 누리는 지역이 있다. 발리만 해도 우붓 왕족, 사누르 왕족 등이 최근까지 명맥을 유지했다. 자카르타 사람들은 인도네시아 동쪽 섬보다 말레이시아 사람과 언어가 더 잘 통한다. 상황이 이렇다 보니 국가 모토가 '다양성 속의 조화'다.

아체, 파푸아 등에서는 지금도 인종 갈등이 벌어지고 있다. 파푸아는 네덜란드에서 해방된 후 1969년 주민 투표를 거쳐 인도네시아에 편입되었다. 하지만 당시 투표에는 인도네시아 정부가 지정한 대표자 천 명만 참여할 수 있었기 때문에 원주민의 의견이 반영되지 못했다. 또한 인종, 언어, 종교가 다르고 인도네시아에서 가장 소외된 지역이다 보니 독립을 요구하는 목소리가 높다. 거의 매년 무장 독립운동 단체와 공권력이 충돌해서 크고 작은 유혈 사태가 벌어진다. 2019년에는 인도네시아 경찰이 파푸아 학생을 '원숭이'라고 불렀다가 대규모 시위가 벌어져서 수십 명이 사망했다.

피부가 밝은 사람은 인종차별을 피해 갈 거라 착각하지만 그렇지도 않다. 알비노를 뜻하는 인도네시아어 '불레'는 백인을 부르는 멸칭으로 사용되다가 백인들이 자조적으로 순응해 버려서 일상어가 되다시피 했다. 하지만 상황에 따라 여전히 불쾌감을 유발할 수 있다.

해리는 2023년 텔콤셀 통신사 고객센터에 케이블 TV를 신청하러 갔다가 상품 판매 거부를 당했다. 그는 인도네시아어에 능통하고 이미 사무실과 집에서 같은 회사 상품을 이용하고 있기 때문에 근거를 제시하며 반박했다. 그러자 직원은 "불레에게는 상품을 팔지 않는다"고 딱 잘라 말하고 그를 쫓아내려 했다. 해리가 "지금 나를 불레라고 불렀냐?" 정색하자 직원은 "외국인"이라고 단어를 정정했지만 상품 판매는 끝내 거부했다. 해리는 현지인 직원을 보내 케이블 신청을 접수해야 했다.

다른 날에는 사누르 항구의 주차 요금 징수원들이 "멍청한 불레 놈들"이라고 낄낄대는 광경을 목격했다. 해리가 인도네시아어로 "그래요. 나 멍청한 불레 맞아요"라고 받아치자 그들은 계면

쩍은 웃음을 지었다.

그럼에도 발리는 워낙 외국인 거주자가 많아서 개개인에 이목이 집중되지 않는다. 그건 편한 점이다. 여기서 만난 프랑스 애니메이터는 자기 분야 성지인 일본에서 살기를 오래 꿈꾸었는데, 꿈을 이룬 지 반년 만에 발리로 복귀했다. 발리의 다문화 환경에 젖어 있다가 백인이 드문 곳에 가니 적응이 어려웠다고.

발리에서는 한국에 호의적인 사람을 만나기도 쉽다. 한류의 영향이다. 현지 넷플릭스 드라마 순위를 보면 1위에서 10위까지 중 절반 이상이 한국 드라마일 때가 많다. 해리는 어느 날 인도네시아의 K-드라마 팬과 대화를 하고 나서 이렇게 전했다. "그는 마치 성공한 친척 자랑을 하는 것처럼 보였다." 물론 이 상황이 언제까지 갈지는 모른다.

2021년 MBC가 도쿄 올림픽 개회식 중계에서 인도네시아 팀이 등장할 때 말레이시아 지도를 보여주는 실수를 했다. 역사의 접점이 많은 이웃끼리는 먼 나라 사람들이 잘 모르는 민감한 감정이 있기 마련이다. 인도네시아와 말레이시아도 그렇다. 이 일이 있자 인도네시아의 올림픽 중계방송 실시간 채팅방에는 한국을 '서일본'이라 부르는 네티즌들이 등장했다. 그렇다, 한국인만 해학의 민족이 아니다. 한국인의 전반적인 국제 관계에 대한 무지와 인종차별을 고려할 때 언제 우리의 본색이 들통나고 한류가 역풍이 되어 우리를 쓸어버릴지 모른다.

외지인들이 발리를 자유와 기회의 땅이라고 느끼는 건 발리가 관광산업에 의존하는 곳이라 현지인과 이방인에게 다른 규범을 적용하기 때문이다. 관광지에는 외국인이 다수고 현지인은 종업원으로만 만나니까 발리에 오는 여행자들은 흔히 자기가 이 섬의 주인인 양 착각한다. 하지만 발리는 엄연히 이슬람 국가의 한 도시고, 이 나라에는 오랜 군부독재의 잔재인 강력한 명예훼손법이 남아 있으며, 이민국과 경찰의 힘도 막강하다.

관광객이 힌두 사찰에서 난잡한 사진을 찍거나 해변이 아닌 곳에서 비키니를 입고 돌아다니는 게 한때는 개인의 일탈 정도로 가볍게 받아들여졌다. 하지만 2020년대 들어서는 그런 행위가 소셜 미디어로 즉각 전파되기 때문에 현지인들의 스트레스가 커졌다. 게다가 보는 눈이 발리에만 있는 게 아니다.

인도네시아는 인구가 2억7,700만 명 이상이고 합계 출생률이 2명대인 기운 넘치는 나라다. 인도네시아에서 뭐 하나 사건이 생기면 X(옛 트위터)에서 수십만 개의 의견이 쏟아진다. 개중에는 보수적인 무슬림도 있고, 외국인에게 호의적이지 않은 사람도 있다.

여행자가 발리에서 지역 정서에 반하는 콘텐츠를 만들어 온라인에 올리면 그걸 보고 네티즌들이 이민국에 신고를 하고, 당국이 즉각 개입해서 사태를 해결하는 식의 전개가 2020년대 들어 빈번해졌다. 때문에 한국 대사관은 연일 현지 문화를 존중하라는 메시지를 낸다.

장기 여행자들은 흔히 개발도상국에 젠트리피케이션을 일으켜 현지인의 생계를 위협하는 주범으로 지목받는다. 발리는 그 영향이 극도로 가시화된 곳이다. 휴양지에 와서 돈을 펑펑 쓴다고 해서 그게 시혜는 아니라는 소리다. 발리에 도착하는 순간부터 우리는 미필적 고의로 여기 가담하게 된다. 때문에 발리를 사랑하여 오래 머물고픈 이방인들은 의식적으로 현지인들과 어울리고, 현지에서 현지인에 의해 생산된 상품을 우선 소비하고, 작은 가족 사업과 지역 공예가를 후원하고, 봉사와 기부에 참여하는 등 '좋은 시민'이라는 제스처를 보이는 데 적극적이다.

발리는 아름답고 관대하고 자유로운 곳이다. 하지만 그것을 충분히 누리기 위해서는 이 사회를 이해하고 존중하려는 태도가 필수다. 당신이 기꺼이 맞이하고 싶은 손님이 될 때 그들은 세상 어디서도 경험하지 못한 환대를 보여줄 것이다.

매일 기도하는 사람들

발리의 특징을 얘기할 때 빼놓을 수 없는 게 힌두다. 힌두는 이곳 사람들에게 종교이자 철학이자 삶의 방식이다. 현지 가정에서는 아침마다 여자들이 사롱Sarong(인도네시아, 말레이시아, 스리랑카, 인도 등지에서 남녀 구분 없이 허리에 두르는 민속 의상)을 두르고 작은 쟁반에 향과 제물을 담아 집 안 곳곳을 다니며 기도를 드린다.

마을 단위의 큰 제례도 자주 열린다. 보름달 제례가 있으니 최소 한 달에 한 번이다. 발리 사람들은 제례 때문에 일을 쉬는 걸 당연하게 여긴다. 때문에 여기서 사업을 하려면 힌두교인이 아닌 직원도 고용을 해야 한다. 그러다 보면 외국인 경영자와 현지 직원 사이가 아니라 다른 지역 출신 인도네시아인끼리의 갈등이 더 난감할 때가 많다.

힌두와 뿌리가 같은 불교가 한국 전통에도 녹아 있기 때문에 우리로서는 발리 힌두를 잘 몰라도 자연스럽게 이해되는 부분이 있다. 예컨대 업보와 윤회 같은 개념이다. 발리 사람들의 이유 없는 호의에 감사를 표하면 "좋은 카르마를 쌓아야지"라는 답이 돌아온다. 그들은 약간 불쾌한 일을 겪어도 당장 해결하려고 아등바등하는 대신 "그 사람이 나쁜 카르마를 쌓았다" 말하고 넘어간다.

누사페니다는 발리의 부속 섬 중에서도 힌두 전통이 가장 깊이 배인 곳이다. 발리 힌두의 7대 사찰 중 하나인 푸라 달렘 페드가 여기 있다. 공식 휴일이 아닌데 관공서나 화물선 부두가 문을 닫아서 물어보면 종교 행사 때문이라고 한다. 이런 곳에 살면 그들의 종교를 무조건 수용하는 태도가 필요하다.

누사페니다에서 리조트를 짓던 홍콩 친구 L은 어느 날 내게 말했다. "내 입으로 '굿을 합시다!' 같은 소리를 하게 될 줄은 평생 상상도 못 했어!"

나는 돼지머리 올리고 고사 지내는 한국 문화에 익숙해서 제례에 거부감이 없다. 하지만 L은 다르다. 영미권에서 교육을 받은 자칭 '바나나'다. L의 공사는 초반부터 악재가 많았다. 자재를 운반하는 트럭이 뒤집혀 인부가 사망하고, 물을 얻으려고 2백 미터를 시추했는데 폭우가 쏟아지는 바람에 구멍이 막히고 시추기가 진흙에 끼기도 했다.

사고가 거듭되자 인부들이 “여기는 저주받은 땅”이라며 겁에 질렸다. L은 그들을 달래기 위해 결단을 내렸다. 땅을 둘러본 종교 지도자는 여기저기 귀신이 있다며 닭을 잡아서 피를 뿌리고 정성껏 기도를 올렸다. 그제야 인부들은 안심하고 공사에 복귀했다.

누사페니다에 집을 지은 이탈리아 친구는 인부들이 상의도 없이 기도용 석탑을 사서 마당에 갖다 두고 비용을 청구했다며 황당해했다. 그도 종교가 없다. 해리는 스쿠버다이빙 센터를 짓고 나서 완공식을 해야 했는데, 오랜 채식주의자인 그로서는 닭을 죽이는 장면을 차마 볼 수 없어서 일찍 자리를 떴다.

인도네시아 전체를 보면 힌두 인구는 의외로 적다. 총 1.68퍼센트(2024년 기준)니까 발리와 그 주변 섬 몇 군데만 남았다고 보면 된다. 개신교(7.41)와 가톨릭(3.06)보다 적다. 인도네시아가 공식 인정하는 종교는 이슬람, 힌두, 개신교, 가톨릭, 불교, 유교뿐이다. 국민들은 신분증에 이 여섯 가지 종교 중 자신이 믿는 한 가지를 표기해야 한다. 이외의 종교를 가질 경우 5년 이하 징역형을 받을 수 있다. 공산주의를 막기 위해 도입한 법이다.

해리는 종교가 없지만 그의 인도네시아 신분증에는 개신교라고 표기가 되어 있다. 그나마 익숙한 것을 택한 모양이다. 이 나라에서는 종교가 다른 사람끼리 결혼이 금지된다. 하지만 외국인끼리의 결혼은 예외다. 나는 인도네시아 신분증을 만들 때 고심 끝에 불교를 택했다. 요새 한국에서 가장 힙한 종교여서지 별다른 의미는 없다.

힌두 얘기로 돌아가서, 이게 언제 어떤 경로로 인도네시아에 들어왔는지는 명확지 않다. 기원전 1세기라는 말도 있고 7세기라는 말도 있다. 다만 늦어도 8세기에는 자바섬에 부유한 힌두 왕국이 존재했다는 게 정설이다. 그 자바 힌두가 16세기에 이슬람을 피해 발리로 대피했다. 곧 유럽인들이 들이닥치고 이슬람의 확장이 멈췄다. 그리하여 발리가 인도네시아의 마지막 힌두 문화권으로 남게 되었다.

한국인들은 힌두라면 소를 숭배하고 카스트제도가 있는 종교 정도로 안다. 하지만 인도 힌두에도 여러 종파가 있고, 발리 힌두는 거기서 또 변형이 된 것이다. 발리 힌두는 힌두 최대 종파 중 하나이자 시바를 최고 신으로 여기는 시바교(샤이브교), 불교, 말레이 조상숭배, 정령숭배 등을 혼합한 형태다.

발리 힌두에도 네 가지 카스트가 있다. 하지만 발리 사람 93퍼센트가 수드라(농민)기 때문에 차별을 감지하기 어렵다. 소는 먹는 사람도 있고 안 먹는 사람도 있다. 최상위 카스트인 브라만(사제)은 소를 안 먹는다. 하지만 발리를 대표하는 고급 요리 중 하나가 쇠고기 렌당일 정도로 엄격한 금기는 없다.

힌두가 소수긴 하지만 그 때문에 인도네시아에서 배척이나 탄압을 당한다는 느낌은 없다. 국민 대다수인 무슬림 자체도 온건파가 많다. 전혀 종교색이 안 보이던 친구가 갑자기 라마단에 들어간다고 해서 "너 무슬림이야?" 하고 놀라는 경우도 왕왕 있다. 이곳에서 내가 만난 무슬림 여성들은 히잡을 아예 안 쓰거나, 평소에는 쓰다가 더우면 벗기도 한다.

여기도 극단주의자는 있다. 발리는 2002년과 2005년 이슬람 극단주의 단체의 공격을 받았다. 2002년 자살 폭탄 테러는 꾸따의 나이트클럽 안팎에서 벌어졌다. 이 일로 범인 2명을 포함해 204명이 사망하고 209명이 부상을 당했다. 2005년 꾸따와 짐바란에서 또 한 번 폭탄 테러가 벌어져서 20명이 사망하고 백 명 이상 다쳤다. 그런데 테러리스트들이 발리를 타깃으로 삼은 건 여기가 힌두 지역이라서가 아니라 한꺼번에 많은 외국인을 죽여서 외신의 관심을 받기 위해서였다.

2023년 초 개정된 인도네시아 형법은 혼전 성관계 금지, 동거 금지, 낙태 금지 등 이슬람 원리주의자들의 요구를 담아내 논란이 되었다. 법 개정을 앞두고 외국인들, 특히 발리에 가장 많은 관광객을 보내는 호주의 언론들은 '혼전 성관계 금지면 발리 여행을 누가 가나' 지적했고 발리 주정부와 관광 단체들이 나서서 해명을 해야 했다.

혼전 성관계와 동거는 친고죄라서 외국인 커플끼리는 처벌받을 일이 없다. 현지인들에게도 종교보다는 '기왕 섹스나 임신을 한다면 결혼을 해버리라'는 아시아 전통 사회의 압박을 반영한 것에 가깝다. 낙태도 강간에 의한 임신이나 임신 12주 이내 산모가 위험한 경우 등 예외 조항을 두었다. 동성애를 불법으로 규정하라는 이슬람 원리주의자들의 요구는 최종 법안에 반영되지 않았다.

인도네시아 국민들이 새 형법에서 보다 심각하게 생각한 건 대통령모욕죄, 국가모욕죄, 신성모독죄 등 사상과 발언의 자유를 침해하는 조항들이었다. 실제로 2023년 인도네시아 인플루언서가 발리에서 이슬람 기도를 드린 후 바비굴링(돼지 바비큐)을 시식하는 영상을 틱톡에 올렸다가 신성모독죄로 벌금 2,200만 원을 선고받았다. 하지만 '다양성 속의 조화'라는 국가 모토, 관광 산업이 경제에서 차지하는 큰 지분 덕에 외국인은 열외되는 부분이 많다.

외국인은 인도네시아 어딜 가나 보편 윤리의식만 가지고 있다면 종교로 인한 불편을 느끼지 않을 것이다. 현지 종교를 잘 몰라서 저지르는 악의 없는 실수 정도라면 현지인들은 당장 경찰을 부르는 대신 '여기선 그러면 안 된다'고 가르쳐줄 것이다. 그럼에도 여전히 발리는 특별하다. 발리 힌두의 온순하고 포용적인 문화는 관광지로서 발리의 가장 큰 경쟁력 가운데 하나다.

인도네시아 정부는 '제2의 발리'를 만들겠다고 여러 지역에 공을 들이고 있다. 웅장한 자연을 품은 화려한 리조트 타운이라면 백 개도 더 만들 수 있다. 인도네시아의 섬들은 어딜 가나 절경이고 개성 있는 소수 부족도 많다. 하지만 발리 사람들의 밝은 표정과 관대한 태도를 복제하기는 어렵다. 새벽같이 일어나 도처에 꽃 장식을 하고 향을 피우고 제례 때마다 예쁜 옷을 챙겨 입는 건전한 생활 태도, 그로 인한 거리의 아름다움도 흉내 내기 어렵다.

발리는 여자들이 지내기도 좋은 편이다. 발리 힌두는 이론적으로 여자를 자연과 동급으로 여기고 존중한다. 아침마다 집 곳곳에 향을 피우며 돌아다니는 일을 여자들이 하는 건 그들에게 가정을 보호하는 능력이 있다고 믿기 때문이다.

물론 이곳도 가부장제가 있고 남녀차별이 존재한다. 나는 발리와 누사페니다에서 내 나이대 현지 여성과 술을 마셔본 적이 없다. 그들은 밤이면 집에서 아이를 돌보느라 바쁘다. 생리 중인 여성은 불결하다는 이유로 사찰 출입이 금지된다. 외간 남자가 볼 수 있는 공간에 여자 속옷을 널어놓으면 동네 할머니들이 불붙은 다이너마이트라도 발견한 것처럼 허둥지둥 달려와서 야단을 친다. 하지만 발리 힌두의 온화한 정서 덕에 이곳에서는 남성성 과시에 골몰하는 부류를 상대하느라 일상적으로 느끼는 피곤이 덜하다. 이는 많은 외국 여성들이 발리에서 자유롭게 사업을 펼치는 이유기도 하다.

인도네시아는 남자가 아내를 네 명까지 둘 수 있는 폴리가미 국가다. 종교 법원과 첫째 아내의 허가, 경제력 증명 등이 있어야 하지만 공식적으로는 그렇다. 섬을 떠나 일자리를 구하는 게 당연한 환경이다 보니 여러 섬에 애인을 두는 남자도 흔하다. 하지만 발리 힌두 중에는 일부일처로 서로 존중하며 금실 좋게 지내는 부부가 훨씬 많다.

발리식 가족주의는 인도네시아인들 사이에서도 특별한 것으로 간주된다. 나는 '발리 여자와 결혼해 발리식 가정을 꾸리는 것'이 오랜 꿈이었다고 말하는 인도네시아 친구를 만난 적 있다. 자바섬에서 온 남자였다.

경제가 발전하고 여성의 교육 수준이 높아지고 삶의 주기에 변화가 생기면 이곳의 성 역할도 달라질 것이다. 여성을 존중하는 발리 고유의 정서가 새로운 경제 상황에서 어떤 사회상을 만들어낼지는 흥미로운 관찰 거리다.

여자로서 발리에 살면서 느끼는 자유로움도 발리 힌두의 영향이라 생각하면 거기에 감사할 수밖에 없다. 나는 종교와 거리가 먼 사람이지만 발리 힌두가 제시하는 삶의 방식에는 존경을 보낸다.

뭘 해서 먹고살까?

자기도 발리에 살고 싶다는 친구들의 말은 대개 "가서 뭐 먹고 살아?"로 끝난다. 요즘은 '파이어족'이라는 뚜렷한 목표를 가진 사람도 많은데 내 주변에는 없다. 커리어가 안정된 사람은 놀아 본 적이 없어서 일 안 하는 삶을 상상하지 못한다. 잘 노는 사람은 돈을 못 모은다. 그래서 항상 도돌이표다. 답 없는 푸념을 들어주는 건 지치는 일이지만 나는 그들의 신중함을 지지한다.

발리는 생각보다 비싸다. 현지 공산품은 질이 떨어지고, 수입품은 물류비와 관세가 높아서 한국보다 비싸다. 그러니 '선진국 스탠다드'에 맞추려면 한국보다 돈이 더 든다. 외국 식재료도 비싸다. 무슬림 국가라 술도 한국보다 비싸다. 대기 습도가 높고 염분이 많고 전압이 불안정하므로 전자제품은 걸핏하면 고장이 난다. 옷은 한 철이 못 가 망가진다. 한국에서는 10년 입어도 멀쩡한 티셔츠가 이곳에서 직사광선 받고 세탁소 몇 번 다녀오면 구멍이 숭숭 뚫린다.

외국인은 비자 비용도 매년 만만치 않게 들어간다. 인도네시아 정부가 비자 절차를 점점 간소화하고 있지만 아직 애매한 서류가 많다. 혼자 해결할 수 없어서 에이전시를 고용하면 추가 비용이 든다. 공식 비자 수수료와 에이전시 비용 모두 종류에 따라 천차만별이고 수시로 변해서 자세히 적지 않는다.

이래저래 나는 서울에서 집순이로 지낼 때보다 인도네시아에서 돈을 더 많이 쓴다. 외국 연구 자료들을 보면 2024년 기준 1인가구 발리 한 달 생활비를 568.3달러부터 2,600달러 사이로 잡고 있다. 주택 임대료는 뺀 금액이다. 그러니까 요가, 서핑 등 취미 활동 하면서 편하게 살려면 주택 및 비정기 지출 포함 1인당 연간 2천만 원 정도를 하한으로 잡아두기를 권한다.

물론 발리는 더 저렴하게 살려면 그럴 수도 있는 동네다. 선진국 수준을 기대하면 돈이 더 들지만 그 아래로도 여러 가지 선택지가 있다는 게 이주지로서 발리의 장점이다. 당신이 수영장 없는 숲속 방갈로를 '으악 거미! 으악 도마뱀 똥! 으악 뱀이다! 이런 데서 사람이 어떻게 살아!' 하는 사람인지 '보헤미안 스타일이다! 독특하고 낭만적이야! 수리하는 재미도 있겠어!' 하는 사람인지에 따라 주택 가격도 천차만별이다. 발리 곳곳에서는 아직 2~3천 원짜리 볶음밥 맛집도 찾을 수 있다.

진짜 문제는 현재가 아니라 미래다. 인간이 한 번 사는 건 맞는데 그 한 번이 얼마나 길지는 아무도 장담 못 한다. 여기서 보험 없이 지내다가 병원비 때문에 크라우드 펀딩을 여는 여행자를 종종 본다. 은퇴하고 왔다가 질병 치료를 위해 본국으로 돌아가는 사람도 자주 본다.

한국인들도 이런 상황을 생각해 봐야 한다. 의료 수준 높은 모국에서 수십 년 동안 직장 보험을 납부해 놓고 본격적으로 병원을 들락거려야 하는 노년에 혜택을 포기하기는 아쉽다. 대개는 여기 살다가도 아프면 치료를 받으러 한국에 돌아간다. 그런데 그때 병원비만 드는 게 아니다. 체류할 공간과 비용도 필요하다. 은퇴 이민을 중단하고 유럽에 돌아간 친구들은 거기서 다시 일을 시작했다.

최선은 여기 살면서 저축까지 가능할 만큼 돈을 버는 것이다. 방법은 여러 가지다. 그러나 모든 방법에는 각각의 어려움이 따른다. 여기서 큰 기업을 일구려는 사람은 어차피 이런 에세이보다 코트라KOTRA 보고서를 더 주의 깊게 읽을 것이다. 그러니까

이 책의 독자는 발리에 사는 게 목표고, 그 목표를 실현하기 위해 작은 수익 창출을 꿈꾸는 개인이라고 가정을 해보자.

과거에는 외국인이 에어비앤비를 많이 운영했다. 빌라 장기 렌트비가 일일 임대료 대비 저렴하고, 현지인들이 제대로 수리하지 못해서 잠재력을 묵히는 장소가 많을 때 그랬다. 하지만 2020년대 들어 장기 렌트비가 대폭 오르고, 현지인들도 온라인 마케팅 툴에 익숙해지면서 외국인이 이 시장에 손을 대기는 점점 어려워지고 있다. 더 중요한 문제는, 사업 허가 없이 숙소를 운영하는 게 불법이라는 점이다.

인도네시아에서 비자 법을 위반하면 투자한 사업장을 수습할 시간도 없이 당일에 쫓겨날 수도 있다. 예전에는 비자 법을 위반하고 쫓겨나도 3~6개월 지나면 재입국이 가능했지만 2024년부터는 10년간 재입국이 불가능하게 되었다.

보다 안전하고 골치가 덜 아픈 방법은 취업이다. 인도네시아에 진출한 한국 기업이 많기 때문에 현지 법인에 취직을 할 수도 있다. 하지만 큰 기업은 주로 자바섬에 있어서 발리를 다니기가 번거롭다. 자바섬의 공업 단지에는 즐길 거리가 거의 없다. 자카르타도 마찬가지다. 오죽하면 자카르타에서 나고 자란 젊은이들조차 발리로 이주하고 싶어 한다.

모아둔 돈이 있으면 투자를 해볼 수도 있다. 자기가 잘 아는 분야에 진출해야 한다는 건 여기서도 진리다. 여러 나라를 오가다 보면 무역 사각지대가 보이기 마련이다. 한번은 발리에 나갔다가 호텔에서 우연히 동유럽 여행자를 만났다. 그는 음악 분야 전문 번역가였다. 그가 여기 처음 온 건 가믈란이라는 발리 전통음악을 공부하기 위해서였다. 그때 그는 전통악기를 사서 컨테이너 하나를 가득 채운 다음 유럽에 보내서 팔았다고 한다.

수라바야의 물류회사에 근무하는 한국인 친구는 식물을 컨테이너 단위로 수입하는 한국 사업가를 안다며 희귀 식물을 찾고 있다. 발리에서 만난 현지 사업가 한 명은 관광 가이드로 일하면서 한국어를 배운 다음 청담동에 가구를 수출했다고 한다. 그는 청담동에서 번 돈으로 발리에 호텔을 차렸다. 프랑스인 셰프는 식당을 차렸다가 이곳 식재료 유통 구조가 답답해서 유통업에 진출했다. 모두 자기가 잘 아는 시장을 노린 것이다.

여기 사업 중에는 외국인 지분 상한선이 있는 분야가 많다. 그 경우 현지인 파트너가 필요하다. 이 점을 악용해서 명의만 빌려주기로 해놓고 나중에 딴소리하는 사람도 있다. 과거 한국인도 화교들을 그런 식으로 등쳐먹곤 했다. 그런 위험 없이 백 퍼센트 외국인이 소유할 수 있는 업종 중 만만한 게 3성급 이상 호텔이

나 카페였다.

물론 사업이 만만하다는 소리는 아니다. 허가를 받을 때 당신은 '회사 계좌를 만들려면 사업자 등록증이 있어야 한다'는 은행과 '사업자 등록을 하려면 회사 계좌가 있어야 한다'는 관공서 사이에서 탁구공처럼 튕겨 다니면서 인내심의 한계를 느낄 것이다. 그러나 몇 년만 지나면 그때가 인생의 호시절이었다고 생각하게 된다. '만만하다'는 건 진입 장벽이 낮고 자본금이 적게 든다는 뜻일 뿐이다. 물론 그 자본금 문제에도 함정이 있다.

2024년까지 인도네시아 투자자 비자를 받기 위한 주식 소유 한도 하한선은 10억 루피아(약 9천만 원)였다. 그런데 2025년부터는 열 배가 올라서 백억 루피아가 되었다. 심지어 이 기준은 이미 법인을 세운 외국인에게도 소급 적용이 된다. 작은 사업을 하던 외국인들은 돈을 더 넣거나, 서류상 기업 가치를 부풀리거나, 사업을 포기하고 이 나라를 떠나야 했다. 인도네시아는 정책 변화가 잦은 나라이기 때문에 기준이 언제 또 상향될지 알 수 없다.

무엇을 하건 경쟁은 생각보다 치열하다. 또한 편법의 유혹과 합법의 테두리 안에 존재하는 함정들이 당신의 삶을 무척 복잡하게 만들 것이다. 현지 사업가는 실수를 하거나 법을 어기다 걸려도 발리에 남을 수 있지만 외국인은 다르다. 그렇다고 모든 일이 법대로, 질서 있게 돌아가는 것도 아니다.

발리에서 크게 사업을 하던 한국인이 사소한 문제로 벌금을 물게 되자 '내가 이 나라에 벌어준 돈이 얼마인데'라는 생각으로 소송을 걸었다가 예외적으로 높은 처벌을 받은 사례가 있다. 일종의 '괘씸죄'가 적용된 것이다. 결국 그는 사업을 접을 수밖에 없었다.

한국 정부도 인도네시아에 전투기 개발금 2조 원을 떼어먹힐 판인데 일개 개인이 이 나라를 이겨먹을 수 있을 거라 생각하면 오산이다. 그러니 편법과 불법은 피하고, 항상 겸손하고, 사람들과 사이좋게 지내도록 노력해야 한다.

현지에서 사업을 할 배짱이 없는 나 같은 사람은 디지털 노매드가 속 편하다. 사실 힙스터가 힙스터 소리 듣기 싫어하는 것처럼 디지털 노매드도 디지털 노매드라 불리는 데 거부감이 있다. 직업이 아니라 생활 방식을 일컫는 말이기 때문에 그 안에 너무 많은 변종이 있다.

가장 먼저 연상되는 건 번듯한 직업 없이 겉멋으로 맥북 들고 돌아다니는 한량이다. "너는 뭘 해서 먹고사니?"라는 질문을 받으면 나는 보통 글을 쓴다고 답한다. 하지만 일이 안 풀려서 직업에 회의가 들거나 농담이 먹히는 자리면 디지털 노매드라고 자칭한다. 그럼 좌중이 웃음을 터뜨린다. 발리 이주민끼리 통하는 블랙 유머다.

혹자는 발리를 이렇게 표현한다.

"그럴듯한 명함과 예쁜 인스타그램 계정만 있으면 무엇이든 될 수 있는 곳."

과연 여기에는 별의별 사업가, 자영업자, 프리랜서, 기술자, 예술가가 넘쳐난다. 관련 분야 경력도 없이 발리에 와서 대뜸 '누구입네' 하는 사람이 허다하다.

만일 디지털 노매드가 되고 싶다면 선후 관계는 분명히 해야 한다. 한국에서도 그 기술로 먹고살 정도 경력과 인맥이 있어야 외국에서도 생존할 수 있다. 나는 한국에서 20년 동안 일을 하면서 구축한 네트워크가 있다. 청탁받는 일이 80퍼센트고, 내가 먼저 기획을 써서 적합한 매체에 제안하는 '잡 헌팅'도 한다.

언젠가 발리에 출장 온 한국인은 내가 주식과 가상화폐 거래를 하는 걸 보고 놀라서 말했다. "엄청 자유로운 영혼인 줄 알았는데 의외네요!" 이게 디지털 노매드를 보는 흔한 편견이다. 디지털 노매드라고 해봤자 결국 프리랜서의 다른 말일 뿐이다. 스스로 먹고살 방법을 고민하고 노후 대책까지 마련해야 하는 '셀프 고용인' 말이다.

그럼에도 나는 한국에서 괴로워하는 젊은 사람들, 특히 싱글 여성을 보면 외국에서 일하며 사는 걸 시도나 해보라고 말한다. 한번은 동남아 다른 대도시에서 일하는 한국인 미용사가 누사페니다에 놀러 왔다. 그는 한국에서 경력을 쌓은 후 현지 구인 공고를 보고 이주를 결심했다. 'K-뷰티' 파워로 그런 기회가 종종 있다고. 그는 영어가 유창하지 않지만 그 때문에 지레 한계를 규정하지 않았다.

"생각 같아선 아주 시골로 가고 싶지만 돈은 벌어야 하니까 도시를 선택했어요."

그는 한국보다 노동 조건이 좋고 자주 여행을 다닐 수 있는 이국의 삶에 만족했다. 나는 모처럼 한인 미용사를 만난 게 기뻐서 머리를 손질해 달라고 부탁했다. 그런데 머리를 기르고도 싶고 빡빡 밀고도 싶었다. 그가 말했다.

"그럼 둘 다 하세요."

아 그렇구나, 뭘 할지 고민될 땐 다 해버리면 되지! 이거야말로 모험가의 마음가짐이 아닌가! 나는 그가 어떻게 가족과 한국을 벗어나 타향에서 새로운 인생을 시작했는지 이해할 수 있었다.

그 덕에 나는 난생처음 투블럭 커트를 해보았다. 너무 사납게 보일까 염려했는데 히잡 쓴 무슬림 여성을 비롯해 모두 시원해

보인다고 칭찬을 해주었다. 한국에서 40대 여성이 파인애플처럼 위 꽁지만 남은 투블럭 커트를 하고 다니면 얼마나 잔소리하는 인간이 많을까 생각하니 새삼 외국 살이가 기뻤다.

외모 평가를 인사말처럼 쓰기로는 인도네시아와 한국이 다르지 않다. 하지만 우리가 이상하게 입고 다니는 외국인을 보면 '저 나라 사람들은 저런가 보다' 하듯이 이곳 사람들도 이방인을 평가는 할지언정 뜯어고치려고 하지 않는다.

돈과 건강은 어디에 살든 걱정거리다. 하지만 이곳에선 내 존재 자체로 인해 받는 스트레스가 덜하다. 그건 꼭 발리여서가 아니라 한국을 떠났을 때 얻을 수 있을 몇 안 되는 장점 가운데 하나다. 그 해방감이 때로는 낯선 땅에서 경제활동을 시작하는 노력을 불사하게 만들 정도로 대단한 매력이기도 하다.

고민될 땐 일단 저질러보시라. 실패하면 또 다른 길을 찾으면 된다.

돈과 건강은 어디에 살든 걱정거리다.

하지만 이곳에선 내 존재 자체로 인해 받는 스트레스가 덜하다.

여행서들이 말하지 않는 역사

발리의 아름다운 문화 예술 전통을 찬양하는 글들, 차별주의자라는 낙인을 피하려고 너무 애쓴 나머지 발리 사람들을 마냥 여리고 착하고 신비로운 원시 부족처럼 묘사하는 책들을 보면 씁쓸하다. 그걸 보면 머슬 탱크에 플립플롭 차림 관광객들이 들이닥치기 전까지 여기가 아무 문제도 없는 지상낙원이었던 것 같다. 안타깝게도 그런 관점에서만 보면 발리 사람들을 이해 못 할 순간이 많다.

조슈아 오펜하이머 감독의 다큐멘터리 〈액트 오브 킬링〉과 〈침묵의 시선〉은 1960년대 중반 인도네시아에서 벌어진 대학살을 관련자들의 시선으로 회고한다. 〈액트 오브 킬링〉은 살인을 자랑스럽게 떠벌리는 가해자들을, 〈침묵의 시선〉은 수십 년째

트라우마를 안고 살아가는 피해자 가족을 주목한다.

그중 〈침묵의 시선〉에 대학살 직후 발리의 풍경이 나온다. 주인공이 지켜보는 흑백 자료화면 속에서 NBC 뉴스 리포터가 "이렇게 아름다운 곳에서 그런 사건이 벌어지다니"라고 운을 뗀다. 그러자 영어가 유창한 현지인이 답한다. "공산주의자들이 없어져서 발리가 더 아름다워졌지요." 억울하게 가족을 잃은 주인공은 고통스럽게 화면을 응시한다. 발리는 대학살 당시 최악의 킬링 필드 중 하나였다.

인도네시아 대학살은 1965년 말에 시작되었다. 네덜란드에 350년, 일본에 3년 식민 지배를 당한 후 1949년 단일국가 건설에 성공한 인도네시아는 비동맹 민족주의 독립 노선을 채택했다. 초대 대통령 수카르노는 강력한 비전을 가진 지도자였다. 그는 점령국에 빼앗겼던 주요 자원들을 국유화하고, IMF와 세계은행을 쫓아내고, 영국이 이웃 나라들에서 운영하던 말레이 연방 정책이 제국주의의 연장이라고 비난했다. 농지개혁을 요구하는 공산당과도 협력 관계를 유지했다. 당시 인도네시아 공산당은 합법 정당이었고 지지자가 2,700만 명에 달하는 세계 3대 공산당이었다.

수카르노의 정책들과 인도네시아 공산당의 인기는 서방 자본주의 국가들을 불편하게 만들기 충분했다. 1965년 9월 30일 밤 마침내 작전이 시작되었다. 인도네시아 군부의 공산주의 세력이 쿠데타를 일으켜 장성들을 살해했으며, 군 최고사령관 수하르토가 이를 진압하러 나섰다는 게 시나리오였다. 하지만 이듬해 벌어질 선거에서 공산당의 승리가 확실시되는 상황이었기 때문에 공산주의자들이 쿠데타를 시도할 이유가 없었다.

쿠데타를 빌미로 군대를 일으킨 수하르토는 공산주의를 척결한다면서 인도네시아 전역에 피바람을 일으켰다. 합법 정당 활동을 한 사람들이 살육 대상이 되었다. 극장가에서 자릿세나 뜯던 깡패들이 완장을 차고 중국인 사냥에 나서기도 했다. 미 중앙정보국 CIA조차 '20세기 최악의 집단 학살 중 하나'라고 서술한 사건이다. 하지만 미국이야말로 수하르토에게 무기를 지급하고 제거할 좌파들의 리스트를 넘기는 등 배후 노릇을 톡톡히 했다.

'세계사에 문제가 있으면 고개를 들어 이 나라를 보라'는 농담의 주인공 영국도 가만히 있진 않았다. 예컨대 1965년 쿠데타 직후 인도네시아 여성 공산당원들이 장성들의 성기를 잘랐다는 흉흉한 소문이 돌면서 '공산주의는 국가의 암'이라는 선동이 힘을 받았다. 그로 인해 활발하게 전개되던 동남아 여성 인권운동도 치명타를 입었다. 2021년 〈가디언〉지가 기밀 해제된 영국 외교

문서를 인용해 보도한 바에 따르면 이 스캔들도 영국 정보조사국 작품이었다.

수하르토의 반공 프로파간다에 희생된 사망자는 적게는 50만 명, 많게는 3백만 명 이상으로 추정된다. 한국전쟁 사상자와 실종자가 99만 명, 홀로코스트로 사망한 유대인이 6백만 명 정도니까 그 참담함을 짐작할 수 있다. 희생자는 공산주의자에 국한되지 않았다. 한번 불붙은 광기는 사방으로 튀었다. 중국인, 노동조합원, 정치인, 언론인, 교사, 예술가 등 표적은 다양했다. 심지어 마을마다 할당량을 두고 매일 밤 트럭으로 시체를 실어 날랐다거나, 평범한 시민들이 죽음을 피하려고 이웃과 가족을 무고했다는 증언이 훗날 여러 지역에서 나왔다.

이 사건을 오랫동안 추적한 언론인 안드레 블첵은 저서《인도네시아: 공포의 군도*Indonesia: Archipelago of Fear*》에서 당시 발리 상황도 다루었다. 발리 동남쪽 해변에서 무덤 파는 일을 했다는 인터뷰이는 매일 밤 트럭에 실려 온 '할당량'이 총이나 마체테로 살해되는 광경을 지켜봤다고 증언한다.

수하르토는 그 후 33년 동안 집권했다. 인도네시아 현대 사회, 정치, 경제 구조가 사실상 이때 형성이 된 것이다. 안드레 블첵은 대학살과 독재 기간 지식인의 씨를 말리고 입을 틀어막는 바람에 인도네시아 교육, 언론, 문화, 예술 분야가 반세기 동안 회복되지 못했다고 진단한다. 2000년대 초반 인도네시아 하층민의 무력감을 그는 대학살, 독재, 극심한 빈부 격차로 인한 굴종과 체념의 흔적으로 해석했다.

인도네시아 정부는 오랫동안 대학살에 대한 언급을 금지했다. 하지만 그것이 허용되었다 해도, 여행자들은 이 문제를 자세히 들여다보고 싶지 않았을 것이다. 군인보다 성인병이 무서운 나라에서 온 이방인들은 종종 발리 노인들의 날씬한 육체와 형형한 눈빛에 깊은 감명을 받는다. 그게 겸허한 힌두식 생활 방식의 산물인지 산전수전 다 겪고 살아남은 자의 자신감인지 가늠하는 건 골치 아프고, 때로 두렵기도 한 일이다. 빈땅 맥주나 실컷 마시고 파티나 즐기다가 이 섬을 떠나는 게 정신 건강에 이롭다.

독재 기간 수하르토는 나라의 곳간을 아낌없이 개방했다. 석유, 광물, 농업 등 주요 산업 자원이 외국 기업들에 헐값에 넘어갔다. 외국 기업들로부터 들어온 돈이 누구 주머니로 들어갔는지는 알 수 없지만 확실히 인도네시아 서민들은 아니었다.

한국도 과거사 청산에는 소질이 없지만 인도네시아도 만만치 않다. 족벌 정치가 고착되어 진정한 기득권 교체가 어렵다. 수하르토는 1998년 하야했지만 그 후 집권한 대통령들은 거의 20세기 대통령들의 가족이나 수하였다. 2014~2024년 집권한 조코 위도도 대통령이 거기서 벗어난 인물로 평가받았고, 그 기간 인도네시아 민주주의와 경제가 급속히 발전하기도 했다. 하지만 그도 집권 말기에 아들들을 정계에 안착시키려고 여러 무리수를 두면서 새로운 족벌을 구축한다는 비난을 받았다. 그의 뒤를 이은 프라보워 수비안토 대통령은 과거 군부 정권에 부역한 경력이 있다. 사정이 이러니 관료 집단의 관성은 말할 것도 없다.

2023년 세계 투명성 기구transparency.org 부패 인식 지수에서 인도네시아는 32점을 받았다. 공공 부문 부패에 대한 전문가와 기업인의 인식을 나타내는 수치다. 인도네시아의 청렴도는 180개국 중 115위 수준이다. 체감을 위해 비교하면 한국은 63점(32위)이었다. 이민국 직원이 외국인 사업가를 협박해서 사무실이 아닌 장소로 불러낸 다음 청구서도, 영수증도 없이 '벌금'을 뜯어내는 일이 여기선 놀랍지 않다.

2024년 세계 사법 정의 프로젝트worldjusticeproject.org 법치주의 지수에서는 142개국 중 인도네시아가 68위, 한국이 19위였다. 이를 실감할 수 있는 게 넷플릭스 다큐멘터리 〈아이스 콜드〉다. 전 세계 범죄 콘텐츠 애호가에게 유명한 자카르타 카페 사건을 다뤘다.

2016년 자카르타의 고급 카페에서 젊은 여성이 커피를 마시다가 쓰러져 사망했다. 1심에서 그를 질투한 친구가 독살한 거라고 판결이 났다. 다큐멘터리는 초동수사, 여론전, 재판 과정의 문제점을 조목조목 설명한다. 피고 측의 이력이나 변론 규모를 보면 이쪽도 꽤나 유력 가문 같은데 원고 측의 위세만 강조하는 게 미심쩍긴 하다. 하지만 다큐의 공정성을 믿든 안 믿든 간에, 인도네시아 재판장 풍경을 지켜보는 건 흥미롭다. 하이라이트는 법정에 관상가가 등장해서 피고의 얼굴이 범죄형이라고 주장하는 대목이다. 2010년대 후반 인도네시아 법정에서 생긴 일이다.

이런 상황을 비판할 언론은 많지 않다. 2024년 국경 없는 기자회rsf.org 언론 자유 지수에서 전체 180개국 중 인도네시아는 111위, 한국은 62위였다. 그럼에도 로이터 저널리즘 연구소reutersinstitute.politics.ox.ac.uk 2024년 조사에서 '자국 언론을 신뢰한다'고 답한 성인 비율은 인도네시아(35퍼센트)가 한국(31퍼센트)보다 높았다. 진실을 말하기 어려운 사회 분위기, 국민들의 교육 정도와 프로파간다 순응도 등이 영향을 미친 걸로 보인다.

이제는 발리 사람들 대부분이 의식하지 않을 20세기 역사를 여기 언급해 두는 건 그게 이곳의 오늘을 이해하는 데도 도움이 되기 때문이다. 발리의 휘황한 관광산업도 결국 이 나라의 부조리 위에 세워진 것이다.

처음 우붓 시내에 간 날, 나는 강력한 의문에 휩싸였다. '왜 상점 주인이 모두 백인이지? 왜 동양인은 손님인 나와 종업원뿐이지? 인도네시아는 아시아가 아니었나? 이거야말로 경제 식민지가 아닌가?' 이곳의 사회, 경제, 교육 체계를 알면 알수록 그 의문은 분노, 안타까움, 불편함, 연민, 동질감, 나아가 같은 동양인으로서의 모욕감, 비슷한 역사적 위기를 거쳤음에도 한국은 재수 좋게 이 상황을 피했다는 죄책감 섞인 안심으로 번져갔다.

발리에 오는 여행자들은 '외국인 바가지'나 '환전소 밑장 빼기' 같은 소소한 사기에 자주 불쾌감을 느낀다. 이런 한탕주의는 '다시 안 볼 사람'을 상대하는 여행지 장사꾼의 특성이자, 미래를 기약할 수 없는 불안정한 경제 상황에 오래 노출된 이들의 습성이기도 하다. 그런 이들은 미래에 천만 원을 벌기 위해 신뢰를 쌓기보다 당장 10만 원을 손으로 만지는 게 중요하다.

발리의 부속 섬들에서는 아직 상수도가 닿지 않아 빗물을 받아 쓰는 가구가 수두룩하고 대낮에 평상에 앉아 머릿니를 잡는 꼬질꼬질한 어린이들을 볼 수 있는데 45분 떨어진 본섬에는 풀코스 골프장이 여섯 군데나 있다. 본섬도 물 사정이 좋지는 않다. 주택으로 들어가는 PVC 상수도 파이프들은 곳곳이 깨져서 물이 새고, 수돗물 수질은 음용에 부적합하다. 그런데도 관광지에는 풀빌라가 넘쳐난다.

관광객들은 발리의 힌두 문화를 예찬하며 거리에 놓인 짜낭Canang(코코넛이나 야자수 잎으로 만드는 작은 공양 바구니. 보통 꽃, 과자, 동전, 담배 등을 담는다)을 촬영해 인스타그램에 올리지만 클로즈업과 트리밍의 마법을 벗어나 현실을 보면 짜낭 주변으로 플라스틱 쓰레기와 담배꽁초가 굴러다닌다. 쓰레기 처리 시스템이 엉망진창이고 주민들의 환경 교육도 안 돼 있는 탓이다.

하룻밤에 60~70만 원 하는 리조트에서 한 발짝만 걸어 나오면 깨진 보도블록 아래로 시커먼 오수가 쓰레기와 함께 흘러가는 걸 볼 수 있다. 도롯가 개천을 방수포처럼 뒤덮고 있던 생활 쓰레기는 폭우가 쏟아지면 바다로 떠밀려 간다. 세계적 서핑 비치라고 소개되는 꾸따, 스미냑 일대도 자주 쓰레기로 뒤덮인다.

해변가에는 인스타그래머블한 클럽과 카페가 넘쳐나는데 자체 발전기가 없는 현지인들의 거주지에선 정전이 수시로 일어난다. 이민국이나 경찰서조차 정전, 인터넷 고장 등으로 몇 시간씩 일을 멈추는 경우가 왕왕 있다.

발리 대로변 공기질은 최악이다. 2023년 8월, 우붓의 US AQI(미국 환경청 기준 대기질 지수)가 155를 기록했다. '매우 나쁨'

수준이다. 정글이 울창하고 관광 말고는 산업이랄 게 없는 곳에서 어쩌다가? 하지만 휴가철 이곳 교통 상황을 보면 납득이 간다. 우붓 남쪽 진입로에서 중심가까지는 항상 스쿠터가 꼬리에 꼬리를 물고 늘어서 있다.

짱구에서는 여름에 비라도 오면 직선거리 30킬로미터를 이동하는 데 자동차로 3시간 넘게 걸리기도 한다. 도시계획 부재, 난개발, 급속한 관광객 유입 등 여러 요인이 복합되어 발리의 교통 문제는 해결이 요원하다.

섬의 주요 거점을 잇는 공공버스는 홍보가 부족해서 이용자가 거의 없다. 정류장, 배차 시간, 요금, 티켓 구입 방법 등을 알아내려면 인도네시아어로 된 홈페이지와 어플을 여러 곳 뒤져야 한다. 제2공항을 만드네, 순환 철도를 만드네 하는 거창한 계획이 수시로 발표되지만 실현을 기대하는 사람은 없다.

2024년에는 발리 주정부가 공항에서 짱구까지 지하철을 짓겠다고 공사를 시작했다. 하지만 사업성 논란이 해결되지 않아서 완공이 미지수다. 돈 문제를 떠나, 지진과 폭우가 잦은 발리에서 지하철을 믿고 탈 주민이 있을지 의문이다.

영어 능력으로 상대의 계급과 교육 수준을 판별하는 데 익숙한 한국인들은 3개 국어를 유창하게 하는 자신의 가이드가 알고 보면 고졸이라거나, 영리하고 농담도 잘하는 현지인 친구가 알고 보면 문맹이라는 사실에 깜짝 놀라곤 한다.

해리는 프로 스쿠버다이버들의 승급 코스를 진행하는 훈련관이다. 인도네시아 훈련생은 대부분 다이브 마스터로 몇 년 동안 일을 한 다음 소속 클럽의 금전 지원을 받아서 이 코스에 참가한다. 클럽 입장에서는 실력 좋고 믿을 만한 사람이라서 오래 같이 일해야겠다는 판단이 끝난 귀한 인재다. 그런데도 해리의 첫 인도네시아 훈련생은 문맹이었다. 두 번째 훈련생은 곱셈, 나눗셈, 비율 계산을 할 줄 몰랐다. 세 번째 다이버는 부잣집 딸이라 교육도 잘 받았고 클럽의 후원 없이 자비로 강의를 들으러 왔는데 첫 수업 시간에 모바일 쇼핑을 하면서 이렇게 말했다.

"그냥 정답만 찍어주면 안 돼요? 여기선 다 그렇게 한다고요."

첫 두 훈련생이 똑똑하지 않거나 나태해서 학교를 안 다닌 게 아니다. 그들은 2주 동안 밤잠 아끼며 처절하게 공부해서 필기시험을 통과했다. 그들은 그저 교육받을 기회가 없었던 거다.

OECD 통계(Education at a Glance 2024)에 따르면 2023년 인도네시아의 25~34세 인구 중 42.5퍼센트는 상급 중등 교육(한국의 고등학교에 해당)을 이수하지 못했다. 인구는 많지만 고등 교육을 받은 노동자는 상대적으로 적으니 첨단산업을 유치하기 어렵다.

학벌은 중요한 문제가 아니다. 하지만 학습 방법 자체를 못 배운 건 문제가 된다. 매일 하기 싫은 마음과 싸우면서 어딘가에 가서 앉아 있어본 적 없는 노동자에게 일을 가르치는 건 고용주에게는 악몽과 같다.

발리 관광지 식당에서 밥 한 끼 먹으면 1인당 만 원이 훌쩍 넘는데 접객원 월급이 30만 원 안팎이라고 하면 여행자들은 깜짝 놀란다. 그런데 실은 돈을 더 주고 싶어도 그럴 수 없는 경우가 많다. 이들의 생산성이 상상을 초월할 정도로 낮기 때문이다.

외국에 와서 사업을 벌일 정도 배짱과 수완이 있는 사람이면 싼 노동자를 자주 갈아치우는 것보다 제 돈 주고 사람을 키우는 게 낫다는 것쯤은 안다. 여기서도 똑똑하고 의욕 있는 노동자는 부르는 게 값이다. 서로 모셔 가려고 안달이다. 하지만 실제로는 혼자 돈 많이 받고 오래 일하느니 친구와 나눠서 하겠다는 사람, 돈 많이 준다면 책임질 게 많아진다고 거부하는 사람, 무언가를 배워야 한다면 겁부터 먹는 사람 등등이 태반이다. 이런 행동 패턴도 이곳의 낮은 교육 수준을 알면 납득이 된다.

외국인, 또는 자카르타 같은 경쟁 심한 도시에서 온 사람들이 이 나라 지방 현지인들과 일할 때 가장 미치고 팔짝 뛰는 문제는 이들이 통보, 사과, 협상을 하면 될 일에도 잠적을 해버린다는 점이다. 사소한 분쟁도 회피하려는 태도는 발리 사람들의 행동 양식에서 가장 두드러지는 특징 중 하나다. 그러다 당신이 참을성을 잃고 '좋은 게 좋은 거'라는 이곳의 룰을 깨뜨리는 순간 발리 사람들의 두 번째 얼굴을 목격하게 된다. 법과 경찰을 신뢰하지 않는 사람들이 어디까지 거칠어질 수 있는지, 당신은 결코 알고 싶지 않을 것이다.

점심때까지 웃으며 일하던 직원이 저녁에 회사 기물을 부수거나 돈을 훔치고 사라지는 게 여기서는 큰 스캔들이 아니다. 이런 일이 벌어질 때마다 미치고 팔짝 뛰는 대신 이 나라 역사가 자기 주장을 가진 존재들에게 얼마나 가혹했는지, 이들이 시민의 갈등을 중재하는 믿음직한 공권력을 가져본 적 있는지, 이곳 하층민에게 교육이 권장된 적 있는지 등을 생각하면 열이 식는다.

2022년 발리 G20 개최에 맞춰 문을 연 사누르 여객선 터미널은 공공 인프라보다 겉모습에 치중하는 발리의 현실을 적나라하게 드러냈다. 이 웅장한 건물의 외부는 멋진 물고기 모양 조형물로 장식되었다. 내부에는 공항처럼 짐을 옮기는 컨베이어 벨트가 있고, 최소 두 번 티켓의 큐알 코드를 인식해야 배를 탈 수 있다. 잠시 들르는 여행자들에게 촬영 거리를 제공하고 '우리가 이렇게 발달한 나라입니다'라고 과시할 목적으로는 나쁘지 않다. 하지만 발리 정부는 하루 수천 명이 이용하는 이 건물을 설계하면서 진입로와 주차장에 대해서는 뾰족한 대책을 세우지 않았다.

6차선 대로에서 발권 사무실로 가는 길은 매일 병목현상이 벌어진다. 발리 응우라라이 국제공항과 마찬가지로 수요 예측이 전혀 안 맞아서 개장하고 1년도 안 되어 맞은 첫 성수기에 터미널은 미어터지기 시작했다. 승객들이 터미널에 들어가려고 20~30분씩 줄을 서서 기다리는 상황까지 벌어졌다. 개장 2년 차에는 부두의 데크가 모두 망가져서 삐걱거리기 시작했고, 짐을 싣는 컨베이어 벨트는 멈춰 섰으며, 데크에 가드레일이 없어서 짐수레가 바다에 빠지는 사고도 있었다.

시민들 모두 이 건물이 재앙이라는 걸 알지만 특별히 놀라거나 분노하지는 않는다. 체념은 그들의 오랜 습관이다. 기관이 거창하고 실속 없는 공사 계획으로 세금을 탕진하는 건 항상 벌어지는 일인데 그나마 이 터미널은 결과물이 있고, 이용도 되고 있지 않은가.

여행자들은 외국 도시에 오래 산 이주민이 지역을 욕하거나 지역 사람들에게 부정적인 인식을 드러내면 불쾌감을 갖는 경우가 많다. 특히 그 지역이 제3세계라면 쉽게 정의감이 발동한다. "그렇게 싫으면 너희 나라로 돌아가"라고 간단히 말해버린다. 하지만 한 도시에서 볼 꼴 못 볼 꼴 다 볼 정도로 살다 보면 애증이란 게 생길 수밖에 없다. 한국인이 한국 정치를 욕하는 게 한국을 혐오하고 무시하고 폭삭 망하기를 바라서가 아닌 것처럼, 이주민의 불평에도 나름의 당사자성과 알게 모르게 쌓인 친밀감이 내재되어 있다.

나는 이제 국제 운동경기에서 한국과 인도네시아가 맞붙으면 어느 팀을 응원할지 마음을 정하기 어렵다. 인도네시아 주요 각료와 기업인이 한국을 방문해도 한국 언론에 단신으로만 처리되는 걸 보면 내가 다 섭섭하고 모욕감을 느낀다. 하지만 이 나라의 어떤 부분이 끔찍하게 망가져 있다는 사실은 인정할 수밖에 없다.

이 정도 얄팍한 축약으로는 이 사회를 이해하는 데 큰 도움이 안 될 것이다. 이곳에서 내가 만난 많은 여행자가 맛집과 사진 촬영 명소 이상의 정보를 원하면서도 다른 할 일을 팽개치고 잠시 머물 지역에 관한 연구 자료를 찾아볼 여력까지는 없는 경우가 많았다. 이건 그들을 위한 최소한의 가이드일 뿐이다.

많은 한국인이 외국인으로부터 "사우스 오어 노스South or north(남한이냐 북한이냐)?"라는 질문만 받아도 발끈하면서 정작 외국 역사에는 무관심한 경향이 있다. 북미와 유럽은 대중문화로 흔히 접할 수나 있지 그 외 세계에 대해서는 노력을 기울이지 않으면 무지해지기 십상이다. 단순한 휴양이 아니라 세계를 경험할 기회를 그렇게 날려버리는 건 우리 자신에게도 손실이다.

발리에 문화 예술을 사랑하고 선량한 사람이 많은 건 사실이다. 하지만 지배층과 피지배층을 분리하고 그들 각각의 역사를 이해해야 '발리 사람'들을 향한 존경과 애정이 지속될 수 있다. 이곳 민중의 취약함과 두려움을 이해해야 그들에게 불필요한 기대를 걸었다가 실망하는 일도 피할 수 있다. 이 땅에는 그저 살아 보는 것만으로 알 수 없는 무수한 이야기와 비밀이 있다.

스쿠터와 운전면허

외국인 친구가 통쾌한 얼굴로 말했다.

“나 드디어 경찰한테 걸렸어!”

“축하해!”

“면허증을 제시하는 순간 그가 실망하는 모습을 봤어야 해. 그것만으로도 본전은 뽑았어.”

그는 몇 달 전 발리에서 무면허로 스쿠터를 몰다가 벌금 2만 5천 원을 물었다. 그는 인도네시아를 좋아하고 발리식 삶의 방식을 누구보다 존경하지만 그 일로 타향살이 설움이 몰려와 며칠 동안 우울했다.

사정을 모르는 사람은 ‘무면허 운전이라니 미친 거 아니야? 제 잘못인데 왜 서러워?’ 할 수 있다. 하지만 이곳에서는 무면허 스쿠터 운전이 필요악 취급되어 한 번씩 걸린 사람은 이런 증상이 도진다.

발리에는 대중교통이 거의 없다. 번화가에서는 고젝Gojek, 그랩Grab 등으로 택시를 부르면 되지만 조금만 외곽으로 벗어나면 이동 수단이 없다. 먹고살려면 운전이 필수다. 그런데 국제운전면허는 경찰에 따라 벌금을 조금 깎아줄 뿐이지 정식 인정이 안 된다. 태국처럼 여행자가 자국 면허를 현지 면허로 교환할 수 있는 것도 아니다. 외국인은 단기체류허가ITAS를 받기 전에는 현지 면허를 딸 수도 없다. 그래서 엑셀과 브레이크를 헷갈리는 수준의 외국인조차 바들바들 떨면서 무면허로 스쿠터에 올라탄다.

경찰은 한 번씩 도로를 막고 면허 검사를 한다. 하지만 돈만 내면 바로 스쿠터를 타고 그 자리를 벗어날 수 있고, 흥정 여부에 따라 벌금 액수가 달라지며, 영수증이 없다는 점에서 경찰의 목적이 교통안전만은 아님을 알 수 있다. 부정부패라고 하기에도 애매한 게, 진짜로 경찰이 수십만 무면허 운전자를 잡아들이고 시동 키를 압수했다가는 대혼란이 빚어질 것이다. 이따금 벌금을 물려서 경각심이라도 일깨우는 게 최선이다.

2022년에는 당국이 무면허 외국인에게 스쿠터를 빌려주는 사업자에게 벌금을 물리겠다고 발표했다. 하지만 단속은 제대로 시행되지 않았다.

친구가 벌금을 문 날, 발리의 한인 식당 사장님은 이런 위로를 건넸다.

“어째 조금 나왔네? 최근에 금액을 조정해서 현지인은 만 원, 동양인은 2만 원, 서양인은 4만 원씩 문다던데.”

그래도 친구는 서러웠다. ITAS를 받자마자 경찰서로 달려가 원동기 면허를 만들었다. 그러고는 단속에 걸려 당당하게 면허를 보여줄 날만 기다린 거다.

발리에서는 현지인도 대부분 무면허로 스쿠터 운전을 한다. 그게 워낙 익숙해서 택시나 관광버스 같은 영업 차량을 무면허로 모는 사람도 흔하다. 나는 이런 상황이 낯설지 않다.

나는 경상도 시골 출신인데 그곳도 대중교통이 열악하다. 내 어머니 같은 베이비 부머, 특히 여성은 평균 학력이 초등학교 졸업으로 '관공서, 공부, 시험, 기계'는 여자 몫이 아니라 듣고 자라서 덮어놓고 두려워했다. 그러니 자동차 운전은 꿈도 못 꾸었다. 그들은 자신의 부모처럼 언제 올지 모르는 마을버스를 기다려 장날에나 한 번씩 바깥 구경을 하는 삶도 원치 않았다. 아니, 그럴 수가 없었다. 그들은 공장, 식당, 시장, 마트에 다니며 가정을 먹여 살리는 명함 없는 가장이었다. 그들 사이에서 2000년대 초반 스쿠터 열풍이 불었다.

아주머니들은 이동의 자유를 누리게 되었고, 행동반경이 넓어졌으며, 자동차를 가진 자들에게 덜 의존하게 되었다. 면허 규정 따위는 가볍게 무시했다. 막상 시험을 보면 별것 아닐 텐데 막연한 두려움이 그들을 가로막았다. 그들이 읍내에 나갔다가 경찰에 걸리면 수습하러 다니는 게 동네 유지의 주요 일거리가 되었다. 경찰도 아주머니들의 사정을 아니까 면허 문제는 적당히 눈감아 주었다. 하지만 그들을 보호하기 위해 헬멧 미착용은 반드시 단속해야 했다. 그러다 보면 덩달아 무면허 벌금까지 매기게 되었다.

경찰서장은 그들에게 "제발 원동기 면허를 따라. 커닝해도 되니까 응시만 해라. 시험장에 나타나기만 하면 면허를 주겠다"라고 십수 년간 읍소했다. 마을 아주머니들이 마침내 그 제안을 받아들여 단체로 면허를 딴 건 2010년대 중반이었다.

원동기는 현대 도시인이 생각하는 것보다 훨씬 중요한 교통수단이며, 여전히 많은 지역에서 이동권을 보장하는 유일한 수단이다. 발리도 그런 곳 중 하나일 뿐이다.

서울에서 젖먹이를 안고 스쿠터를 몰아 시장에 가는 엄마를 보면 사람들은 정신 나갔다고 손가락질할 거다. 하지만 여기선 대

안이 없다. 길을 돌아다니다 보면 아버지가 열 살 남짓한 자식에게 스쿠터 운전을 가르치는 모습을 종종 볼 수 있다. 하교 시간 중학교 앞에선 교복 입은 아이들이 일제히 스쿠터를 타고 쏟아져 나온다. 경찰이 그 앞에서 교통정리를 해준다. 그렇게 자라면 어떤 사람이 되느냐, 그건 내가 생생하게 느낀 바가 있다.

그날 나는 발리 동쪽의 사누르 항에서 공항까지 가려고 바이크 택시를 불렀다. 출국까지 여섯 시간이나 남았기 때문에 전혀 급할 게 없는데도 '공항'이란 말이 드라이버의 활주 본능을 깨워버린 듯했다.

시내에서 공항으로 가는 6차선 대로는 항상 붐빈다. 발리에선 자가용을 모는 사람이 별로 없다. 도로에 나온 차량이란 대개 승합차, 버스, 트럭이다. 그 사이를 차보다 많은 바이크가 지그재그로 다닌다. 그런데 이 운전자는 도로 위의 바이크조차 정지된 칼라콘 취급하면서 모조리 추월을 했다.

그는 도저히 지나갈 틈이 없어 보이는 공간을 무심히 이동하는 '차원의 지배자'였다. 달리는 대형 버스 두 대 사이를 양쪽으로 1밀리미터 틈만 남기고 빠져나가는 식이었다. 바이크가 그인가 그가 바이크인가 모를 물아일체의 경지였다.

부두에서 공항까지 가는 동안 그의 스쿠터 바퀴는 거의 땅에

닿지 않았다. 〈미션 임파서블〉 시리즈의 이선 헌트도 125cc 엔진으로 그 속도를 내지는 못할 거다. 처음에 나는 겁에 질려 어금니를 꽉 물었지만 점점 아드레날린이 솟구치면서 '오늘 내가 살아남으면 팁을 두둑이 주겠다'는 결심을 하기에 이르렀다.

여기까지는 모두 발리 본섬 얘기다. 누사페니다 교통은 발리보다도 열악하다. 예능 〈윤식당〉으로 유명한 길리 트라왕안, 아이르, 메노 일대는 섬이 작아서 걸어 다닐 수나 있지, 여기는 산악지대인 데다 면적이 크고 관광지 및 상점이 뿔뿔이 흩어져 있어서 도보 여행은 불가능하다. 고젝과 그랩도 없다. 택시는 비싸다. 바이크가 없으면 일상이든 여행이든 엉망이 된다.

여기선 경찰이 면허 단속을 할 수도 없다. 그건 섬에 아무도 오지 말란 소리이기 때문이다. 단기 관광객 말고는 헬멧을 쓰는 사람도 거의 없다. 그렇게 맨머리로 운전을 하다가 떨어지는 코코넛 열매에 맞아 혼수상태에 빠진 현지 여성도 있다.

교통이 열악하니까 아무나 운전을 하라는 소리는 아니다. 발리에서 스쿠터 좀 몰았다는 여행자도 누사페니다에 오면 당황한다. 길은 좁고 가파르고 구불구불하다. 아스팔트에는 자갈과 모래가 굴러다녀서 조향이 어렵다. 낡아빠진 렌털 스쿠터는 브레이크를 잡아도 자꾸만 미끄러진다. 1차선 너비의 길을 왕복 차로로 쓰기 때문에 커브에서 승합차라도 만나면 아찔한 상황이 벌어진다. 길가는 낭떠러지다. 보호대도 없다.

해리의 스쿠버다이빙 센터는 누사페니다에서도 운전이 가장 어려운 크리스털 베이 지역에 있기 때문에 사색이 되어 들어오는 여행자를 자주 본다. 그들은 거의 울먹이면서 묻는다.

"택시 전화번호 좀 알려주세요. 운전 못 하겠어요."

그러니 발리나 그 부속 섬을 여행하려는 사람들은 알아두기 바란다.

첫째, 이곳에서 개인 이동 수단 보유 여부는 경험의 폭을 크게 좌우한다. 스쿠터는 이곳 사람들에게 수족의 연장이며, 여기 발 들인 이상 당신도 곧 그렇게 될 것이다.

둘째, 국제운전면허증을 만들어라. 하지만 그것이 통할지 안 통할지는 경찰이 결정한다. 얼핏 비합리적으로 들리겠지만 의도된 무질서는 현재 이곳에서 최대한 많은 사람의 불편을 해소하기 위한 가장 합리적인 방법이다.

셋째, 면허보다 중요한 건 당신이 진짜 운전을 할 수 있느냐 없느냐다. 안전은 전적으로 당신의 책임이다.

디지털 노매드와 젠트리피케이션

2016년 요가 리트리트에서 한 달을 보낸 후 나는 먹거리를 구하기 쉬운 우붓 시내로 거처를 옮겼다. 발리 사람들은 한 담장 안에 여러 동의 단층 주택을 짓고 2~3대가 함께 거주하는 경우가 많다. 요가 리트리트에서 만난 친구의 소개로 이런 주택 중 한 동을 빌렸다. 방은 널찍했고 욕실과 주방, 작은 거실이 있었다. 그 가족은 총 여섯 개의 객실을 대여하고 있었다.

발리는 기후가 온화해서 단열이 필요 없다. 그래서 벽이 얇고, 덩달아 방음도 안 된다. 밤이면 어느 동의 손님이 성생활에 열정적인가 절로 알 수 있었다. 거미, 바퀴벌레, 도마뱀, 개미도 많았다. 야생동물과 벌레는 정글 생활에서 피할 수 없는 부분이다. 하지만 도시에서 온 여행자들은 자주 이런 걸로 숙소에 항의를 한다. 그래서 '발리에 처음 온 손님은 받지 않는다'는 작은 호텔들도 있다. 내게는 아무것도 문제 되지 않았다. 월 20만 원에 공과금, 가스, 음수 포함이고 주 2회 청소도 해주고 번화가까지 도보 거리인데 더 바라면 도둑 심보다.

그곳에서 5개월을 지내는 동안 나는 광포한 서울 물가를 벗어나는 것만으로도 인간의 정서가 얼마나 윤택해질 수 있나 실감했다. 호강에 겨운 나는 눈을 좀 높여보면 어떨까 생각이 들었다.

"시내 가깝고 수영장 있는 독채면 돼."

내 조건을 들은 현지인 친구는 깜짝 놀랐다.

"어휴, 그런 집은 엄청 비싸. 월 60만 원은 줘야 할걸?"

당시 세계에서 여섯 번째로 물가 비싼 도시 서울(〈Economist Intelligence Unit〉, 2016)에서 온 나는 호기롭게 외쳤다.

"그 정도는 감당할 수 있어."

하지만 60만 원짜리 풀빌라는 좀처럼 나타나지 않았다. 경험상 도시의 변화는 원주민들이 가장 늦게 알아챈다. 내가 서울 서촌에 살 때도 그랬다. 처음 그곳 부동산을 둘러볼 때는 중개업자들이 오히려 어리둥절해서 내게 물었다.

"요새 외지인들이 집 구하러 많이 오네. 왜 그러는 거예요?"

2년 후 그들의 태도는 이렇게 바뀌었다.

"이 동네에서 전세를 찾겠다고? 있어봤자 부르는 게 값일 텐데 (나를 아래위로 훑으며) 돈은 있고?"

내가 발리에서 큼지막한 방 두 개와 거실, 깨끗한 수영장, 정원이 있는 월세 80만 원짜리 독채 빌라를 둘러본 날, 발리에서 1년째 살고 있는 유럽인은 그것도 비싸다고 했다. 호주인들의 휴가철이 끝나면 싼 집이 많이 나오니까 기다리라고 했다. 하지만 그런 집은 두 번 다시 나타나지 않았고, 내게 충고했던 유럽 친구조차 몇 달 후에는 살 집을 못 찾아서 발을 동동 굴렀다.

결국 나는 서울 월세 가격으로 매일 개인 수영장에서 선탠을 하겠다는 원대한 꿈을 포기했다. 누군가에겐 수영장 딸린 방 한 칸짜리 독채 빌라가 월세 백만 원이라도 여전히 좋은 가격일 수 있다. 하지만 그보다 저렴하던 시절을 기억하는 사람에게는 아니다. 더구나 그것이 불과 몇 달 전이라면 말이다.

그즈음 발리의 외국인 커뮤니티에 이런 글이 올라왔다.

"발리에서 살려고 왔는데 생각보다 집값이 비싸요. 다른 좋은 곳 없나요?"

ㄴ 요새 태국 어디가 뜬다던데.

ㄴ 코팡안 주변에 빌라가 엄청 생기고 있죠. 그거 나중에 다 어떻게 하려는지.

나는 비로소 디지털 노매드니 은퇴 이민이니 하는 제1세계 용어의 숨은 뜻을 알았다. 그것은 삶의 질과 가성비를 쫓아 세계를 떠돌며 지역 생태계를 파괴하는 메뚜기 떼를 우아하게 일컫는 말이었다.

지금 발리 물가는 내가 처음 이곳에 왔을 때와는 또 다르다. 체감상 월세가 두 배는 올랐다. 매매가는 부르는 게 값이다. 외국인 생활권도 확장되었다. '홍대 앞'이라는 개념이 합정, 상수, 연남, 망원으로 확장된 것처럼 꾸따에서 시작된 발리 서부 관광권역은 스미냑, 짱구를 거쳐 따나롯 일대까지 북상했다. 우붓과 사누르에서 흘러넘친 외국인들은 기야냐르에서 만났다.

발리의 법정 최저임금은 2024년 기준 월 281만 3672루피아(약 24만 원)다. 현지인이라고 모두 발리에 자가를 소유한 게 아니다. 덴파사르의 월세 10만 원대 원룸 아파트에 살면서 열심히 노동하는 사람, 20만 원대 주택에서 애 낳고 기르는 사람도 많다. 나는 그들이 이 상황을 어떻게 견디고 있는지, 미래를 어떻게 대비하는지 모르겠다.

'여행은 살아보는 거야'라는 에어비앤비 광고 카피는 2010년대 여행자들의 열망을 정확히 간파한 것이다. 사람들은, 심지어 시끌벅적한 단체 관광으로 이름난 중국인들조차, 더 이상 무리

지어 관광지를 둘러보는 것에 만족하지 않는다. 현지인들과 같은 집에 묵고, 같은 밥을 먹고, 그들의 문화를 체험하는 것이 쿨한 태도로 간주된다.

에이전시들은 끊임없이 새로운 여행지를 발굴하려 애쓴다. 그 결과 전 세계의 현지 식당들이 유럽풍 카페로 변신하고, 어딜 가나 빌보드 차트 상위 곡이 울려 퍼지고, 리조트와 게스트하우스가 들어서고, 급기야 현지인이 살던 저렴한 가옥들마저 '여행은 살아보는 거'라 믿는 디지털 노매드에 점령당한다. '전 세계에서 적은 돈으로 눌러살기 좋은 도시'를 구글에서 검색하면 업데이트 시기별로 다양한 목록을 발견할 수 있다.

나는 발리에서 이렇게 말하는 여행자를 수도 없이 만났다.

"발리는 너무 상업화됐어. 왜 이렇게 계속 밀려 들어오는 거야?"

"발리 물가는 미친 것 같아."

"생각 없는 뜨내기 놈들이 발리를 망치고 있어."

서양인이 운영하는 오가닉 카페에서 최신 유행하는 '슈퍼 푸드' 곡물을 야무지게 씹으면서 백인과 동아시아인 들이 그런 말을 한다. 아이러니다. 그들이나 나나, 이방인은 모두 원죄를 안고 있다.

이곳에서 내가 만난 많은 현지인이 평생 발리를 벗어난 적 없다고 했다. 나는 광포한 서울 물가의 대안으로 동남아를 고려했고, 이곳에서 나 같은 생각으로 이주해 온 부자 나라의 가난뱅이를 잔뜩 만났다. 하지만 우리 같은 사람들이 올려놓은 물가를 감당할 수 없는 현지인은 어디로 가야 할까? 킨타마니와 문둑? 거긴 일자리가 없을 텐데? 디지털 노매드와 히피, 은퇴 이민자 들이 "발리는 이제 끔찍해"라며 어딘가로 떠나버리면 이곳은 어떻게 될까? 높은 물가를 버텨낼 수 있는 부자만을 위한 고급지? 글쎄, 이건 배낭여행객을 상대하던 중저가 서비스 업체에게는 희소식이 아닐 것 같다.

여행자들의 주머니를 쥐어짤 때까지 짜보고 더 이상 나오는 게 없으면 다시 물기를 적셔주는 게 관광지 경제가 돌아가는 방식이다. 특히 발리는 경제 수준이 각기 다른 다양한 국적의 사람들이 몰려드는 곳이기 때문에 가격 상한을 정하기가 어렵다. 그러니 시장이든 옷 가게든 슈퍼마켓이든 부동산 장사치든 상한선을 시험하기 위해 하루가 멀다고 가격을 올린다.

어떤 물건을 천 원에 내놔봤는데 팔린다, 그럼 다음 날은 2천 원, 다음다음 날은 3천 원으로 올려본다. 블로그에서 '어떤 가게가 물건을 저렴하게 팔아요'라는 글을 보고 찾아가면 이미 늦었다. 가격은 그새 올라 있다. 부동산에서도 똑같은 일이 벌어진다.

누군가 황당무계한 가격으로 부동산을 시장에 내놓으면 기존 이주자들은 '꿈 깨시지, 그 가격엔 절대 안 팔려'라고 비웃는다. 그런데 그걸 사는 미친놈이 기어이 나타난다. 그러면 이제는 그 가격이 하한선이 된다.

코비드 19로 외지인이 대거 빠져나갔을 때 발리 부동산 가격은 잠깐 조정을 받았다. 하지만 곧 러시아가 우크라이나를 침공했고, 러시아 사람들이 발리 부동산을 쓸어 담기 시작했다. 누사페니다에서도 마피아니 초기 비트코인 투자자니 하는 사람들이 땅을 보고 다녔다. 그들에게 가격은 중요한 문제가 아니었다.

격리 기간을 겪으면서 제3세계로의 이주 열망이 오히려 강해진 젊은 부자들은 3D 도면만 보고도 발리 부동산을 질러댔다. 멋진 홈페이지를 만들어 그런 사람들에게 풀빌라 스무 채를 수주받은 다음 계약금으로 스포츠카만 잔뜩 사고 집은 한 채도 짓지 않은 사기꾼도 있었다. 부자들의 발리 사랑을 보고 있자면 디지털 노매드가 떠나도 이 섬은 건재할 것 같다.

그럼 제1세계 메뚜기들이 가성비와 낭만을 좇아 몰려가는 다음 보리밭은 어디일까? 스리랑카? 네팔? 아르헨티나? 젠트리피케이션은 국지적 단위의 문제가 아니다. 부자 나라의 가난뱅이 디지털 노매드인 나는 그 사실을 깨닫고 망연해졌다.

적게 써도 되는 곳에 가서 적게 일하고 적게 벌며 여유롭게 산다는 건 소박해 보이지만 지속되기 힘든 바람이다. 우리에게는 두 가지 옵션이 있을 뿐이다. 계속 떠돌거나, 주택 대출의 굴레로 걸어 들어가거나. 어디에도 영원한 천국은 없다.

집 나간 '나'를 찾습니다

발리에서 처음 묵은 숙소는 이름에 '아시람'이 들어갔다. 요가 '리트리트'를 운영하는 곳이란다. 그땐 그게 다 무슨 뜻인지 몰랐다. 궁금증도 품지 않았다. 월 50만 원에 하루 두 번 요가 수업, 계곡물을 사용한 에코 수영장, 열대식물로 가득한 정원, 조식을 누릴 수 있다기에 '이거다!' 했을 뿐이다. 그런데 숙소에 도착하는 순간부터 혼란에 휩싸였다.

숙소는 불빛 한 점 없는 논두길 너머 코코넛 숲 한가운데에 있었다. 이런 데 호텔이 있을 리 없다며 택시를 세우기까지 했다. 용감한 경찰이 마약 조직을 소탕하는 내용의 인도네시아 액션 영화 〈레이드〉가 생각나면서, 이놈의 택시 기사가 나를 갱단한테 팔아먹으러 가나 두려움에 떨었다.

첫날 새벽엔 닭 울음소리에 잠을 깼다. 나는 읍도 아니고 '리' 출신이지만 닭 소리를 들은 건 30여 년 만에 처음이었다. 물어보니 호텔에서 키우는 닭도 아니고 이웃 닭들이 놀러 오는 거란다.

조식을 먹고 방으로 돌아가다가 옆방 손님을 마주쳤다. 나이는 스무 살쯤 되었을까. 투명할 정도로 새하얀 피부, 빡빡 민 연노랑 머리, 앙상한 몸, 간디 위인전에서 본 것 같은 인도풍 리넨 의상이 신비로웠다. 젊은 시절 폴 베터니가 떠올랐다.

테라스에서 향을 피운 채 가부좌를 틀고 있던 그는 내게 말을 걸고 싶어 했다. 들어보니 러시아어 같은데 그쪽 언어는 '스파시바(감사합니다)' 말고 아는 게 없어서 대강 대꾸하고 지나치려 했다. 그는 황급히 휴대전화를 꺼냈다. 구글 통역기가 영어로 보여준 문장을 다시 한국어로 번역하면 이랬다.

'나는 많이 울지 않아요, 이곳에선.'

놀라서 쳐다보니 갓 씻은 조약돌 같은 얼굴이 환하게 웃고 있었다. 나는 어색한 미소를 지으며 생각했다. '그… 그래, 네가 울지 않는다니 다행이구나. 초면에 너에 대해 너무 많은 걸 알아버려서 부담스럽긴 하다만.'

요가 수업에 가보니 스판덱스 레깅스를 입은 건 나뿐이었다. 손님은 대부분 히피 같은 차림새였다. 알고 보니 아시람은 힌두교도들이 은둔 수행하는 암자를 뜻하는 말이었다. 리트리트는 수행, 칩거, 기독교의 피정 등을 뜻한다. 나도 다음 날부터 리넨 바지를 입고 요가 수업에 갔다.

요가 리트리트에는 마음이나 몸이나 정신이나 어디 한 군데가 고장 난 듯한 손님이 더러 있었다. 사회의 규격에서 한참 벗어난 자유로운 영혼과 '남들의 요가는 틀렸다'고 주장하기 좋아하는 요가 경찰이 한데 섞였다. 인도식 터번을 쓰고 인도 이름으로 불러달라는데 인도에 가본 적은 없다는 호주 요기, 낮에는 정신적인 것을 추구하다가 밤이면 홀딱 벗고 옆방 문을 두드리는 외로운 섹스광이 함께 캠프파이어를 열었다. 한밤중에 혼자 자기 싫다고 펑펑 울면서 주인에게 도움을 청한 미국 중년 손님도 있었다.

"조식 뷔페에 계란이 나왔으니까 여기가 비건식을 제공한다는 건 허위 광고다. 요가 수업 중에 빈야사를 변형한 퓨전이 있으니 여기는 정식 아시람이 아니다. 그러니까 우리는 돈을 낼 필요가 없다"며 숙박비를 떼어먹고 날은 그룹도 있었다. 각각 대만, 홍콩, 베트남에서 온 싱글 여행자로, 아시람에서 처음 만난 사이였다. 이들은 한나절도 못 가 유치장 신세가 되었다.

우기가 시작된 밤에는 추레한 행색의 남자가 리트리트를 찾았다. 자신은 독일인으로, 한 달 동안 근처 정글에서 해먹을 치고 잤는데 오늘은 비가 와서 곤란하니까 하룻밤만 공짜로 재워달라는 거였다. 주인은 그에게 방을 내주었다. 이튿날 남자는 자기 베개에 곰팡이가 피었으니 주인이 돈을 물어내야 한다고 우겼다. 주인은 콧방귀를 뀌면서 그를 쫓아냈다.

호텔 주변에는 식당도, 슈퍼마켓도 없었다. 어느 날은 빵이 먹고 싶어서 한 시간 동안 동네를 헤맸다. 구멍가게들은 플라스틱으로 포장된 빵을 팔았는데 집어 드는 족족 포장지 안에 개미가 바글거렸다. 맥주를 사려면 우붓 시내까지 나가야 했다. 큰맘 먹고 스쿠터를 빌려 처음으로 시내에 간 날, 식당 옆자리에 앉은 에스토니아 남자와 인사를 나누었다.

나는 에스토니아에 대해 아는 바가 별로 없었다. 구글에서 '알코올을 가장 많이 소비하는 나라'를 검색하면 에스토니아가 줄기차게 1위로 노출된다는 것도 나중에 알았다. 한국인으로선 경쟁심과 열등감에 피가 거꾸로 솟을 일이다.

에스토니아 사람들이 알코올을 마셔서 소비하는지, 그걸로 하루 세 번씩 발을 씻는 종교의식 같은 걸 하는지 나도 가본 적이 없어서 모르겠다. 아무튼 내가 만난 첫 에스토니아인은 발리 북쪽 정글에서 지내다가 시내 구경을 나온 참이었다. 알코올로 샤워를 해서 피부의 세균을 싹 죽이고 나온 것처럼 청결해 보이는 남자였다. 나는 그에게 왜 발리에 왔냐고 물었다.

"나를 찾고 싶어서."

'나'라는 것이 전래 동화에 나오는 토끼 간도 아니고, 몸에서 탈부착도 되고 분실도 되고 그런 거였단 말인가. 집 나간 '나'를 하필 발리에서 찾을 건 또 뭐람. "장롱이나 소파 틈새 같은 데 잘 찾아봤어? 뭘 잃어버리면 주로 그런 데서 발견되던데"라고 깐족거리고 싶은 충동이 들었지만 나도 눈치라는 게 있기 때문에 초면의 상대에게 그러지는 않았다. 하지만 대꾸할 다른 말을 찾지 못해 "으흥…" 하고 고개를 끄덕이면서 시간을 끌었다.

그는 이 영적으로 미개한 동양 여자가 자기를 전형적인 우붓 히피로 낙인찍을 준비가 되었다는 걸 눈치챘다. 그래서 현실적인 언어로 자아의 혼란과 공허라는 문제를 설명하기 시작했다.

"바쁘게 일만 하며 지내다 보니 점점 내가 누군지 모르겠더라고."

아하. 외부의 요구를 수용하느라 내 주장, 취향, 가치관, 감성 따위를 굽히고 살다 보면 점점 사람이 쪼그라들고 '내가 왜 이러지' 싶게 자기 통제가 안 되는 순간이 오기 마련이다. 과로와 번아웃이 인간을 빈 껍데기처럼 만들 수 있다는 것도 한국인이니까 물론 이해한다. 그걸 누군가는 '나를 잃었다'고 표현하는 모양이다. 그 경우 어디든 아는 사람 없는 데서 한껏 늘어져 놀다 보면 숨어 있던 자아가 제 발로 기어 나오기 마련이다.

에스토니아 남자는 성의껏 말 상대를 해준 누님을 그냥 보내기 미안했던지, 헤어질 때 잠시 머뭇거리더니 같이 아이스크림을 먹으러 가겠냐고 물었다. 나는 브라질리언 왁싱을 예약해 두었기 때문에 그를 따라가지 않았다. 안심하는 그에게 "잃어버린 자아가 땅에 떨어져 있지 않은지 잘 살피며 다니라"고 깐족대고픈 충동을 다시 한번 억누르고 행운을 빌어주었다.

또 다른 날은 우붓 시내의 작은 식당에 갔다가 명상 지도자라는 사람을 마주쳤다. 그는 자기가 전쟁, 학살, 강간 등으로 트라우마를 겪는 사람들을 돕는다고 했다. 그는 나와 얘기하는 내내 줄담배를 피웠다. 이가 모조리 썩어 있었다. 나는 궁금증을 참지 못하고 물었다.

"명상이 담배를 끊는 데는 도움이 되지 않나요?"

그 역시 나의 영적 미개함을 눈치채 버린 듯 구루의 근엄함을 내려놓고 소탈하게 답했다.

"그게… 나도 끊으려고 노력을 해봤는데 안 되더라고."

역시 담배란 무서운 놈이다. 명상으로 전쟁 트라우마도 극복할 수 있는데 담배는 못 끊는다니. 그는 "명상은 그런 게 아니다"라고 덧붙였지만 나는 조금 실망감이 들었다. 우리의 대화는 그것으로 어색하게 마무리되었다.

이쯤이면 짐작하겠지만 우붓은 히피 타운으로 명성 높은 곳이다. 발리 다른 지역 사람들은 누가 감상적인 소리를 할라치면 "우붓으로 보내버려야겠는걸"이라고 농담을 한다. 발리 관광산업에서 큰 몫을 차지하는 '힐링' 비즈니스도 이곳을 거점으로 한다. 그중 얼마나 많은 사람과 얼마나 많은 비즈니스가 진정성이 있는지는 알 수 없다. 이와 관련한 재미있는 사건이 있었다.

2023년 초 페이스북에서 화제를 모은 동영상 얘기다. 영상은 우붓 시내 한복판에서 식스팩과 전신 문신을 과시하며 스쿠터를 몰던 백인 남성이 지역 경찰과 싸우는 모습이었다. 헬멧 미착용과 복장 불량이 문제였다. 그는 "현지인도 다 헬멧 없이 다니는데 왜 나한테만 그러냐! 이건 도둑질이야!"라고 잔뜩 흥분해서 소리를 질러댔다. 여러 사람이 나서서 말려봤지만 소용없었다. 그는 분노 조절 기능에 문제가 있는 사람 같았다.

그가 화내는 것도 이해는 한다. 그 교차로는 우붓 시내 교통을 제어하는 핵심 위치라 경찰이 자주 출몰한다. 거기서 잡히는 건 항상 외국인이다. 영상에 헬멧 대신 제사용 머리 장식을 쓰고 지나가는 현지인들도 보였다. 하지만 그 번잡한 교차로를 지나는 현지인은 근처 집, 직장, 학교, 사찰, 시장 등에 가느라 짧은 거리를 이동하는 중이다. 여행자들처럼 큰길로 달려가 두개골 강도를 시험하려는 게 아니다. 현지인들도 잘란 응우라라이 같은 큰길을 다닐 때는 헬멧을 착용한다.

발리에서 스쿠터를 몰다가 목이 부러지거나 길바닥에 뇌를 쏟아내고 즉사하는 사람은 생각보다 많다. 대부분 외국인이다. 그러니 경찰은 외국인을 더 강력하게 단속할 수밖에 없다.

영상의 외국인은 헬멧만 안 쓴 게 아니라 상의도 안 입었다. 발리 정서에는 안 맞는 행위다. 발리에서 벌거벗고 다니는 건 건강에도 안 좋다. 발리의 대자연은 그런 이들에게 끔찍한 열화상을 안겨줌으로써 카르마를 가르친다. 현지인들이 운전할 때 긴팔 후디를 입는 건 그 남자만큼 몸이 좋지 못해서가 아니다.

무엇보다, 인도네시아에서 경찰에게 대드는 건 결코 좋은 생각이 아니다. 현지인이 그 정도로 경찰에게 대들려면 인생이 상당히 피곤해질 각오를 해야 한다. 이래저래 영상은 엄청난 화제를 모았다.

반전은 남자의 신상이 밝혀지고 난 후였다. 그렇다, 인도네시아에서는 이 정도 행위로도 실명이 공개될 수 있다. 경찰 당국은 2023년 5월부터 추방자들의 신원을 공개하지 않겠다고 밝혔지만 잘 지켜지는 것 같지는 않다. 하여간 이 남자는 '섹슈얼 임파워

먼트 코치'를 자처하며 웹사이트를 운영하고 있었다. 온갖 미심쩍은 사술이 횡행하는 우붓에서 놀랍지도 않은 직업이다.

그의 웹사이트는 고요하고 아름다운 이미지들, '당신의 잠재력을 발견하여 삶의 새로운 경지에 도달하게 해주겠다'는 달콤한 약속들로 가득했다. 아마도 그는 정신 수련과 여자 꼬시기에 바빠서 이성을 단련하는 데는 조금 소홀했던 것 같다. 그 순간 이성이 조금이라도 남아 있었다면 헬멧 미착용으로 벌금 몇만 원 무는 게 공들인 비즈니스를 접고 추방당하는 것보다 낫다는 사실을 인지했을 테니까.

분노조절장애에 걸린 섹스 구루는 영상이 공개된 이튿날 발리를 떠났다. 우붓을 아는 사람들은 그걸 보고 전혀 놀랍지 않다는 듯 말했다.

"어서 옵쇼, 이게 바로 우붓입니다Welcome, this is Ubud!"

발리에서 쫓겨난 사람들

한국의 초고속 행정 서비스에 익숙한 사람들은 외국 공공기관의 업무에 만족하기가 대단히 어렵다. 선진국이고 후진국이고 열대지방이고 한대지방이고 상관없다. 모두가 느려터졌다. 하지만 발리 이민국은 다르다. 사고 치고 다니는 외국인을 잡아서 쫓아내는 일이라면 이 사람들은 기가 막히게 유능하고 신속하다.

여기는 섬나라다. 튀어봤자 항구 아니면 공항이고 경찰과 이민국 손바닥 안이다. 누가 호텔비를 떼어먹고 도망갔다 치면 즉시 동네 페이스북 커뮤니티에 신상이 공개되고, 행적 파악과 체포까지 한나절도 안 걸린다. 여기까지는 누구나 짐작할 수 있다. 그런데 어떤 행실이 추방 사유가 되는지는 외국인의 정서와 괴리가 있으니 따로 살펴볼 필요가 있다.

관광객 범죄 중 가장 흔하고 중대한 것은 마약이다. 인도네시아는 마약 사범 처벌이 세계에서 가장 강력한 나라 중 하나다. 마약 때문에 사형을 당할 수도 있다. 하지만 전 세계 파티광이 몰려드는 곳이니 수요가 끊이지 않고, 돈을 위해 목숨 거는 사람은 항상 있기 마련이다.

2023년에는 메스암페타민 172그램을 들여오던 말레이시아 보디 패커(마약을 신체에 삽입해 운반하는 사람)가 발리 공항에서 체포되었다. 비슷한 시기 러시아인들이 스미냑에 빌라를 빌려서 대마를 기르다가 추방당하기도 했다. 2025년 초에도 태국에서 물건을 들여와 소매업자들에게 공급한 러시아인 중간책 한 명이 체포되었다. 그가 취급한 제품 목록에는 내가 태어나서 들어본 거의 모든 마약이 포함되어 있었다.

인도네시아에서는 마약 판매자뿐 아니라 단순 소지자, 구매자도 처벌을 받을 수 있다. 여행자들이 대마초를 소지하다 걸려서 감옥에 가는 경우는 흔하다. 나처럼 고루하게 생긴 동양 여자에게 마약을 팔려고 접근하는 한가한 사람은 없다. 하지만 건장하고 놀기 좋아하게 생긴 외국인 남자가 밤늦게 번화가를 어슬렁거리면 대마초 판매꾼이나 매춘 호객꾼 등이 먼저 접근을 해오곤 한다. 매춘도 당연히 불법이다. 그러다 걸려서 "남들도 다 하던데요" 항변해 봤자 꼼짝없이 감방행이다.

비자 오용과 체류 기간 경과는 단골 추방 사유다. 부자 나라 사람들은 자기들이 남의 나라에서 '불법 노동자'가 될 수 있다는 생각을 거의 안 하고 산다. 유럽에서 아프리카 난민과 무슬림 이민자를 쫓아내야 한다고 핏대를 세우면서 정작 자신은 아시아에서 비자 없이 어학을 가르치거나 아르바이트를 하는 서양인을 한두 명 본 게 아니다.

우붓 커뮤니티에는 "요가 쪽으로 일자리를 구하고 싶어요"라는 해맑은 서양 히피들의 구직 글이 심심찮게 올라온다. 그때마다 "이민국이 보고 있으니 몸조심하시오"라는 경고가 달리지만 이 해맑은 친구들은 글을 올리기 전에 과거 글을 검색해 보는 수고 따위 안 한다.

발리에 무슨 특별한 자기장이라도 흐르는지 외국인들은 여기만 왔다 하면 호시탐탐 눌러살 궁리를 하고, 관광비자를 몇 년씩 갱신하며 지내는 사람도 많다. 발리에서 발생하는 비자 수수료는 정부 입장에서도 큰 수입원이다. 자국민 일자리 보호와 불법 체류 외국인 추방으로 안전한 사회를 구축한다는 대의명분도 있다. 그래서 발리의 비자 단속은 꼼꼼하고 무자비하다.

2023년 어느 이탈리아 여성은 발리 전통 무용을 상업화했다는 이유로 추방당했다. 그는 족자카르타의 인도네시아 국립예술대학에서 무용을 전공했고, 투자자 비자를 갖고 있었다. 인도네시아에서 투자자 비자로는 자기 사업체를 감독하는 것 외에 경제 활동을 할 수 없다. 해변에서 열린 이탈리아인의 댄스 강좌에는 단 세 명이 참가했다. 하지만 인도네시아에서 추방당하기에는 그걸로 충분했다. 그러니까 놀러 온 김에 조촐한 강좌를 열어볼까, 동네 벼룩시장에서 떡볶이를 팔아볼까, 라는 생각 따위는 절대 하지 않는 게 좋다.

광고 없이 알음알음 일을 받아 집에서 웹사이트를 디자인하는 정도는 괜찮지 않을까? 천만에. 비자가 외국인의 약점인 걸 잘 아는 사람들은 외국인과 분쟁이 벌어졌을 때 그걸 보복 수단으로 이용한다. 적합한 비자가 없으면 굴러다니는 10원짜리 하나도 손대지 않는 게 좋다.

주민들의 정서에 반하는 것도 여기서는 추방 사유다. 코비드19 팬데믹으로 발리 경제가 위축되고 주민들이 고통받고 있을 때 러시아 남성이 오토바이를 타고 바다에 뛰어드는 영상을 공개한 적 있다. 틱톡 수익은 좀 나왔을지 모르겠지만 그는 즉각 발리에서 추방당했다.

비슷한 시기 미국 레즈비언 여성이 친구들과 프라이빗 파티를 열고, 발리 생활을 권하는 전자책을 발행하고, 비자 에이전시를 홍보했다가 거대한 논란에 직면했다. SNS에 발리가 성소수자 친화적이라는 언급도 했다. 그는 '팬데믹 시기 하면 안 될 짓만 골라서 한다' '현지 성소수자의 상황은 외국인인 너희와 다르다' 등 X에서 떠들썩하게 욕을 먹고 하루 만에 추방당했다. 당시 '외국에서 출판을 했을지라도 발리에서 책을 썼으니 비자법과 세금법 위반이다'라고 주장한 사람들도 있었다. 해당 인물을 옹호하려는 게 아니라 디지털 노매드에게는 민감한 문제일 수 있어서 밝혀두는데, 이민국이 공개한 추방 사유는 불법 경제활동이 아니라 현지 정서를 해쳤다는 거였다.

이민국의 대응이 때로 과하다고 느낄 수 있지만 발리 사람들의 스트레스도 이해할 필요가 있다. 발리가 더 이상 저렴한 동남아 관광지가 아니라 해도 여전히 고물가를 돌파해 살아갈 샛길들이 존재하다 보니 온갖 어중이떠중이가 몰려든다.

호텔비를 떼어먹는 사람이 워낙 많아서 여기는 작은 호텔들도 신분증과 선금을 요구한다. 한번은 호텔 주인이 돈 떼먹고 도망간 손님을 찾아달라며 페이스북에 관련 서류를 올렸는데 서명란에 적힌 이름이 '잭 다니엘'이었다. 작정하고 무전취식을 한 거다. 그 글 밑에는 "그 친구 어젯밤 바에서 봤어. 짐 빔 옆에 있던

데"라는 농담이 달렸다. 왜 선금을 받지 않았냐고 주인을 나무라는 글도 많았다. 그러니까 발리의 작은 민박집에서 여권 보여달라 뭐 보여달라 그래도 짜증 내지 말자. 다 관광객의 업보다.

페이스북 지역 커뮤니티에는 상점 CCTV에 찍힌 외국인 도둑들의 사진이 심심찮게 올라온다. 밥이나 빵을 훔치면 동정이라도 가지, 멀쩡하게 차려입고 옷이나 장신구를 훔치는 심리는 도무지 알 수가 없다. 약국에서 비아그라를 훔치다 CCTV에 찍힌 놈도 있다. 아이까지 데리고 장기 거주하면서 상점을 털고 다닌 외국인 가족도 있었다.

관광객이 주차 문제로 클럽 보안 요원이나 사찰 경비와 난투극을 벌이는 사건은 잊을 만하면 한 번씩 벌어진다. 발리 물정을 좀 아는 외국인이 다른 지역에서 온 인도네시아 사람에게 부동산 사기를 친 적도 있다. 이래저래 발리 사람들은 외국인 범죄에 지쳐가고 있다.

풍기 문란 사례도 많다. 정신이상으로 발가벗고 거리를 돌아다니다가 체포되는 외국인은 심심찮게 등장한다. 2024년에는 외국인이 주택가 골목에서 섹스를 하다가 걸려서 발리 사람들에게 충격을 안겨주었다. 최근에는 섹스 영상이나 사찰 탈의실 몰카 같은 디지털 성범죄도 간간이 벌어지는데, 그런 뉴스가 뜰 때마다 나는 범인이 한국인일까 봐 조마조마하다.

발리 해변이나 비치 클럽에서는 끈팬티 같은 비키니를 입고 일광욕을 즐기는 서양 여자들을 흔히 볼 수 있다. 관광지라 복장에 관대한가 오해할 수 있는데 전혀 그렇지 않다. 이곳에도 엄격한 T.P.O.가 있다. 특히 발리는 곳곳이 사찰이고 성물이기 때문에 각별한 주의가 필요하다. 신성한 나무에서 나체 화보를 찍거나 사찰에서 탱크톱을 입고 춤을 추다가 추방당하는 사례는 너무 흔해서 일일이 열거하기도 어렵다.

여담이지만 이곳에서 당신이 불미스러운 일을 저지르고 붙잡혔을 때 동정을 구할 방법이 한 가지 있긴 하다. 2023년 8월, 41세 한국인 여성이 고아 라자 사원에서 기물을 때려 부쉈다. 여느 때 같으면 신성모독죄로 벌금을 물거나 추방될 수도 있는 사안이다. 그런데 주민들에게 발견된 여성은 "이곳에 와서 기물을 파손하라는 초자연적인 이끌림이 있었다"고 주장했다. 발리 사람들은 영들이 하는 일에 겸허하다. 한국인 여성은 이민국에 달랑 잡혀가는 대신 사원에서 정화 의식을 받고 풀려났다. 현지 언론이 공개한 그의 얼굴은 서핑 티셔츠 위에서 환하게 웃고 있었다.

어쩌면 이곳에서 벌어지는 모든 일이 초자연의 이끌림에 의한 것인지 모른다. 자아를 잃어버린 사람들을 여기로 자꾸 끌어들이는 것도, 그중 누군가 갑자기 눈이 돌아 추방당할 짓을 저지르는 것도 3만 3천 신들이나 악령의 뜻일 수 있다. 그러니까 발리 사람들의 기도를 민속 문화 정도로 여길 게 아니라 감사하며 응원하자. 그 덕에 우리가 아직 맨정신으로 버티고 있는 건지 모른다. 가끔 실패할 때도 있지만 말이다.

녜피, 발리의 근본으로 돌아가는 날

우리가 사는 도시에서 24시간 동안 전기, 조명, 인터넷이 끊긴다고 가정해 보자. 집 밖에 나가서도 안 되고, 소음이 담장 밖으로 새어 나가서도 안 된다. 금기를 어기면 순찰대가 당신을 잡으러 온다. 디스토피아 소설이나 환경운동가의 백일몽 같은 이런 하루가, 발리에서는 매년 현실이 된다. 발리 최대 명절 '녜피Nyepi' 얘기다.

녜피는 자바 힌두력으로 한 해의 마지막 날이며, 주로 양력 3월 중에 돌아온다. 녜피는 '침묵의 날'이라고도 불린다. 묵은 해를 보내고 자기반성을 하는 날로, 해당 일 오전 여섯 시부터 24시간 동안 외출, 불빛, 업무, 유흥, 소음, 취사가 금지된다. 말이 24시간이지 사실상 2박3일이다. 엄격한 힌두교도는 여기에 금식과 명상을 보탠다.

녜피에는 생명이 위독한 환자나 출산이 임박한 산모를 위한 응급 차량 외에는 탈것도 금지다. 심지어 발리의 유일한 국제공항조차 문을 닫는다.

인도의 힌두 마을들도 '우가디Ugadi'라는 이름으로 같은 날을 기린다. 하지만 연간 6백만 명 넘는 관광객이 찾는 발리 같은 섬에서 전통을 고수하기 위해 하루 동안 도시 기능을 중지시키는 건 보통 일이 아니다. 심지어 한번 겪어보면 이거야말로 발리 여행의 하이라이트라는 생각이 든다. 메신저 알림음에 노이로제가 있거나 하루 종일 SNS를 스크롤 하는 자신이 혐오스러운 사람은 녜피를 꼭 경험해 보라고 권하고 싶다.

원래 녜피는 악령을 쫓는 날이다. 발리의 우기는 11월부터 3월까지인데 시원한 스콜 속에 모히토를 마시는 낭만적인 풍경은 여행자의 상상일 뿐이고 주민들이 겪는 우기는 의외로 난폭하다. 비바람에 지붕이 날아가고 나무가 뽑히고 산이 무너지기 다반사다. 2024년 말에도 우붓에서 나무가 넘어져서 한국인 여행객이 사망하고 코끼리가 계곡에 떠내려가는 사고가 있었다. 상수도가 갖춰지지 않은 지역에서는 수질오염으로 전염병이 발생하기도 쉽다. 그래서인지 옛 발리인들은 우기를 악령이 활동하는 시기라고 믿었다. 우기 말미이자 한 해의 마지막 날, 즉 녜피 전날에는 악령을 쫓는 대대적인 의식이 펼쳐진다.

녜피 전날의 악령 퇴치 의식은 두 가지 장엄한 볼거리를 제공한다. 하나는 낮에 열리는 '메라스티Melasti'다. 주민 대부분이 전통 복식을 갖춰 입고 거리를 행진한 후 해변에서 제사를 지낸다. 또 다른 이벤트는 밤에 열리는 '오고오고Ogo Ogo' 퍼레이드다. 오고오고는 힌두 신화에 등장하는 신이나 악귀들을 형상화한 조각상이다. 녜피가 다가오면 힌두 마을들은 대나무, 천, 스티로폼 등 갖은 재료를 모아 오고오고를 만든다. 크기가 3미터 이상인 대품이 많다.

녜피는 인도네시아의 복잡한 사회상을 엿볼 수 있는 날이기도 하다. 인도네시아에는 총 네 번의 '새해Tahun baru' 휴일이 있다. 1월 1일인 양력 새해, 우리의 설날과 같은 중국 새해, 발리 힌두력 새해, 이슬람력 새해까지 있어서 마음만 먹으면 1년 내내 초심으로 살 수 있다.

중국 새해가 있다는 데서 알 수 있듯, 인도네시아도 중국계의 세가 강하다. 중국계는 이곳 인구의 4퍼센트에 불과하지만 경제 부문의 약 80퍼센트를 지배한다고 알려져 있다. 재미있는 건 석가모니, 무함마드, 예수의 탄생일도 모두 공휴일이라는 거다. 이쯤 되면 종교는 핑계고 하루라도 더 쉬려는 게 아닌가 불경한 생각도 든다. 일단 '다양성 속의 조화'라고 해두자.

발리의 고급 호텔이나 풀빌라 중에는 녜피에도 전기와 수도를 허용해 주는 곳이 많다. 하지만 누사페니다의 녜피는 여전히 엄격하다. 열대의 밤에 선풍기도 없이 방에 갇혀 있는 건 생각보다 고통스럽다. 수압식 물탱크를 갖춘 곳이 아니면 변기 물도 못 내린다. 그래서 이주민들은 녜피 기간에 발리의 풀빌라를 빌려 파티를 열곤 한다. 나도 몇 년간은 그랬으나 선선한 언덕 위에 집을 지은 후로는 집에서 별을 보며 조용히 지낸다. 인공조명이 없으니 별이 잘 보이고, 거리가 고요하니 바람과 잎새와 풀벌레 소리가 더 크게 들린다.

디지털 디톡스의 필요성은 점점 강조되지만 도시에서 일을 하면서 무턱대고 스마트폰 사용 시간을 줄인다는 건 헤비 스모커가 하루아침에 담배를 끊는 것만큼이나 어려운 일이다. 네트워크와 전자파에 바싹 튀겨진 호모 인터네티쿠스의 팝콘 뇌에 녜피만큼 좋은 단기 치료가 없다.

발리 전통에 맞춰 녜피 하루 동안 금식을 시도해 보는 것도 좋을 테다. 솔직히 현대인은 너무 많이 먹는다. 녜피가 많은 것이 금지되는 불편하고 지루한 날이 아니라 개인의 자제력으로 불가능했던 디톡스를 가능케 해주는 날이라 생각하면 1년에 한 번씩 발리를 방문해서 그 불편 속에 자신을 던져 넣을 이유는 충분하다.

우리는 호환, 마마가 두렵지 않은 시대를 산다. 이 시대의 악귀는 끝없이 우리를 호출하는 스마트폰에, 낯 모를 사람들의 무책임한 악의와 멍청한 정보가 넘쳐나는 인터넷에, 모두의 삶이 부대낄 만큼 밀착하는 SNS에, 소비를 조장하고 프로파간다를 퍼뜨리는 TV 속에 있다. 이것들이 돈이든 물건이든 음식이든 양껏 갖고도 더 가지려는 욕망을 부추기고, 결과적으로 우리 모두를 패배자로 만든다. 힌두가 아니라 자본과 물질문명을 종교처럼 숭상하는 우리에게도 악령을 퇴치하고 자신을 돌아보며 새로운 미래를 다짐하는 녜피가 필요할지 모른다.

2박 3일의 짧은 의식을 치르고 대문을 나서면 당신이 아는 발리, 즉 현대와 전통과 자연이 어우러지고 온갖 액티비티와 쇼핑이 가능한 열대 휴양 도시가 다시 펼쳐진다.

녜피 이튿날 발리 남쪽 스스탄에서는 '오메드 오메단Omed-omedan' 행사가 열린다. 마을 젊은이들이 공공장소에서 서로를 끌어당겨 키스하고, 다른 주민들은 그들의 머리 위로 물을 퍼붓는다. 관광객이 잔뜩 몰려들려 축제 분위기가 조성된다. 위험하게 들리지만 키스 의식에 참가할 수 있는 건 마을 소속 젊은이 중

미리 신청한 사람으로 제한된다. 전날의 침묵과 대조되는 활기찬 이벤트다.

발리 힌두교는 결코 엄숙하기만 한 종교가 아니다. 영성과 에로티시즘, 자기 성찰과 떠들썩한 축제가 조화된 녜피 주간은 이 종교의 성격을 잘 드러낸다. '발리다움'의 비밀도 결국 그 안에 있을 것이다.

초보 가드너의 열대 정원 잔혹사

열대지방에 3백 제곱미터짜리 개인 정원을 갖게 된다면 어떤 식물을 심겠는가? 식물 집사들을 설레게 할 질문이다. 하지만 꿈은 꿈일 때 가장 아름답다. 열대지방에서의 가드닝은 시시포스의 형벌에 가깝다.

즐거운 얘기부터 해보자. 한번은 친구가 동네 정글을 뒤져서 몬스테라를 구해주었다. 여기선 원하는 식물이 있으면 주로 그렇게 해결한다.

부겐빌레아와 프랑지파니는 열대 정원의 영웅이다. 집마다 있는데 가지를 꺾어다가 땅에 꽂고 잊어버리면 알아서 거대하게 자란다. 물도 줄 필요 없다. 잡초를 뽑다가 유난히 떡잎이 크다 싶어 남겨두면 토란이고, 담장 식물이 필요해 마당을 두리번거리면 여주와 나팔꽃이 발을 휘감는다.

문제는, 여기서는 내가 원하는 식물이 잘 자라는 만큼 원치 않는 식물도 무섭게 자란다는 거다. 내 집은 산꼭대기에 홀로 있다. 주변은 개발되지 않은 정글이다. 그러니 사방에서 씨가 날아든다. 원래 이곳은 농사짓고 소 키우던 땅이다. 토양이 기름지다. 조금만 방치하면 잡초가 덤불이 된다. 사람을 고용해서 땅을 갈아엎어 보기도 하고, 약을 쳐보기도 했다. 하지만 잡초는 돌아서면 자랐다. 잡초 사이에서 뱀이나 두꺼비가 튀어나올까 봐 항상 무섭다.

한때 나의 가장 큰 적은 란타나였다. 이 녀석들은 까칠한 잎과 튼튼한 뿌리를 가졌다. 한번 뿌리를 내리면 무섭게 퍼져간다. 내가 이것과 사투 중이라니 에코 출판사를 운영하는 지인이 "란타나는 화분에 키워야 한다"는 조언을 해주었다. 듣자니 란타나는 악마의 정원 식물로 유명하단다. 굳이 키워야겠다면 뿌리가 번지지 않게 가둬두라는 것이다. 하지만 굳이 왜? 이 무서운 녀석을? 집에서? 뉴욕에 사는 지인은 란타나를 꽃집에서 화분으로 사다가 길러본 적이 있다고 했다. 아하, 뉴욕이라면 그럴 수 있겠다.

나는 한국의 혹독한 겨울이 정원사에게는 악몽일 거라 생각했는데 열대지방에 살아보니 그게 아니었다. 겨울이 있어야 잡초가 죽는다. 지인의 뉴요커 란타나도 화분에서 얌전히 꽃을 피우다가 고향을 그리며 동사했을 것이다. 잡초를 뽑다 보면 '타샤 튜더도, 정재형도, 겨울이 있는 나라에 사니까 정원 일이 즐거운 거 아냐?'라는 심술궂은 생각마저 든다.

정원은 하루아침에 지어지지 않는다. 열대 정원을 갖는다는 건 결코 낭만적인 일이 아니었다. 필생의 대업이라는 각오로 임하지 않으면 나가떨어진다. 체력, 노력, 시간 모두 상상 이상으로 소모된다.

나는 왜 한국 어르신들이 정원 대신 마당을 택하는지, 왜 초목 대신 자갈을 깔고 시멘트를 뿌리는지 이해하기 시작했다. 식물은 화분보다 땅에 있을 때 멋지다는 순진한 생각도 버렸다. 자연은 각자 감당할 수 있는 만큼만 반려하는 게 좋다. 하지만 불평만 해서는 달라지는 게 없기 때문에 오늘도 나는 풀을 뽑는다. 막상 땀을 흘리면 기분이 나아진다.

가드닝을 시작한 후로 아침에 눈을 뜨면 담장에 심은 블루피가 얼마나 자랐나부터 확인하고, 한때 '긱' 소리를 들을 정도로 전자기기에 쏟던 관심은 정원 도구로 옮겨 갔다. 어딜 가나 식물부터 살핀다.

2023년 말에는 가뭄이 닥치면서 식물의 중요성을 깨닫기도 했다. 열대지방 사람들이 아무리 허름한 집이라도 식물을 가꾸는 건 보기 좋으라고 그런 게 아니었다. 생존 문제였다. 식물이 있는 공간과 없는 공간에는 확연한 습도, 온도 차가 있었다. 그때부터 나는 그늘을 만들어줄 수 있는 잎이 큰 식물을 연구하기 시작했다.

처음에는 멋모르고 인터넷으로 식물을 주문했다. 그러나 너무 작은 개체가 오거나 그마저 배송 중에 죽는 일이 많았다. 게다가 그 식물이 죄다 동네 다이빙 센터, 리조트, 공터에서 구할 수 있는 것이었다. 관심 없을 땐 안 보이던 것이 한번 돈을 주고 사보면 보이기 시작했다.

그렇게 구한 식물을 '강한 놈만 키운다'면서 대뜸 정원에 심었다가 죽이기도 했다. 여러 시행착오를 겪으며, 나는 평생 나와는 인연이 없을 줄 알았던 식물 집사의 길로 들어섰다. 모종을 키우는 화분 구역과 아픈 식물을 돌보는 물꽂이 구역을 만들고 아침저녁으로 들여다본다. 일이 안 풀릴 때면 30분에 한 번씩 화분 구역을 기웃거린다. 나도 몰래 식물한테 말도 건다. 아이 귀여워, 아이 예뻐, 새잎이 났네, 장하다 등등.

이렇게 살다 보면 10년 후 어느 날엔 웅장한 열대 정원을 보며 말할 수 있을지도 모르겠다.

"다 이루었노라."

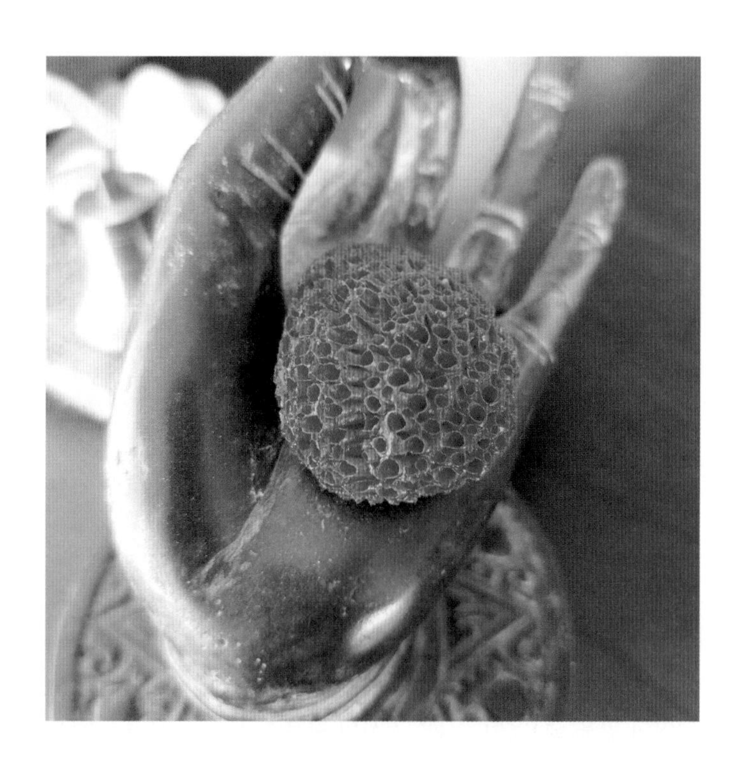

이 땅에는 그저 살아보는 것만으로 알 수 없는
무수한 이야기와 비밀이 있다.

불의 고리에 사는 마음가짐

처음 인도네시아에 장기 체류하다가 지진을 느꼈을 때는 깜짝 놀랐다. 2016년 경주 지진도, 2017년 포항 지진도 서울에 있은 터라 느끼지 못했다. 책상에 있던 물컵이 덜덜 떨리고 벽이 흔들리는 찰나, 오만 가지 생각이 한꺼번에 들었다.

'이 정도면 건물이 무너지나? 이게 무너지면 나는 죽나? 책상 밑에 들어가면 살 수 있나? 단층 건물이니까 천장이 무너져도 책상에 실리는 하중이 크지 않아서 살 수 있을지 몰라. 하지만 이 책상은 너무 약한데? 밖으로 나가야 하나?'

살면서 지진 대피 요령을 수백 번은 읽은 것 같은데 하나도 기억나지 않았다.

인도네시아는 일본과 마찬가지로 환태평양조산대, 일명 불의 고리에 있다. 내 어머니는 전화를 걸 때마다 "아이고, 그 지진 많고 위험한 나라에 만데 사노. 집에 온나"라고 하신다. 하지만 지진에 놀란 건 처음뿐, 여기 살다 보니 적응이 되었다. 대개는 짧은 진동으로 끝나기 때문이다. 인도네시아 자연재해 소식을 보고 한국에 사는 누군가가 안부 메시지를 보내면 '북한이 미사일을 쐈다는데 네 머리 위로 안 떨어졌냐?'라는 외국인의 질문을 받는 기분이었다.

그렇게 방심할 때쯤 롬복에서 강진이 발생했다. 2018년 7월 말에 리히터 규모 6.4의 지진이 있었고, 8월에 다시 규모 7.0과 6.9의 지진이 발생했다. 규모 7.0의 지진은 누사페니다에서도 길고 분명하게 느껴졌다. 롬복과 누사페니다는 서울과 인천 정도 거리다.

처음 건물이 흔들리기 시작했을 때 이미 이곳 생활에 익숙해진 사람들은 진동이 금방 멈추리라 생각하고 움직이지 않았다. 하지만 곧 실내 유리문이 덜덜 떨리고 지붕이 흔들리기 시작했다. 사람들은 스프링에 튕기듯 건물 밖으로 달려 나갔다.

그날 밤 해일주의보 때문에 저지대 주민들이 산꼭대기로 대피했다. 크리스털 베이 주민들은 해리의 다이빙 센터에서 밤을 보냈다. 해리는 현지인들이 그렇게 겁에 질린 걸 처음 보았다고 했다.

이튿날, 진원지가 롬복이었고 사망자가 수백 명으로 추정된다는 소식을 들었다. 흙더미에 묻힌 주택을 파헤칠수록 사망자 수는 점점 늘어 종국에는 563명에 이르렀다. 1,100여 명이 부상을 당했다. 구조 작업이 계속되는 동안에도 피해 지역 바로 옆에선 평온한 일상이 이어졌고, 자카르타에서는 아시안게임이 개최되었다.

그 후 몇 번 더 여진이 있었다. '또 지진인가' 싶어 주변을 둘러보면 다른 사람들은 아무 일 없다는 듯 태평할 때도 많았다. 지진 후 롬복이나 길리에서 누사페니다로 대피해 온 친구들이 있었다. 그들도 자주 비슷한 착각을 한다고 했다. 몇몇은 건물이 무너져서 사람을 덮치는 걸 목격한 터라 겁이 나서 돌아가기 싫다고 했다. 누군가는 당분간 관광객들이 오지 않을 전망이라 주인이 복구를 포기해서 일터가 사라졌다고 했다.

그 무렵 술라웨시에서도 큰 지진이 발생해서 많은 사람이 죽었다. 내가 여행 중에 묵은 적 있는 센트럴 술라웨시의 현대식 호텔도 폐허가 되었다.

롬복과 길리에서 피난 온 친구들은 지진 못지않게 재난 후의 흉흉한 분위기에 충격을 받은 상태였다. 선착장에서는 서로 먼저 보트를 타겠다고 싸움이 벌어졌고, 혼란을 틈타 강간 사건도 발생했다. 그러고 보면 2011년 동일본 대지진 때도 대피소에서 강간 사건이 벌어졌다는 기사를 본 적 있다. 어려운 상황일수록 서로 도우려고 애쓰는 사람이 있는가 하면 악착같이 나쁜 짓을 하는 놈도 분명 있다. 대형 재난은 재난 그 자체로 한 번, 그에 대처하는 과정에서 인간의 바닥을 드러냄으로써 또 한 번, 고통을 야기한다.

그 사건은 내게 거짓말 같은 천재지변의 위협들이, 일상과 뒤섞인 채 너무 오래 듣고 겪어 무감해진 멸망의 징조들이 언제든 현실이 될 수 있다는 두려움을 안겨주었다. '그 지진 많고 위험한 나라'를 벗어나면 나는 안전해질까?

그해 봄 한국에 들른 나는 서울 맞벌이 가정의 아침 풍경에 충격을 받았다. 언니네 집이었다. 방마다 공기청정기를 켜둔 아파트에서 자고 일어나자마자 스마트폰으로 미세먼지 농도를 확인하더니 온 식구가 일회용 마스크를 착착 꺼내 끼고 집을 나서는 모습이 SF의 한 장면 같았다.

거기 살 때는 몰랐으나 동남아 시골을 전전하다 가니 서울의 봄 공기는 숨쉬기가 힘든 지경이었다. 한 달 내내 온몸이 퉁퉁 붓고 피곤하다 싶더니 생리를 세 번이나 했다. 나는 탈출하다시피 서울을 떠났다.

기후학자들은 내 세대가 끝나기 전에 여름철 북극 빙하가 모두 녹아 없어질 거라 전망한다. 예상 시기는 2030~2050년 사이로 왔다 갔다 하지만 오래 남지는 않은 것 같다. 그렇게 되면 해수면이 상승해서 몇몇 해안 도시가 사라지고, 해빙 호수에 매장된 메탄가스가 방출돼 지구온난화가 가속되고, 해양이 산소 결핍 상태에 이르고, 오존층이 파괴될 가능성이 있다고.

실리콘밸리 부자들은 핵전쟁, 생물학전, 좀비 바이러스, 혁명 등에 대비해 뉴질랜드에 벙커를 짓는다는데, 평범한 우리는 대재앙에 대비해 무엇을 할 수 있을까? 개인이 뭘 할 수 있긴 한가? 쓰레기 덜 만들고, 이산화탄소 배출 덜 하고, 미친 정치인들에게 투표하지 않고, 위험 지역 여행 자제하고, 되도록 실내에서 생활하는 등 자질구레한 실천법이 있긴 있겠으나, 이제 와서 그런다고 플라스틱 쓰레기 더미가 사라지지도 않을 거고, 북극해가 다시 얼지도 않을 거고, 미세먼지가 금가루로 변하지도 않을 것이다. 그러니 어쩌면 우리가 고민해야 할 것은 '재난 그 후'일지도 모른다.

어느 순간부터 건강하고 기품 있는 노인이 되고 싶다는 바람만큼이나 거대한 재난이 덮친대도 질서 있게 죽음을 맞고 싶다는 소망이 생겼다. 구조선에 먼저 타려고 임산부를 내동댕이치거나 좀비 떼에게 어린애를 미끼로 던져버리는 짓 따위는 하지 않고 싶다.

마음 한쪽에서는 '그래도 무슨 수가 생기지 않을까' 싶지만 인류의 집단 선택이 항상 생존에 유리한 방식으로 내려지지는 않는다는 사실을 떠올리면 다시 좌절감이 찾아온다. SNS, 하드 드라이브, 클라우드의 부끄러운 내용은 미리미리 정리하고, '어떻게 살 것인가'라는 뻔한 질문도 수시로 해봐야겠다.

나와 인류의 종말 사이에는 여전히 일상이 남아 있다. 아침에 일어나 커피를 마시고, 밤사이 완충된 휴대전화를 열어 세상 돌아가는 소식을 듣고, 청소와 빨래와 설거지를 하고, 사람들을 만나고, 술을 마시고, 일을 한다. 그사이에도 지구는 조금씩 뜨거워진다. 그러다 문득, 예컨대 '오늘 저녁은 파스타로 할까 김치찌개로 할까' 따위를 진지하게 생각하고 있을 때, 땅이 흔들리고 머리가 핑핑 돌고 벽과 지붕이 무너져 내릴 수도 있다. 내 집 앞 편의점에서는 통조림 하나 때문에 살인이 벌어지는데 먼 나라 뉴스에서는 테일러 스위프트 콘서트 매진 소식이 더 크게 방송되는 것이다.

나는 그런 경우를 어떻게 대비해야 할지 모른다. 여기 말고 어디가 더 안전한지도 모르겠다. 다만 삶이 그렇게 예측 불가능하고 허약한 것이라면 사는 동안에는 더 즐거워야겠다고 생각한다.

'어떻게 살 것인가'라는 질문에 나의 첫 번째 답은 이거다. "'잘 놀다 갔다'라고 할 수 있으면 좋겠다." 아이러니하게도 '그 지진 많고 위험한 나라'에서 나는 그 목표에 부쩍 가까워졌다. 그러니 너무 걱정하지 않기로 한다. 우리가 결정할 수 있는 것은 죽음이 아니라 삶이다.

에필로그

인생은 파파야다

술집에서 만난 러시아계 미국인이 말했다.

"내가 신중하게 계획하고 준비한 것은 항상 불발되었어. 우연히 시작한 것만 남았지."

그는 스쿠버다이빙 강사로 누사페니다에 왔다가 요가 강사로 전업을 했다. 한때는 맥주와 파티에 빠져 지냈는데 지금은 아침 일곱 시에 체육관에 가서 운동을 하고 하루 두 번 요가 강의를 한다.

"이제 네 얘기를 해봐."

그가 말했다.

"나도 마찬가지야. 인생이란 원래 파파야 같은 게 아닐까 싶어."

그가 알아듣고 깔깔 웃었다. 발리에서는 콩 심은 데도 파파야가 나고 팥 심은 데도 파파야가 난다. 열매를 먹다가 아무 데나 씨를 뱉고 잊어버리면 다음 해 그 자리에 2미터짜리 파파야나무가 자라 있다. 이 정도면 씨앗도 필요 없는 게 아닐까, 문과적 의심마저 들 정도다. 거의 식물계의 초파리다.

내 텃밭에도 애지중지 돌본 바질과 토마토가 아니라 어디선가 날아온 파파야가 정착했다. 대대손손 이곳 토양과 기후에 적응한 식물의 생명력이란 그만큼 강하다. 우리 인생에 애써 가꾸지 않았는데도 자라난 파파야가 있다면 그게 결국 우리에게 가장 잘 맞는 것일지 모른다.

러시아계 미국인 요가 강사가 답했다.

"내가 파파야 열매를 엄청나게 좋아하진 않지만 그걸 가져서 나쁠 건 없지."

그렇다. 그걸 가져서 나쁠 건 없다.

집 공사를 마치고 몇 달쯤 지났을 때, 나는 갑자기 '편하다'라는 말을 떠올렸다. 밑도 끝도 없이 크고 비싼 무언가를 사고 싶었던 시절이나 '흘러가다'라는 단어에 사로잡혔던 그때처럼 '편하다'라는 단어가 나를 가득 채웠다.

내가 "요즘 편해"라고 하자 친구들도 놀랐다. 발리에 사는 친구나 서울에 사는 친구나 마찬가지였다. 마치 '편하다'라는 단어를 생전 처음 듣는 것처럼 생경하게 나를 쳐다보았다.

이 편안함이 꼭 발리에 살아서나 집을 가져서는 아니라고 생각한다. 지난 몇 년간 실감했다. 사람이 사는 곳을 떠날 수는 있지만 자기 자신을 벗어날 수는 없다. 낙원에 살아도 나는 나라서 문제 해결 방식, 기질, 감정 기복 같은 건 하루아침에 달라지지 않는다. 다만 그간의 새로운 경험, 스트레스, 그 시간도 결국 지나간다는 깨달음 덕에 나 자신이 한 뼘 성장했고, 그 때문에 편해진 건 아닐까 추측을 했다.

내게 벌어진 이 모든 일들이 나를 성장시켰다면, 내가 가진 것을 감사할 줄 아는 사람으로 만들었다면, 그걸로 충분히 의미가 있으리라 믿는다.

내 경우엔 삶의 예측 불가성에 순응하는 것이 나쁘지만은 않았다. 지금까지는 그랬다. 그 제멋대로의 삶을 덜 무너지게 포용해 준 땅이 발리였다.

나는 인생에서 토마토와 바질을 가꾸지 못했을지 모른다. 하지만 파파야를 가졌다. 그걸로 족하다. 독자님들도 자신의 파파야를 발견하기를, 그리하여 편해지기를 바란다.